Narratori Feltrinelli

Guido Lombardi

Il ladro di giorni

Prima edizione nei "Narratori" aprile 2019

Stampa Grafica Veneta S.p.A. di Trebaseleghe - PD

ISBN 978-88-07-03336-0

A mio padre Alfredo

"Che hai fatto in tutti questi anni, Noodles?"
"Sono andato a letto presto."

C'era una volta in America

1.

Tema: Racconta un giorno diverso dagli altri, usando il discorso diretto e indiretto.

Svolgimento:

Questo giorno è successo circa sei anni fa, però mi ricordo tutto. L'unica cosa che non mi ricordo sono le voci. Era il 1985.

Come tutte le estati, io e i miei genitori eravamo in vacanza in questo posto che si chiama Marina. Quell'anno avevano affittato una villetta pure gli zii con Emidio, che è mio cugino di primo grado e c'ha quasi la mia stessa età.

Io e babbo stavamo camminando lungo la discesa che porta alla "spiaggetta", il posto dove andavamo sempre a fare il bagno. Il mare era blu e calmo calmo. Solo attorno all'isolotto c'era una scia bianca lasciata da un gozzo. Mamma era rimasta su a pulire la casa e non so quante volte ci aveva ripetuto che di ritorno dal mare dovevamo stare attenti a non sporcare di nuovo tutto con la sabbia. Babbo invece si era un po' arrabbiato quando l'aveva vista con la scopa in mano, non voleva che mamma si affaticava, ma lei gli aveva detto che quella mattina si sentiva bene. Da quando era tornata dalla clinica era spesso stanca per le medicine. Esaurimento nervoso, così bisbigliavano i grandi, come se fosse una cosa da tenere segreta. Ricordo solo che, prima di essere ricoverata, mamma diceva cose strane che nessuno capiva. Però secondo i dottori adesso era guarita, e la malattia non c'era più. Insomma, quel giorno ero proprio contento, in cielo non c'era una nuvola e tutto sembrava pulito, come se qualcuno si era svegliato la mattina presto e si era messo a lavare il mondo.

Babbo mi teneva la mano. Emidio e gli zii erano già in spiaggia ad aspettarci.

"Smettila di ciabattare."

"Ma si dice ciabattare perché c'ho le ciabatte?"

"Secondo te?"

"Allora se uno c'ha i sandali si dice sandalare?"

Babbo mi ha guardato da sotto gli occhiali da sole, con quella faccia che sembra intendere: "Non fare il furbo con me", che è quella sua che preferisco perché significa che ho detto una cosa spiritosa, anche se non lo ammetterebbe mai. Poi ha indicato il mare: "Oggi è proprio una tavola".

"Mh... e l'isolotto è il piatto."

Ha fatto uno di quei sorrisi a metà che fa sempre lui, che alza solo un angolo della bocca e soffia giù col naso, tipo uno sbuffo. Potevo continuare a fare il furbo, insomma.

"Mancano solo la forchetta e il coltello... Pa', ma la scuola è come l'asilo?"

"Più o meno... a scuola ti danno i voti."

"Cioè?"

"Se fai una cosa bene, ti dicono bravo. Se la fai male, ti dicono male."

"Come quando faccio un tuffo e tu mi dici come l'ho fatto?"

"Eh... più o meno."

Lui ci teneva un sacco a questa cosa, era la seconda estate che passava almeno due ore al giorno a insegnarmi i tuffi. Però io stavo pensando alla prima elementare, al fatto che a settembre iniziava questa scuola nuova dove non conoscevo nessuno.

"Ma non posso rimanere all'asilo?"

"E perché?"

"Ci stanno tutti i miei amici..."

"Quando loro se ne vanno, tu che fai? Rimani da solo?"

"Non possiamo rimanere tutti quanti?"

"E come si fa?"

Si è messo proprio a ridere. Ricordo che da piccolo mi piaceva un sacco farlo ridere. Però non così, solo perché ancora non sapevo tutte le cose che i grandi conoscono già. Per lui quello che avevo detto era divertente, ma io lo pensavo veramente. Per fortuna questo fatto che sei buffo finisce man mano che cresci. Comunque se n'è accorto che ero serio, e pure un po' triste.

"Cos'è, ti preoccupi di non trovare più amici? Mo che vai a scuola te ne fai degli altri, no?"

"Veramente a me andavano bene quelli di prima..."

Mi ha fatto una carezza sui capelli, come i genitori quando non ci possono fare niente. Poi all'improvviso è successa una cosa bella, come quando ti cade il gelato a metà e te ne ricomprano uno nuovo e alla fine te ne sei mangiato uno e mezzo. Se non stavo triste a guardare a terra mica lo notavo quel coso bianco in mezzo alle erbacce al lato della strada. Subito sono corso a prenderlo. Era un robot. Un giocattolo, non un robot vero come quelli dei cartoni animati che parlano e si muovono da soli. L'ho fatto vedere a papà e gli ho chiesto se me lo potevo tenere.

"Gli devi dare un nome," ha detto, che significava sì.

Ci ho pensato un po' su.

"Mercoledì."

Papà non capiva e allora gli ho spiegato del libro che mi stava leggendo mamma che parlava di un naufrago che era finito su un'isola deserta e stava sempre da solo, finché un giorno incontrava un ragazzo indigeno e poiché quel giorno era venerdì decideva di chiamarlo Venerdì. Quel giorno di tanti anni fa invece era mercoledì.

Più tardi in spiaggia ci siamo messi a fare il vulcano: io portavo la sabbia bagnata col secchiello e papà alzava la montagnetta, poi ha scavato il tunnel di lato e il buco sopra. Si è acceso una sigaretta e ce l'ha infilata dentro: il fumo usciva dal cocuzzolo e pure se il vento se lo portava subito via era proprio uno spettacolo. Ho guardato babbo e gli ho messo un voto: bravo. Emidio invece faceva l'indifferente. È davvero un cretino, non c'è niente da fare. Però gli devo volere bene perché è mio cugino, così dice papà. Solo che certe volte è troppo difficile, ci si mette proprio d'impegno a starmi antipatico.

"Deve uscire pure la lava," ha detto Emidio, come se il fumo non era abbastanza. Allora mi è venuta un'idea: invece di buttarci mio cugino nel vulcano, ci ho messo Mercoledì.

"Mercoledì esce dal vulcano all'attacco dei mostri indistruttibili..."

Tutti i bambini che stavano a guardare si sono messi a ridere, tranne uno. E non era mio cugino.

"Megatron!" ha gridato afferrando il robottino, ma l'ho acchiappato al volo pure io, così è rimasto a mezz'aria tra noi due, io che lo tiravo da una parte e lui dall'altra.

"È mio! È Megatron! Me l'hai rubato!"

"Non è vero, non l'ho rubato. E poi si chiama Mercoledì, non Megatron!"

Allora è intervenuto papà.

"Salvo! Bambini! L'abbiamo trovato sulla discesa, l'hai perso tu?"

"Sì."

Papà mi ha guardato e ho capito che glielo dovevo restituire. Però non mi piaceva che mi aveva dato del ladro. E ho fatto una cosa che non si fa: prima di mollare la presa ho spezzato una gamba al robot. Adesso se lo poteva pure riprendere.

"Salvo!" ha gridato babbo e ho avuto paura che mi dava un ceffone.

"Non l'ho rubato," gli ho risposto.

Il bambino che non so come si chiamava ci era rimasto secco. Guardava Megatron: adesso che l'avevo rotto non gli piaceva più e allora ha detto una cattiveria.

"Tanto papà mio i giocattoli me li compra..." e l'ha buttato per terra. E se n'è andato.

A me aveva detto che ero un ladro, ma a papà l'aveva offeso ancora di più. Mi sono girato verso di lui, pensavo che era arrabbiato, invece stava sorridendo. Ai grandi i piccoli non possono fare niente, sono troppo alti, le offese non arrivano fin lassù.

"Hai fatto bene," ha detto.

Ho raccolto Megatron che adesso era ridiventato Mercoledì e me lo sono infilato nell'elastico del costume, come una pistola nella fondina. Adesso era mio, non fa niente che era zoppo.

Poi ho chiesto a papà se io e Emidio potevamo andare a fare i tuffi e lui ha detto di sì, ma che non dovevo provare a fare la capriola, dovevo aspettare che me la faceva vedere prima lui.

È andato a mettersi all'ombra dello scoglio grande che sta in mezzo alla spiaggetta e si è acceso una sigaretta, mentre io e Emidio ci arrampicavamo sulle rocce. Quando siamo arrivati alla punta da dove ci si tuffa, l'ho chiamato e gli ho fatto il gesto che facevo la capriola, lui è scattato in piedi arrabbiato e io mi sono messo a ridere, mica lo facevo veramente.

Mi sono lanciato di testa, mentre Emidio ha fatto il solito tuffo a bomba, perché c'ha paura a entrare in acqua di testa. Però non lo ammette, dice che a bomba è più bello perché alzi un sacco di schizzi. È proprio un puzzone. Quando siamo tornati a nuoto sulla spiaggia, babbo ci stava aspettando a riva.

"Quando fai il carpiato, devi quasi toccarti i piedi con le mani e poi ti apri a molla. E tieni le gambe più uni..."

Si è interrotto, qualcosa lo aveva distratto. Mi sono girato a guardare: c'erano due signori grandi e grossi che stavano fermi in cima alle scale che portano alla spiaggetta. Non erano certo venuti a farsi il bagno, erano vestiti come ci si veste ai matrimoni, con la giacca scura. Papà aveva una faccia strana, che non gli avevo mai visto. Sembrava un bambino che ha perso tutti i giocattoli, non solo un robottino. Si è avvicinato a zia Anna, la mamma di Emidio, e le ha chiesto se mi poteva lasciare con lei perché lui doveva fare un servizio.

"Dove vai, pa'?"

"Sono venuti due amici a trovarmi e li devo salutare. Ci vediamo dopo, va bene?"

Io ho fatto sì con la testa, così potevo provare a fare il tuffo con la capriola che tanto zia Anna sta le ore stesa al sole come una lucertola, con quell'olio abbronzante alla noce di cocco che puzza da morire.

Quando papà ha raggiunto i due signori del matrimonio, pure se sono amici, non si sono abbracciati. Però non significa niente, perché pure io, quando d'estate rivedo Emidio, non è che lo saluto molto. Forse quei due sono i due cugini scemi di babbo, ho pensato. Sono risalito sullo scoglio dei tuffi e aspettavo che papà se ne andasse per provare la capriola. Invece stava ancora in cima alla salita a parlare, poi uno dei due signori ha tirato fuori dalla tasca una cosa che brillava, una cosa di metallo. Papà ha fatto segno di no con la testa, mi ha indicato e l'uomo se l'è rimessa in tasca. Io ho pensato che voleva fargli vedere com'ero bravo a tuffarmi. Così mi è venuta un'idea: ho fatto un passo, mi sono messo in posizione e via! Mi sono lanciato a fare la capriola. Ho girato velocissimo e sono entrato di testa, evviva! Volevo subito ritornare su a vedere la faccia di babbo, mica mi poteva sgridare, gli avevo fatto fare un figurone. Ma quando sono uscito con la testa fuori dall'acqua, lui non c'era più a guardarmi. Si stava allontanando con i suoi amici ai lati che lo tenevano per le braccia.

Quella mattina il mare era proprio una tavola e l'isolotto sembrava il piatto. Poi si è alzato il vento e sono arrivati forchetta e coltello. Sono venuti e se lo sono mangiato. Quella è stata l'ultima volta che ho visto mio padre.

Salvo De Benedittis, V B
11 maggio 1991

"Questa cosa che hai raccontato nel tema è successa veramente?" mi ha chiesto la signorina Silvia.

Ho fatto di sì con la testa. Nessuno qui sa niente di quando vivevo in Puglia, di tutto quello che mi è successo prima di venire a vivere a Trento con gli zii.

La maestra è rimasta zitta per qualche secondo, poi mi ha chiesto se sapevo dov'era mio padre in quel momento. Io le ho detto quello che mi aveva raccontato mamma una volta, cioè che papà stava in una scuola pure lui, solo che quando finiva la lezione non poteva tornare a casa perché c'erano sempre molte cose da studiare.

"Lo so che sta in prigione," ho aggiunto sottovoce, per non farmi sentire dai miei compagni.

La maestra mi ha fatto un sorriso, mi sa che le facevo tenerezza. Io sono così, cerco di scherzare anche sulle cose brutte, se sono mie. Poi, invece di mandarmi al posto, ha detto a tutti che avevo fatto un bel tema e che mi aveva messo "Bravissimo". Nessuno se l'aspettava, manco io. Ho avuto paura che me lo faceva leggere davanti all'intera classe, invece ha chiamato Tommaso che subito si è fiondato alla cattedra tutto impettito, convinto che adesso toccava a lui prendersi i complimenti per il suo tema. Invece gli ha detto di darmi la coccarda e che ero io il più bravo della classe.

Quando la signorina Silvia me l'ha appuntata sul petto, mi sono fatto rosso rosso. E mentre tornavo al posto, ho visto che Noemi mi guardava.

Quello che è successo dopo che papà è andato via non l'ho potuto scrivere nel tema perché sennò andavo fuori traccia. È molto importante non andare fuori traccia, a quanto pare. Comunque il primo anno a Ruvo è stato sicuramente il più brutto, mamma piangeva sempre e si è ammalata di nuovo. Io ho cominciato la prima elementare, però spesso stavo a casa invece di andare a scuola e alla fine dell'anno non avevo imparato niente e infatti mi hanno bocciato.

Poi è venuta di nuovo l'estate e, così come è arrivata, se n'è andata via. Ogni tanto la nostra vicina, la signora Devoto, mi portava al mare con i gemelli, tutto qua. Sono belli i gemelli: sono appena nati e sono proprio uguali. Chissà se continueranno a essere uguali anche quando crescono.

Il 22 settembre è ricominciata la scuola e come al solito il primo giorno piangevano tutti. Basta che uno comincia e parte il concerto.

Affianco a me stava seduta una bambina e la mamma le diceva: "Non devi piangere, vedi, sono tutti piccoli come te. Guarda là, c'è pure Antonella, vedi? Chiamala".

La bambina si è girata verso l'amichetta, ma la povera Antonella era quella che piangeva più di tutti. Io me ne stavo per conto mio, tanto lo sapevo che dopo un po' finiva.

"Guarda lui com'è bravo, la mamma non c'è e lui non piange proprio… glielo vuoi dire tu che il primo giorno non si piange?"

"Veramente per me non è il primo giorno."

"Ah no?"

"A me mi hanno bocciato."

"Ah..."

Non lo so perché l'ho detto, però era la verità, non era proprio il primo giorno per me.

"Però pure l'anno scorso non mi sono messo a piangere."

"Ecco... vedi."

Mi sono girato verso la bambina e le ho parlato.

"Non ti devi preoccupare, tanto poi ci vengono a riprendere."

Lei mi ha guardato, c'aveva tutti gli occhi rossi. Però ha smesso di piangere. La nuova maestra si è fermata affianco a noi.

"Bravi, state facendo amicizia... che bella bimba, come ti chiami?"

La bambina ha alzato la testa, ha guardato la mamma e poi ha detto: "Roberta".

Non avevo mai visto una bambina più bella di lei.

Sua madre sembrava preoccupata che stava seduta affianco a me, allora la maestra le ha detto qualcosa all'orecchio e poi mi ha chiesto: "Quest'anno veniamo un po' più spesso?".

Alla fine tutte le mamme sono uscite e Roberta è rimasta seduta affianco a me.

La signorina si è appoggiata alla cattedra e ha cominciato a dire: "Allora io sono la vostra maestra. Sapete cos'è una maestra?".

"Sììì..."

Roberta guardava i disegni appesi al muro, quelli messi in fila uno accanto all'altro.

"Che cos'è?" mi ha chiesto.

"L'abbecedario."

"Cosa?"

"Serve per imparare le lettere dell'alfabeto."

Non aveva capito.

“Sono le lettere dell’alfabeto. Quella è la ‘erre’ e c’è il disegno della rondine perché rondine comincia con ‘erre’.”

“Rondine comincia con ‘r’?”

“Sì, ma quando sta da sola si dice ‘erre’.”

“Perché?”

“Boh... Non lo so.”

“Per questo ti hanno bocciato?”

Speriamo che la mamma di Roberta torna a riprendersela, ho pensato. Invece quello che se n’è andato sono stato io, non ho fatto nemmeno un mese in quella classe.

2.

Un giorno che ero andato a scuola, quando sono uscito, ho trovato zio Eugenio ad aspettarmi. Era il 20 ottobre 1986, una data che ricorderò sempre perché non me la posso più dimenticare.

Zio Eugenio era un po' più vecchio di papà, c'aveva già la barba bianca. Ogni tanto babbo andava con lui in Germania, gli dava una mano a guidare il camion e quando tornava portava sempre un sacco di vestiti alla mamma. Soprattutto scarpe. Mamma c'aveva delle scarpe come nessun altro in paese.

Lui abitava in un'altra città, quindi era una sorpresa che stava lì. Ha detto che mamma stava in ospedale, che non si era sentita bene. Siamo saliti sul camion e io non riuscivo nemmeno a guardare la strada perché il sedile era troppo basso e io stavo ancora più giù del sedile. Col morale, intendo.

Dietro c'era una tenda che copriva il letto dove zio dorme quando viaggia. Poggiato sopra c'era questo giornale con la faccia di una ragazza con i capelli biondi che sorrideva, però in modo strano, sembrava che c'aveva sonno. Il titolo diceva "Strutt-qualcosa", mi sa che era in tedesco. Zio Eugenio infatti sa parlare in tedesco, almeno così dice sempre lui, mentre babbo lo prendeva in giro che sapeva dire solo buongiorno e buonasera.

"Zio, perché in Germania si parla tedesco?"

"In che senso?"

"Non si dovrebbe parlare 'germanico'?"

Ha alzato gli occhi come se la risposta stava scritta sul parasole. Molti quando pensano fanno così, che guardano in alto, non il parasole.

"Be'... è la stessa cosa, si chiama tedesco perché loro sono tedeschi."

"E perché sono tedeschi e non germanici? Mica abitano in Tedeschia."

Mi ha guardato come quando ti accorgi che ti sei appena seduto dove sta bagnato, che ti senti stupido per non aver controllato prima. Ma ormai è troppo tardi.

"Hai ragione... non lo so."

Qua nessuno sa niente, questa è la verità, però fanno tutti finta del contrario. In Spagna si parla spagnolo, in Giappone giapponese, in Italia italiano. Invece in Germania parlano tutti la lingua sbagliata e nessuno dice niente. C'aveva ragione babbo.

Poi zio mi ha fissato per un po' di tempo, come se ero io quello strano e non lui.

"Salvo, adesso quanti anni hai?"

In quel momento il camion ha preso un fosso e da dietro la tenda è caduto il giornale "Strutt-qualcosa", proprio davanti a noi. Zio l'ha subito tolto di mezzo infilandolo nella tasca sulla portiera, ma ho fatto in tempo a vedere che la ragazza sulla copertina non solo sorrideva, ma c'aveva pure un seno fuori. Solo uno. Ma molto grande.

Mi sono ricordato di una cosa.

All'inizio dell'estate che vennero a prendersi babbo, io e Emidio avevamo fatto spaventare un sacco i nostri genitori perché un pomeriggio non ci trovavano più e pensavano che eravamo finiti sulla statale e una macchina ci aveva buttato sotto. Invece avevamo scoperto "la scorciatoia".

La chiamavano così perché con quella non ti dovevi fare

tutto il giro per arrivare al Camping dell'Isola, dove c'era un videogioco che se gli davi un calcetto sulla gettoniera ti regalava una partita. Per prenderla bisognava solo scavalcare una rete, stando attenti a non sporcarsi perché era tutta arrugginita. Non ci stava l'asfalto per terra, ma solo la terra rossa e l'erba che nessuno tagliava. E così tanti ulivi che sembrava che era pomeriggio pure a mezzogiorno.

Gli ulivi sono strani, perché sono tutti diversi pure se sono sempre ulivi, mentre gli altri alberi si assomigliano di più tra loro. E poi sembrano antichi anche quando sono piccoli, come se nascono vecchi. E poi c'erano una roulotte abbandonata, quella macchina a pedale che serve a impastare il cemento e tante casette di legno costruite a metà, con i teli di plastica al posto del tetto. Insomma, ci stavano un sacco di cose lungo la scorciatoia e più ci guardavamo attorno, più ne trovavamo, per questo non tornavamo più.

Come ogni volta che facevamo gli esploratori, Emidio aveva raccolto una mazzarella di legno e l'aveva eletta il suo "bastone del comando", chissà da chi l'aveva sentita quella scemenza. La sbatteva da tutte le parti come una spada, per le vipere diceva. Secondo me lì c'erano solo lucertole, ma non si sa mai. A un certo punto si era fermato perché aveva trovato qualcosa per terra e io l'avevo superato. Credevo che incominciava a fare il cretino perché quando impugna il bastone del comando nessuno gli può passare avanti, è lui che conduce. Io lo lascio fare, tanto sono abbastanza moscio quando cammino, mentre lui va sempre di corsa. E poi, se prova a toccarmi, glielo spacco in capa il bastone del comando, così vediamo se funziona veramente.

Emidio si era proprio bloccato, ma mica mi chiamava. Vuoi vedere che c'era davvero una biscia e lui non si poteva muovere sennò quella lo mordeva? Mi sono messo a cercare un bastone pure io, ma niente: non ce n'erano.

Già m'immaginavo che per salvarlo gli dovevo succhiare

il veleno dalla ferita, però avevo paura che se non lo sputavo tutto morivo pure io. Questo lo sapevo dai film.

"Ma che c'è?" gli ho chiesto.

Emidio è rimasto zitto, concentrato come uno che deve risolvere un problema difficilissimo di matematica, e mi ha fatto segno di avvicinarmi.

Per terra c'era un giornale aperto.

"Che cosa hai trovato?"

"La fessa." Ha indicato col bastone del comando. Sul giornale ci stava una donna nuda con le gambe spalancate.

Io l'avevo già vista una volta, ma non così, cioè non tutta quanta. Un giorno mamma si era affacciata dal bagno e mi aveva chiamato. Si era appena fatta la doccia e stava in accappatoio. Si vedevano dei peli.

"Che guardi?! Prendimi le ciabatte."

Si era coperta subito e io non so perché mi ero vergognato. E le avevo preso le ciabatte nello stanzino senza più alzare la faccia da terra.

"Ma non c'ha i peli la fessa?"

Abbiamo guardato il giornale un'altra volta come due scienziati sospettosi.

"Le bambine non ce li hanno i peli."

"Ma questa è una signora. Le signore c'hanno i peli."

"E tu che ne sai?"

"...si sa."

Quando poi siamo tornati a casa, abbiamo preso tante botte quante le pagine di quel giornale. Ma ne era valsa la pena, perché sennò adesso non la potevo raccontare questa cosa, anche se è un po' fuori traccia. La sera, quando ci hanno mandato a letto senza cena, io e Emidio ci abbiamo messo un sacco a prendere sonno, siamo rimasti ore a fissare il soffitto sfogliando pagine immaginarie.

3.

Zio Eugenio adesso stava più attento alla strada, non sia mai che acchiappava un altro fosso e cadeva ancora uno "Strutt-qualcosa".

"Il mese scorso ho fatto sette anni," ho risposto, poi gli ho chiesto se mi potevo stendere dietro. Non è che volevo dormire, è che ero curioso di sapere come si stava. Sono salito, ballava tutto.

"Zio, ma papà dormiva pure lui sul camion?"

"Come no... io guidavo e lui si riposava e poi ci davamo il cambio."

"Zio, ti posso chiedere una cosa?"

Secondo me si è preoccupato quando gli ho detto così, infatti ha risposto: "Dipende...".

"Ma papà quando torna?"

È stato zitto. Come fanno tutti quando faccio questa domanda. A mamma non la faccio più perché poi dopo non dice niente per tutta la giornata. Però magari a lui lo potevo chiedere, visto che non lo vedevo mai.

"Non lo so quando torna papà, Salvuzzo... dipende dal processo."

Questa è una parola importante. L'avevo già sentita una volta, due mesi dopo che papà se n'era andato e noi eravamo tornati a Ruvo. Io mi ero appena svegliato e mamma stava in salotto con un signore anziano che parlava piano piano. Ogni tanto dava un colpo di tosse, poi si asciugava attorno alla bocca con un fazzoletto. Mamma ascoltava in silenzio, non sembrava contenta che quel signore stava là, ero sicuro che aveva paura di lui. Io non l'avevo mai visto in paese. Allora mi sono messo dietro alla porta ch'era rimasta un poco aperta, così se quello faceva qualcosa, io gli davo una botta sulla testa e mamma poteva scappare. Invece lei mi ha visto e ha detto: "Vieni qua Salvo, avvicinati".

Io ho scostato un poco la porta e mi sono fatto vedere.

"Che fai là dietro? Vieni a salutare."

Mi sono avvicinato a mamma, ma mi ero sbagliato: lei era tranquilla, mi sa che ero io che avevo paura. Mi ha sistemato i capelli, come fa sempre quando mi presenta a qualcuno, così come, quando viene gente in casa, spolvera tutti i soprammobili, per far vedere quanto sono belli.

"Saluta il signore... lui è mio figlio Salvo."

A lui bastavano due dita per stringere la mia mano. Sembravano due pezzi di quella corda doppia che usano al porto per legare le barche, la gomena. È rimasto attaccato, come se mi aveva fatto un nodo. L'ho guardato e mi è tornata la paura.

"Faciv' 'u spione?"

"In casa mia nessuno fa la spia," ha risposto subito mamma, con la stessa voce di quando rimprovera me.

Il vecchio è stato zitto un po', muoveva solo la testa su e giù, finché ha sciolto il nodo e mi ha lasciato la mano.

Poi è successa una cosa strana, mi sembrava che qualcuno mi stava guardando, però eravamo solo noi tre nella stanza. È stato allora che ho visto il Volto Santo, come il quadro che sta in camera di mamma, sopra il letto. Solo che il vecchio ce l'aveva disegnato sul petto, spuntava dalla camicia che teneva aperta per il caldo. Sembrava che Gesù mi fissava.

"E io questo volevo sapere."

Si è messo il cappello in testa, poi si è alzato lentamente, come fanno i vecchi che sembra che gli scricchiolano tutte le ossa. Ora ci guardava dall'alto in basso. Con me è sempre così perché sono piccolo, con mamma perché era rimasta seduta.

"Quello che posso fare per te e 'u criature, lo posso fare subito... senza aspettare il processo di Vincenzo."

Il processo di Vincenzo... era una cosa di mio babbo allora!

"Fall' mangià 'u criature, sta sciupato..."

Poi mi ha dato due colpetti sulla guancia e io sono rimasto fermo come un sasso. Dentro le mani c'aveva la corteccia come quella degli alberi, piena di rughe.

"E pure tu Mari', vedi che tutto si aggiusta, figlia mia."

Gli ha detto "Figlia mia", come se fosse suo padre.

Poi ha preso il bastone e se n'è andato. Non zoppicava molto, si appoggiava solo un po', forse non ne aveva così bisogno. Mi è venuto in mente il "bastone del comando" di Emidio che al massimo metteva paura alle lucertole. Con quello invece il vecchio ci scacciava veramente le serpi, solo che le chiamava spioni.

"Ma', cos'è un processo?" le ho chiesto dopo che è uscito.

Non me l'ha voluto dire. "Salvo, sono stanca..."

Pure io sono stanco che nessuno mi dice niente. Dove sta papà? Torna per quando comincio la scuola? Quest'anno mi deve insegnare ad andare in bicicletta senza le rotelle.

A quella parola, "processo", non ci ho pensato più per un sacco di tempo finché un giorno, a scuola, è caduta la mensola dove stavano tutti i nostri sussidiari e noi bambini ci siamo messi a raccoglierli. Assieme a quelli c'era un libro pesantissimo con la copertina di tela blu. Ho chiesto alla maestra che cos'era e lei lo ha alzato in alto per farlo vedere a tutti.

"Voi lo sapete cos'è questo?"

"Il libro chiattone che ha fatto cascare la mensola," ho pensato, ma mica lo potevo dire.

"Questo è un vocabolario... e sapete cos'è un vocabolario?"

"È il libro dove ci stanno i nomi di tutte le cose."

"Bravo, Francesco. E sai pure a che serve?"

Francesco questa non la sapeva.

"Su... a che può servire un libro dove ci sono i nomi di tutte le cose?"

"A fare l'appello," ho detto io.

La maestra si è messa a ridere. A me sembrava logico.

"Non ci sono i nomi propri, ci sono tutte le parole della nostra lingua e per ognuna c'è anche la spiegazione. Facciamo un esempio..."

Quando è finita la lezione, ci siamo messi tutti in fila per due per uscire, però a me è tornata in mente quella parola. Così, quando sono sfilati tutti, sono salito sulla sedia della maestra e ho preso il vocabolario dalla mensola che il bidello aveva rimesso a posto. Quando l'ho aperto, ho pensato: "Mamma mia, non ce la farò mai a imparare tutte queste parole". E poi come si faceva a trovare "processo"? Era scritto tutto piccolino e io sapevo leggere solo un po' le lettere grandi.

Niente da fare, insomma, nemmeno il chiattone blu mi voleva aiutare. Così, quando nel camion zio Eugenio ha nominato di nuovo quella parola, gliel'ho chiesto subito se me la spiegava.

"Il processo è quella cosa che ti fanno quando hai commesso un reato."

Zio era peggio del vocabolario.

"E cos'è un reato?"

"È una cosa brutta che non si fa."

"E babbo che cosa ha fatto che gli fanno il processo?"

Zio mi ha guardato e si vedeva che voleva stare dappertutto tranne che lì a rispondere a quella domanda.

"Quando diventi più grande te lo dico."

Non so quante volte l'ho sentita questa risposta. È come

se tutti i grandi avessero fatto una riunione per capire come affrontare i piccoli e le loro domande proibite. E dopo giorni e giorni di discussioni, quando ormai tutti avevano perso la speranza, uno è saltato in piedi gridando: "Ci sono, possiamo rispondere: 'Quando diventi più grande te lo dico'". E tutti a fare sì con la testa, finalmente avevano trovato la soluzione. Un genio proprio.

"Ma grande quanto, tipo a otto anni?"

"Va bene. A otto anni."

Dovevo aspettare solo un anno.

"Ma quanto dura un processo, zio?"

"Ancora non si sa, Salvu'. Ma non ti preoccupare che tuo papà prima o poi torna."

Speriamo, ho pensato. Perché da quando papà se n'era andato era diventato tutto più difficile. Prima era lui che comprava le cose, ora io e mamma facevamo tutto da soli. Per fortuna due giorni dopo che era venuto quel vecchio a casa, avevano bussato alla porta. Noi abitavamo al piano terra, proprio in mezzo alla corte.

"Salvo, vedi chi è," aveva detto mamma dal letto. Ormai andavo sempre io ad aprire.

"Ci sta tua mamma?" aveva chiesto il più grande dei due ragazzi fuori alla porta. In mano tenevano due cassette piene di bottiglie di vino.

"Mamma, ci stanno due signo..." Ma mamma si era già affacciata sul corridoio, come se si era ricordata che doveva venire qualcuno. Quando si alzava, si metteva sempre la vestaglia. E camminava lenta, come se portasse una palla di ferro legata al piede. C'era finita pure lei in prigione assieme a papà.

"Mettetele là," aveva detto mamma, indicando la cucina. Stava appoggiata al muro e teneva vergogna di farsi vedere, come tutte le volte che capitava un estraneo a casa.

"Salvo, pensaci tu", ed era rientrata in camera da letto.

Le cassette con le bottiglie di vino non finivano più. E poi ci stavano pure cinque scatoloni di cartone. Sopra c'era scritto Marlboro, le sigarette che fumava papà.

"Quanto vi dobbiamo dare?" avevo chiesto dopo che avevano finito, così andavo da mamma e mi facevo dare i soldi, come quando Pasqualino portava la spesa del salumiere.

"Niente, non ti preoccupare."

"È un regalo?" Mica ci credevo però, pensavo che mi prendevano in giro.

Infatti i due ragazzi si erano guardati e quello più basso e un poco chiattoncello, che non aveva parlato proprio, aveva detto: "È arrivato Babbo Natale," e si era messo a ridere.

A me non faceva ridere e neanche a quell'altro.

"Tengo un'ambasciata per tua mamma, ci posso parlare?" aveva chiesto il ragazzo più alto, pure per fare stare zitto all'altro, quello antipatico.

"Veramente sta riposando."

"Allora glielo dici tu?"

"Che cosa?"

"Gli dici: ha detto il Vecchio che ci pensa lui ai figli suoi."

"Figlia mia", così aveva chiamato mamma l'uomo con le dita di gomena e il Volto Santo prima di andarsene. Doveva essere lui "il Vecchio".

In cucina non si poteva più camminare tanta era la roba che c'era, e ogni settimana ne arrivava altra. Così quell'anno che avevo appena cominciato la scuola vendevamo il vino e le sigarette a casa e la gente bussava a tutte le ore. Mamma stava sempre più a letto e allora ci pensavo io, mi affacciavo alla finestra della cucina e davo la roba. E poi ho cominciato ad andare sempre meno a scuola, perché mamma si dimenticava di svegliarmi la mattina, oppure quando ero già lavato ed ero pronto a uscire, mi diceva: "Salvo, aspetta..." e rimanevo con lei a casa. Secondo me anche per questo mi hanno bocciato, perché non avevo il tempo di fare nient'altro che stare vicino a mamma. Ma nessuno ci poteva fare niente, nemmeno zia Rosaria, la sorella di nonna, quando veniva a trovarla. Zia passava quasi tutti i sabati, perché zio Rocco faceva il mercato. Allora lei si faceva accompagnare in paese e ci portava sempre una cassetta dell'orto suo. Si pigliava il caffè con mamma e a me mi portava sempre una bella cosa: le caramelle, quelle a forma di spicchio di arancia o di limone, oppure le Rossana, che a parte che erano proprio buone, in più erano avvolte in una plastica rossa un po' trasparente, che quando ci guardavi dentro vedevi tutto rosso. Me ne ero conservate un sacco, tipo che facevo collezione, perché le stavo unendo tutte con lo scotch per farci un aquilone, oppure un mantello. Qualcosa per volare, insomma.

Un pomeriggio che ero appena tornato dal mare con la signora Devoto e i gemelli, ho visto zia che entrava in casa. Ho salutato gli altri che giocavano a pallone nella corte e sono corso alla finestra della cucina.

"Guarda qua," ho sentito che diceva zia Rosaria a mamma, "ci stanno pure le susine. L'anno scorso facevano proprio schifo co' tutta quella pioggia che ha fatto, queste invece... Ormai è così, non ci sta niente da fare, un anno sì e uno no dobbiamo buttare la metà della roba..."

Zitto zitto mi sono arrampicato sull'inferriata e ho messo la faccia in mezzo alle sbarre. E ho fatto una smorfia da cretino, così zia quando si accorgeva che stavo lì, prima moriva di paura e poi si metteva a gridare: "Scornacchiato, mi hai fatto venire un colpo, vieni a dare un bacio a zietta, sennò niente bella cosa!".

Invece zia non mi ha visto proprio.

"Ma mi stai sentendo?"

Mamma ha alzato la testa come se si era svegliata in quel momento. Teneva la sigaretta in mano, ma era tutta cenere, se l'erano fumata i pensieri.

"Figlia mia, basta, tu ti devi alzare, ti devi vestire, devi uscire un poco, guarda che faccia che tieni, mi pari un fantasma co' 'ste occhiaie, uno zombo, come si dice. Eh! Pensa a tuo figlio! Tua sorella mi chiama tutti i giorni per sapere come stai, lo vuoi capire che stiamo tutti preoccupati?"

Parlava di zia Anna, la mamma di Emidio. Loro vivevano a Trento e venivano solo d'estate a Ruvo a trovare i parenti.

Ma mamma sembrava che nemmeno l'ascoltava. Allora zia Rosaria si è arrabbiata proprio.

"Stà a ppìrde la càpe apprìsse a cùdde desgrazziàte! Ciò c'à fàtte à fàtte. Basta, lo capisci che è meglio che non lo vedi più? Nu sbandàte, nu bandìte!"

"È marìteme!"

"E tu à scemunìte!"

"Basta! Basta! BASTA!!!"

Madonna bella, falla stare calma, Bambin Gesù proteggila tu, non fatela gridare così, che sembra che scoppia. Mamma si è messa a piangere, piegata sulla pancia. E zia stava zitta, come se le avevano dato uno schiaffo in faccia e non ci credeva che glielo avevano dato.

"Scusa, Maria... scusa... ma io lo dico per te, 'un te pozze vedé acchessì."

Le ha fatto una carezza sui capelli.

Io mi sono staccato dalle sbarre, ho fatto un saltello e sono atterrato in punta di piedi. Ho messo le mani in tasca e me ne sono andato.

"Non è giusto" è il nome del pazzo del paese. Mentre cammina per strada lo ripete in continuazione, per questo l'hanno chiamato così. Quel pomeriggio ho pensato che tanto pazzo non doveva essere. Me ne sono stato tutta la giornata seduto su una panchina in villa comunale a pensare "non è giusto".

Quando sono tornato, mamma stava dormendo sul divano. Mi sono avvicinato facendo piano piano e l'ho guardata come se avevo paura che non respirava. Invece lei ha aperto un occhio e mi ha sorriso, stava solo facendo finta di dormire. Mi ha tirato sul divano e mi ha abbracciato.

"Ma', e se non ero io?" le ho chiesto.

"Ho sentito i passi", nel senso che li aveva riconosciuti. E mi ha dato un bacio.

Poi mi ha detto: "Dammi la mano" e siamo rimasti così per tanto tempo, con lei che guardava incantata fuori dalla finestra, come se lì succedevano un sacco di cose. E mi sono stato zitto pure io, anche se non vedevo niente.

Questo accadeva un mese prima che zio Eugenio mi venisse a prendere a scuola. Così, quando in ospedale me l'hanno fatta vedere da dietro il vetro, ho pensato che, se camminavo fuori dalla porta, mamma riconosceva i passi e capiva che c'ero pure io là fuori. Poi però mi hanno detto di mettermi seduto in corridoio buono buono.

Volevo disegnare un po', dato che avevo con me la cartella e l'astuccio. Però non avevo fogli perché avevo finito il quaderno. Allora mi sono messo a disegnare con la matita direttamente sulla panca, che tanto, se uno vuole, si può cancellare. Ho fatto un disegno molto bello: c'eravamo io, mamma, papà e la balena con la coda che spuntava dall'acqua, quella del film *Moby Dick* che avevamo visto in televisione, con quel vecchio senza gamba che ce l'aveva a morte con la balena perché gliel'aveva mangiata. Però pure Moby Dick c'aveva ragione un poco, perché lei se ne stava per i fatti suoi e quelli venivano a cacciarla. Nel mio disegno invece la balena stava bene, nessuno le rompeva le scatole e faceva pure lo spruzzo fuori dall'acqua.

"Cos'è questa cosa che sta sopra allo spruzzo?" ha chiesto zio Eugenio quando ha visto il disegno.

"È la gamba del capitano Achab. La balena l'ha sputata fuori, così il capitano la smette di darle fastidio. Se la prende, se la riattacca e finisce lì, amici come prima."

Poi però mi sono scocciato di disegnare.

Ogni tanto usciva qualcuno, mi guardava che stavo seduto sulla panca fredda in corsia e faceva una faccia strana, come se stavo malato pure io. Ma io stavo bene, volevo solo andare a casa con mamma. Invece lei era salita sul tetto e aveva provato a volare senza il mio mantello di Rossana.

Poi hanno spento la luce in camera di mamma.

4.

All'inizio non volevo stare dagli zii, però se non andavo da loro dove andavo?

E così sono finito a vivere a Trento. Zia diceva che un poco alla volta mi sarei ambientato, tanto loro stavano in una grande città e in una grande città non ci vuole niente a farsi nuovi amici. A me sembrava il contrario, perché lì fa freddo e nei posti dove fa freddo si sta sempre in casa. Non era come a Ruvo che stavamo sempre in piazza a giocare a pallone, a Trento piove un sacco. E poi ho cominciato a dormire in stanza con Emidio il cretino. Sono passati cinque anni e ancora si lamenta che tengo la luce accesa per leggere.

Quando ero più piccolo, subito dopo che era morta mamma, mi svegliavo sempre in mezzo alla notte per colpa dei brutti sogni. È per questo che mi addormento solo se c'ho un libro, così mi metto a pensare alla storia e non mi vengono più gli incubi. All'inizio le storie me le leggeva zia Anna, però non sapeva fare le voci dei personaggi, non era come mamma che quando raccontava sembrava di vedere un film. E poi zia non è che lo poteva fare tutte le sere, spesso era stanca e si addormentava sul divano davanti alla tv. Allora ho capito che dovevo leggermele da solo, per questo mi sono messo a studiare. E infatti non mi hanno più bocciato. Meno male perché sennò dovevo cambiare di nuovo i compagni e mi dispiaceva, tranne per Tommaso.

Se Emidio è un cretino, Tommaso è quella parola che comincia con "str". Quando la signorina Silvia gli ha tolto la coccarda per darla a me, ci è rimasto proprio male. A me mi sta proprio antipatico. Bisogna saperla portare la coccarda, nel senso che anche se sei il più bravo non ti devi atteggiare. Invece lui sembrava un pesce palla talmente gonfiava il petto per farla vedere. E poi è il cugino di Noemi, che ormai è sicuro che mi piace, solo che non so se io piaccio a lei. Cioè, ora che avevo io la coccarda le dovevo piacere per forza, ho pensato.

Quel giorno, quando siamo usciti da scuola, mi sono avvicinato per darle un bigliettino che avevo scritto, così se lo leggeva a casa e aveva tutto il tempo di pensarci. In realtà ce l'avevo pronto da un mese, solo che non trovavo mai il coraggio di darglielo. Diceva: "Cara Noemi, anche se quando parliamo ti prendo sempre in giro, la verità è che mi piaci. Tu non lo sai perché stai seduta due banchi avanti, ma io ti guardo sempre. Vedo solo i capelli, però quando ogni tanto ti giri di lato, riesco a guardarti pure il viso. E quando non ci sei, m'immagino le cose che potremmo fare assieme. M'immagino che ci sei, ecco. Ti vuoi mettere con me? Firmato: Salvo". E poi c'erano due caselle, una per il Sì e una per il No.

Emidio mi aveva detto che secondo lui dovevo mettere solo la scelta alla fine senza scrivere niente. Io invece avevo pensato che era meglio se prima le dicevo quanto mi piaceva. Così fuori dalla scuola ero pronto a darglielo, ma come mi sono avvicinato, Tommaso è arrivato e se l'è presa per mano.

"Vuoi vedere la macchina nuova di papà? C'ha pure la radio con i canali."

E se l'è portata via. Sicuro l'ha fatto apposta, perché ha capito che mi piace sua cugina. Già gli avevo tolto la coccarda, avrà pensato che ce l'avevo proprio con lui. Sono saliti su questa grossa Mercedes tutta lucida e sono andati via. Però

Noemi, prima di chiudere la porta mi ha guardato, almeno così mi è sembrato. Comunque, dopo quel giorno non ho più trovato il coraggio.

Quando sono arrivato a Trento, zia mi ha iscritto nella piscina dove già andava a nuotare Emidio. A me non è che mi piaceva tanto perché mi scoccio di fare le vasche avanti e indietro. Poi vado lento e finisce sempre che quelli più veloci mi raggiungono e mi danno le manate sui piedi. Io invece volevo fare i tuffi, che babbo già mi stava insegnando. L'ho detto a zia e lei mi ha fatto cambiare corso. È così che ho conosciuto mister Klaus, l'istruttore di noi piccoli.

Se il pazzo del paese l'hanno chiamato "Non è giusto" perché ripeteva sempre quella frase, a lui dovrebbero chiamarlo "Tuffarsi è come morire" per lo stesso motivo, perché lo dice in continuazione. Secondo lui dobbiamo pensarlo ogni volta che stiamo per lanciarci, ma non è che abbiamo capito bene come questo possa servire a tuffarci meglio. L'unica cosa che abbiamo capito è che ha a che fare con la "paura", che è l'altra parola che ripete sempre. Insomma, fa un sacco di discorsi strani e, anche se nessuno dice che è pazzo, lo pensano un po' tutti. Però è anche vero che vengono a salutarlo tanti ragazzi grandi che hanno imparato a tuffarsi con lui, anche dopo anni che hanno smesso. Ogni tanto li vediamo che parlano con lui seduti sulle gradinate, come se chiedessero consigli a un papà o a uno zio.

Con babbo era diverso, lui non parlava molto, mi faceva vedere come si fanno le cose e basta. Però era anche vero che ormai non mi ricordavo più molto di lui e man mano che passava il tempo era sempre peggio. Cioè, se pensavo alla sua faccia, mi sembrava come se stava sott'acqua, che vedi tutte le cose deformate, con le onde che muovono tutto e non si capisce niente. Questa cosa mi faceva incavolare un sacco e alla fine non ci ho più provato a ricordarlo. Di mamma invece avevo una foto che mi guardavo sempre prima di andare a dormire, stava nel cassetto del comodino. Le davo un bacio e poi nanna. Però le foto non parlano, stanno sempre zitte. E, alla fine, ti rimangono in mente il naso e gli occhi, mentre la voce chissà che fine ha fatto. Quindi a un certo punto è successo che ho voluto dimenticare tutto, mi arrabbiavo troppo che babbo stava sott'acqua e mamma non mi diceva nemmeno una parola. Ho messo tutto in un altro cassetto, ma non quello del comodino. Il "cassetto che so che c'è". Anche se non lo apro mai, so che c'è tutto conservato.

A nove anni sono diventato un campione, il numero UNO. Con il punteggio di 8.64. Mister Klaus dopo mi ha detto che era sicuro che vincevo, perché sono l'unico della squadra che non ha voglia di vincere, ma ha paura di perdere. Sempre con questa cosa della "paura", lui. Però è vero che a me non me ne fregava niente di vincere. Cioè, mi piaceva l'idea, ma mica ci speravo. A me interessava solo che erano venuti gli zii a vedermi perché erano le Regionali.

Zio si mette le mani davanti agli occhi quando mi tuffo, è proprio un fifone. Io invece penso sempre che se sbaglio il tuffo al massimo mi rompo una gamba e divento zoppetto. Pure Mercoledì è zoppetto, quindi va bene. Nessuno lo sa, ma me lo porto sempre appresso. Sia a scuola che in piscina. Lo tengo nascosto in borsa tutto il tempo. Non è che ci parlo, mica sono scemo. Però devo sapere che sta là. Finché un giorno è successa una cosa brutta: Mercoledì è scomparso con tutti gli altri giochi. Quando io e Emidio siamo tornati a casa da scuola, zia ci ha detto che ormai eravamo grandi e non andava bene che giocavamo ancora coi giocattoli e che li aveva buttati con tutta la cesta. Ci siamo arrabbiati talmente tanto che zia ci ha accompagnato a vedere nei cassonetti sotto casa, ma il camion era già passato. Dentro la cesta ci stavano anche tutti gli altri giochi, la pista delle macchinine, l'astronave e i pupazzi scemi di Emidio. Ce ne siamo stati tutto il pomeriggio stesi sui letti in camera nostra a cercare di ricordarceli uno a uno, anche quelli finiti in fondo alla cesta che non prendevamo mai. Ma a me importava davvero solo di Mercoledì, mannaggia a me che lo poggiavo sempre lì sopra quando tornavo dalla piscina. Siamo riusciti a non piangere solo perché zia aveva detto che dovevamo crescere. Però non è giusto che per farlo ti tolgono le cose a cui vuoi bene. E le persone.

Due giorni dopo sono andato di nuovo in piscina. Stavamo provando i tuffi per la gara di fine mese che si faceva in un'altra regione. Avevo appena fatto un tuffo dal trampolino da cinque e da sott'acqua sentivo i compagni che mi stavano facendo addirittura l'applauso, che non avevo alzato manco uno schizzo. Come sono riemerso, mister Klaus ha detto davanti a tutti: "Salvo, adesso saliamo a dieci".

"Dieci" era la piattaforma da dieci metri. All'inizio dell'anno aveva detto che ce l'avrebbe fatta provare, ma non a tutti. Solo a quelli che decideva lui. E io ero il primo. Io ci volevo arrivare a fare i tuffi da là sopra, però non me l'aspettavo così presto.

Sono uscito dall'acqua e ho cominciato a salire le scalette che non finivano mai. Salire, salire, salire. Avevo visto solo i grandi, quelli di quindici anni, arrivare fino a là sopra. Ora toccava a me. Un po' ero contento che il mister mi dava fiducia. Però quando ho messo i piedi sulla piattaforma sembrava di stare sul terrazzo di una casa che affacciava sulla piscina.

"Vai Salvo, vieni avanti!"

Tutti mi stavano a guardare da giù. Un passo dopo l'altro sono arrivato alla punta, con le dita dei piedi che sporgevano dalla piattaforma. Sotto c'era l'acqua, ma era lontanissima. E per la prima volta ho pensato: "Non voglio buttarmi". Che detto così sembra un capriccio, ma non lo era. Era paura. Non mi era mai venuta prima.

"Dai, Salvo, un tuffo semplice."

Niente carpiato, avvitamento e salto mortale. Un tuffo semplice.

C'ho avuto i brividi, come se avevano aperto i finestroni ed era entrato l'inverno, con il vento mischiato alla neve che ti prende a schiaffi. Ho guardato verso le vetrate dietro cui si mettono i genitori ad aspettare i figli e ogni tanto li guardano. I papà fumano un sacco di sigarette, le mamme parlano. Magari non vedono l'ora di andarsene, però stanno lì. A volte salutano i figli da lontano. A me non c'era nessuno a guardarmi, manco Mercoledì chiuso in borsa. Ho guardato giù e ho pensato a mamma. A quando è caduta. Mi tremavano le gambe.

"Salvo! Che stai facendo?! Buttati!!!"

Dopo quel giorno ho detto a zia che non volevo più andare in piscina.

5.

Per l'esame di quinta elementare ho fatto un bellissimo tema.

Quando io e Emidio siamo tornati a casa col pulmino, c'erano zio e zia che parlavano in cucina. Negli ultimi tempi a zio non lo vedevo quasi mai perché stava sempre in giro per lavoro. Io e mio cugino abbiamo posato di corsa le cartelle: volevamo subito raccontare le tracce, il tema e tutto il resto, chi l'aveva mai fatto un esame! Mentre facevamo a gara a chi arrivava prima in cucina, li ho sentiti che parlavano.

Zio era arrabbiato. "Ti ho già detto che non lo so che vuole fare, al telefono non mi ha detto niente!"

E zia: "Dobbiamo fare qualcosa, un avvocato, che possiamo fare?!".

Quando siamo entrati in cucina, zia aveva gli occhi lucidi.

"Andate in camera vostra," ha detto zio.

Niente racconto.

Hanno continuato a parlare a bassa voce per tutto il pomeriggio e noi zitti nella nostra stanza. Io e Emidio non capivamo, il giorno dopo avevamo pure gli orali.

Ogni tanto uno di loro alzava la voce, poi niente più, poi di nuovo. Allora Emidio è uscito per andare a spiare. È stato fuori per un sacco di tempo. Quando è rientrato, volevo sapere pure io.

"Di che stanno parlando?"
"Non lo so, non si sente niente."

A cena zio ha voluto sapere come era andato l'esame scritto e noi gliel'abbiamo raccontato. Però era strano che ce lo chiedeva zio Carlo e non zia Anna, che invece si vedeva che se ne voleva solo andare a letto. Infatti non ha mangiato quasi niente.

Emidio mi guardava strano, però non diceva niente. Secondo me aveva sentito tutto e non me lo voleva dire. Mi chiedevo il perché. Poi mi sono ricordato che è un cretino.

Il giorno dopo abbiamo fatto gli orali, ora dovevamo solo aspettare il voto. Che mi avevano bocciato era impossibile. Però ci tenevo a saperlo, a fine anno non ho mai preso più di discreto, ero curioso.

Due giorni dopo l'esame, mi sono fatto la prima comunione. Dovevo farla il 15 maggio assieme a tutti gli altri del corso di catechismo, solo che don Andrea il vino non se lo beveva soltanto durante la messa: la sera prima del grande giorno era scivolato in sagrestia e si era rotto un'anca, e per aspettare che gliela aggiustavano eravamo finiti a giugno.

Durante l'anno non avevo saltato nemmeno una lezione, quindi mi sentivo prontissimo, cioè sapevo un sacco di cose su Gesù. Infatti, quando ho mangiato l'ostia per la prima volta, ho sentito veramente che mi entrava dentro lo Spirito Santo.

Stavamo tutti inginocchiati davanti all'altare, affianco a me c'era Emidio. Io me la potevo fare pure l'anno scorso la comunione, perché sono un anno più grande di lui. Però zia ha voluto che aspettassi, così la festa la facevamo insieme. Un po' perché così gli zii spendevano di meno, un po' perché tutte le volte che viene il mio compleanno e devo soffiare le candeline sulla torta, Emidio si mette a piangere. Non lo so perché, forse pensa che quel giorno gli zii vogliono più bene a me che a lui, ma non è vero. E poi capita una volta all'anno, se pure fosse, che male c'è? Mica posso smettere di festeggiare il compleanno. Però mi dispiace. E così, quando spengo le fiammelle, sono sempre un po' triste che per essere felice io ci deve stare qualcuno che sta male, come se gli ho rubato qualcosa.

Quando il prete è arrivato davanti a me, ho chiuso gli occhi, così non vedevo niente, sentivo solo il sapore dell'ostia. Sembrava pane e carta. L'ho fatta sciogliere in bocca perché mi sembrava brutto che la masticavo, quello era il corpo di Gesù. Ho sentito che mi scendeva giù giù, fino alla pancia. E più stringevo gli occhi, più sentivo che lo Spirito Santo entrava dentro di me.

Poi, dopo la cerimonia, siamo andati a mangiare un gelato al parco. C'avevo la tonaca bianca e la croce di legno al collo, sembravo un santarello. E mi sentivo proprio felice. Così lungo la strada mi sono messo a canticchiare a bassa voce, dato che mi vergognavo un po' a farmi sentire da tutti. Solo che l'unica canzone che mi veniva in mente era quella della pubblicità del Domopak: domopà, domopà, domopà-pà-pak! Non lo so perché, forse perché quelli che la cantano in televisione sono tutti allegri, quindi mi sembrava quella più giusta, visto che pure io lo ero.

Arrivati al parco, ci siamo mangiati il gelato: a me cocco e nocciola, i gusti che prendo sempre, e che sono perfetti assieme. Ho scoperto che c'è pure un codice segreto dei gelatai, cioè che il gusto che ne vuoi di più lo devi dire per primo. Emidio invece si è preso il solito fragola e limone che sono gusti da femmina, cioè la fragola è da femmina, mentre il limone è "aspro", così si dice. Comunque, finito il cono, ci siamo messi a giocare a pallone con gli altri bambini. Alcuni avevano fatto la comunione e pure loro stavano con le tonache. Allora abbiamo fatto la squadra dei santarelli, così era più facile, era come avere le maglie uguali. Dopo dieci minuti eravamo tutti sporchi di verde per via dell'erba, ma tanto ormai.

Come al solito Emidio si è fatto subito schifare da tutti perché non passava mai la palla. È vero che è il più forte, però non è perché sei bravo che devi giocare solo tu. Io invece c'ho i piedi abbastanza storti, per questo mi metto sempre in difesa dove un po' alla volta sono diventato bravo pure io, riesco quasi sempre a rubare il pallone quando stai per tirare. Poi lancio avanti e chi si è visto si è visto.

D'estate, a Santa Caterina dove andiamo sempre con gli zii, facciamo i tornei di calcetto. La sera ci mettiamo attorno alla piscina e organizziamo le squadre: i Lions, i Tigers, i Devils, tutti nomi potenti. Emidio lo fanno sempre capitano perché è uno dei più forti. Poi i capitani fanno il tocco tra loro per decidere chi sceglie per primo gli altri giocatori da mettersi in squadra. All'inizio rimanevo sempre tra gli ultimi a essere preso, che non è proprio bello, soprattutto se ci stanno le femmine a guardare. Poi però, anno dopo anno mi sono specializzato a fare il difensore e adesso non è che mi scelgono tra i primi, ma almeno in mezzo, ecco. Quest'anno poi ha fatto il capitano Luciano, che è uno simpatico, anche se è più bravo a basket che a pallone. Infatti ha scelto come nome gli Scamorz e ci siamo trovati in squadra tutti quelli che si stavano simpatici tra loro. E pure se abbiamo perso tutte le partite, ci siamo divertiti un sacco perché facevamo un sacco di battute mentre giocavamo. Tranne una volta che mi sono appiccicato con Daniele perché non gli avevo passato la palla, l'avevo persa e avevano pure segnato.

"Tu a Salvo non gliela devi passare!" aveva detto Daniele a Luciano.

"E perché?" gli avevo chiesto.

"Perché non sei buono!" mi aveva gridato.

Così, dato che durante le partite c'erano sempre le femmine a guardare, mi ero sentito obbligato a rispondere.

"Sput!" avevo fatto io. E gli avevo sputato.
"Sput!" aveva fatto lui, uguale a me.

Dopo che ci eravamo sputati, ci avevano separato sennò finiva a botte. Per fortuna la sera abbiamo fatto pace e ci siamo stretti la mano.

Comunque era per dire che quando gioco a pallone non vado mai in attacco, sennò rischio che finisce a sput! con qualcuno. Solo che questa volta, a vedere Emidio che giocava praticamente da solo, mi sono arrabbiato. Ho alzato gli occhi al cielo e... Spirito Santo aiutami tu! Gli ho rubato palla e sono andato a tirare. Ho chiuso gli occhi e... gol! Certo, era proprio una puntazza, mica collo pieno, ma l'importante è che ho segnato. Ho tirato così forte che il pallone è andato a finire lontanissimo.

"Adesso lo vai a prendere tu," ha detto quello che stava in porta. Si vedeva dalla faccia che moriva dalla voglia di dirmi che era una puntazza, ma è stato zitto. E io mi sono avviato tutto allegro perché non segno mai. Nella mia vita penso che ho fatto massimo cinque goal. Quello era il quinto. Un gol ogni 2,33333infinito anni.

Comunque, stavo per raggiungere il pallone quando un signore lo ha raccolto da terra. Io mi sono fermato e aspettavo che me lo lanciava, ho allungato pure le mani in avanti per prenderlo. Ma quello non si muoveva, mi fissava zitto. C'aveva un barbone nero nero e i capelli lunghi. Mi sono messo paura che era cattivo.

"Non mi riconosci?"

L'avevo dimenticata, la sua voce. Era sempre quella, ma diversa.

6.

Chi se l'aspettava.

Non sembrava nemmeno lui.

Sembrava un vecchio.

A zia e zio quasi gli veniva un colpo quando l'hanno visto.

Zia soprattutto non sapeva che dire, le tremava la bocca, come se c'aveva paura.

Invece papà era calmo, parlava piano piano. Però c'aveva uno sguardo che pareva quello della signorina Silvia quando chiama alla cattedra Gianluca Jannone e gli fa l'interrogazione telepatica, come la chiama lei.

"Gianluca, tu lo sai quanto dura in genere un'interrogazione? Solo cinque minuti, se uno è preparato. Ma tu come al solito non hai studiato, quindi può durare almeno il doppio, perché se io ti faccio una domanda, tu cominci a farfugliare cose senza senso che io non ho proprio voglia di ascoltare. L'unica soluzione è quella di farti un'interrogazione telepatica, così non devo sentire la tua voce. Adesso sono le 11 e 13 minuti, alle 11 e 23 minuti potrai tornare al posto, mentre i tuoi compagni di classe stanno zitti perché non devono suggerire."

E comincia a fissarlo come se veramente gli facesse le domande con la sola forza del pensiero. Ogni tanto annuisce pure, come se Gianluca stesse rispondendo bene. Invece quel poverino rimane muto e immobile per tutti e dieci i minuti. In classe non si sente volare una mosca, se qualcuno deve spostare una penna lo fa piano piano. Sembra di giocare alle belle statuine, con la differenza che dura dieci minuti. Una tortura. Ecco, gli zii stavano muti come Gianluca, con le mani sudate, senza sapere cosa dire. Mentre papà li fissava con quello sguardo come se leggesse i loro pensieri.

"Vi seguo con la macchina," ha detto alla fine.

In macchina ogni tanto mi volevo girare a guardare dietro, però era meglio di no. Allora ho tirato fuori lo "spectrum". Nessuno ce l'ha, tranne gli agenti segreti della mia classe. In tutto siamo tre, io, Fulvio e Carmine, che sono i miei migliori amici. Fulvio di più, però. Li ho fatti io per loro, perché è un'idea che mi è venuta un pomeriggio che stavo a casa. Sono tre tavolette di compensato, lunghe dieci centimetri, solo che sopra ci ho azzeccato degli adesivi metallizzati che ho staccato da dietro al frullatore nuovo di zia. Ho cancellato le scritte nere in inglese e quindi ora sono tutti puliti e riflettono quasi come uno specchio. Un sacco di compagni hanno tentato di imitarci, ma quegli adesivi sono difficili da trovare, quindi ce l'abbiamo solo noi lo spectrum originale. Meno male perché se ce l'hanno tutti, poi non vale più che siamo agenti segreti. Noi tre lo usiamo durante la ricreazione nel giardino della scuola perché ci stanno troppi bambini che gridano e allora, invece di chiamarci da lontano che tanto non si sente, basta che uno alza lo spectrum e quello luccica al sole. Non appena lo vedi, corri. E poi vale pure per spiare: in classe vedi quello che fanno ai banchi dietro di te senza voltarti. Per questo l'ho usato pure in macchina, perché non volevo farmi beccare che mi giravo a guardare. Io mica lo sapevo perché era tornato papà, quindi era meglio starsi attenti. Cioè, lui è stato in prigione e quello è un posto dove mettono le persone che hanno fatto i reati. Così lo guardavo con lo spectrum mentre guidava dietro di noi: con quella barba lunga lunga e i capelli fino alle spalle non sembrava più il papà che avevo una volta. Il giubbino che aveva addosso sembrava una coperta sporca. E poi la macchina era proprio brutta, tutta vecchia e scassata. Prima ti tengono in prigione e dopo per punizione ti danno una macchina che fa schifo, deve essere così. Chissà che cosa ha fatto sei anni fa. "Quando diventi più grande te lo dico", solo che non ero mai abbastanza grande. Così alla fine non l'ho chiesto più e le risposte me le sono date da solo. Ed erano tutte terribili, tipo che di notte si trasformava in un lupo e si mangiava tutte le pecore che uno conta per dormire. Oppure che gettava i bambini nei fossi e li teneva per settimane lì a farli ingrassare per poi mangiarseli, come fanno con i conigli, poverini. Erano queste le brutte fantasie che immaginavo su di lui da piccolo, poi per un sacco di tempo non ci avevo pensato più. Comunque doveva essere per forza una cosa orribile, per questo non me lo dicevano. I grandi fanno sempre così, ti mettono la mano davanti agli occhi durante i film di paura, sennò poi fai i brutti sogni. Non lo sanno che così è peggio, perché uno s'immagina le peggio cose. Per questo, mentre guardavo quella macchina, mi è venuto un po' di batticuore, pure se lui era mio padre. Oppure no? Cioè, chi me lo diceva che era veramente mio padre? Poteva pure essere uno che gli assomigliava, che aveva imparato a imitare la sua voce, tipo il compagno di cella a cui il mio vero papà aveva detto dove erano nascosti i soldi della rapina milionaria e che adesso era venuto per... Niente, quando ho pensato questa cosa ho abbassato lo spectrum: stavo cominciando a fantasticare troppo, come se le mani davanti agli occhi me le ero messe da solo.

7.

Un giorno, avevo otto anni. Era il 1987.

Io e Emidio stavamo tutti e due con la febbre: ogni volta che la prendeva uno, finiva sempre che la prendeva pure l'altro. Quando eravamo malati gli zii ci mettevano nel letto grande in camera loro, così potevamo vedere i telefilm sulla televisione piccola, quella ancora in bianco e nero. Zia ci aveva appena portato l'uovo a occhio di bue dentro al tegamino che a me piaceva tantissimo. Stavo per dare la prima forchettata quando il bue ha cominciato a farmi l'occhiolino e il letto ha preso a tremare. Sembrava che qualcuno stava sotto al materasso a spingerci su e giù. Era la prima volta che succedeva, io e Emidio mica sapevamo che dovevamo avere paura, anzi ci veniva da ridere. Quando zia è entrata di corsa nella stanza, abbiamo capito: era spaventatissima.

"Il terremoto!"

Ci ha tolto la coperta e ci ha fatto alzare, però stavamo scalzi e io mi sono messo subito a starnutire. Ma il terremoto era più pericoloso della febbre, era se come pure l'aria teneva paura, come se la paura s'infilava nel naso e riempiva tutto. Zia ci ha portato sotto la porta e ci teneva abbracciati, poi però abbiamo sentito l'urlo di zio che stava dall'altra parte del corridoio, era andato affianco, dalla nostra vicina, la signora Fazio, per aggiustarle il rubinetto.

"Che cazzo fai? Quello non è il muro maestro, vieni qua!"

Zio non le diceva mai le parolacce, quindi doveva essere parecchio spaventato anche lui. In piedi in fondo al corridoio, sembrava il capitano di una nave in mezzo alla tempesta, con tutta la casa che ballava a destra e sinistra. Siamo corsi verso di lui giusto in tempo. Non appena ci siamo spostati, è cascata l'enciclopedia della salute che stava sopra le nostre teste, sai che male se ci beccava. Zio ha aperto la porta e in mezzo alle scale c'era tutta gente che gridava.

"Scendiamo!" E tutti giù a precipizio per le scale.

E lì è successo un fatto incredibile, anche se me ne sono accorto quando eravamo già arrivati al secondo piano.

"Emi', stai scendendo le scale!"

Emidio manco si è girato, era troppo complicato parlare con tutta quella gente attorno che scappava. C'era pure il signor Petriccione che cercava di chiudersi il cappotto perché stava senza pantaloni e si vedevano le mutande.

"Zia, Emidio sta scendendo le scale."

"Sì, sì, facciamo presto."

Non so perché, ma mio cugino non ci era mai riuscito prima, aveva una specie di blocco. Infatti quando l'ascensore era rotto, zio se lo doveva prendere in braccio per portarlo giù. Meno male che il problema era solo a scendere, perché sennò zio se lo doveva caricare in spalla pure in salita. C'era voluto il terremoto per fargli passare questa paura.

Arrivati giù la scossa era finita, per terra ci stavano vasi rotti e vestiti bagnati, tutte cose cadute dai balconi. Zio diceva di camminare in mezzo alla strada sennò ci poteva cascare qualcosa in testa.

Siamo andati al palazzetto dello sport vicino a casa nostra, quello dove andavo a fare i tuffi, e già ci stava un sacco di gente, tanti bambini piccoli che piangevano. Io e Emidio invece nemmeno una lacrima, stavamo tranquilli perché conoscevamo benissimo il posto. E infatti sapevamo dove andare a prendere i materassini, nella palestra di ginnastica artistica, così ci potevamo stendere invece di stare in piedi o seduti per terra.

A un certo punto zio si è allontanato ed è tornato dopo due ore con dei succhi di frutta, l'unica cosa che aveva trovato da mangiare. Quella notte abbiamo dormito lì, però non ci siamo addormentati subito, abbiamo fatto un sacco di giochi con gli altri bambini. Era bello, sembrava di stare in vacanza, tipo al campeggio, dove puoi fare tardi la sera perché tanto il giorno dopo non c'è la scuola. C'era pure un signore che suonava la fisarmonica, che cosa strana, un signore che scappa con la fisarmonica. Mi faceva pensare a Mercoledì che era rimasto solo a casa: chissà se lo ritrovavo al ritorno, perché una signora diceva di aver visto una persona che usciva da una casa con un televisore in braccio, un ladro.

Se mi ruba Mercoledì, spero che gli cade il tetto in testa, avevo pensato.

La mattina abbiamo scoperto che non ci aveva colpito un terremoto, ma quasi. Praticamente tutti i palazzi della zona erano stati costruiti su un torrente che, all'inizio del secolo, qualche genio del male aveva pensato bene di seppellire. Solo che quel furbacchione di torrente aveva continuato a scorrere pure sotto terra e, dopo un mese di pioggia, era diventato un fiume in piena, sbattendo a destra e sinistra sulle fondamenta dei palazzi. Il nostro per fortuna era rimasto in piedi senza troppi danni, ma alcuni nella nostra via avevano crepe dappertutto.

Quando zio ha saputo che per sicurezza tutto il quartiere era stato isolato, si è girato verso zia e ha detto la seconda parolaccia che gli ho sentito dire finora: "Io te l'avevo detto che era meglio comprare quella cazzo di villetta in collina, costava pure di meno", come se era colpa sua se ci era capitato quell'accidente. I grandi fanno sempre così, che si danno la colpa per non sentirsi in colpa.

I giorni dopo abbiamo cercato un albergo, ma non c'era mai posto e siamo finiti a dormire in macchina. Io e Emidio stavamo stesi dietro e ogni tanto ci facevamo il solletico ai piedi perché io tenevo i suoi davanti alla faccia e viceversa. Quindi ci siamo divertiti anche se stavamo proprio stretti, perché allora zio aveva la macchina piccola, la A112. Quando faceva troppo freddo ci abbracciavamo i piedi, pure se puzzavano un poco. Per fortuna dopo un po' zio ha detto che c'era un residence dove avevano messo tutti gli sfollati e così siamo andati lì pure noi. Per me e Emidio era una pacchia, perché c'erano un sacco di bambini e pure la piscina al coperto, l'unica scocciatura era che ogni mattina ci dovevamo fare trenta chilometri in pulmino per andare a scuola. Siamo stati lì tutto il tempo che ci è voluto per riseppellire il torrente, quasi tre mesi e non so quante tonnellate di cemento.

Quando siamo rientrati a casa, a parte qualche soprammobile caduto per terra e la mensola assassina, era tutto normale. Solo in camera nostra c'era una crepa dove il muro si attaccava al soffitto. Zio diceva che era una sciocchezza, solo un po' d'intonaco che si era staccato, anche se io di preciso non sapevo nemmeno cos'era l'intonaco. Zia ha cucinato una pasta e, quando siamo andati a letto e stavo per spegnere la luce sul comò, l'ho visto per la prima volta: il tuffatore. Era comparso col quasi terremoto. Un poco di pittura si era staccata dal muro e il buchetto aveva la forma di un omino in volo. Però con le braccia aperte, il petto in fuori e la schiena che fa una curva, proprio come quando uno si lancia di testa. Un tuffo perfetto, come quelli che vedevo fare a papà quando m'insegnava, e per un momento sembrava che poteva decidere se cadere in acqua o continuare a volare. Certo, i piedi erano fusi in una specie di coda di delfino e le mani erano un po' a palla, però sembrava troppo quella cosa lì.

Quella notte ho passato un sacco di tempo a guardarlo,

non riuscivo proprio a staccargli gli occhi di dosso: era incredibile che stava lì. Così, un po' alla volta, mi sono dimenticato di avere paura del terremoto che non era un terremoto e mi sono addormentato. E così ho fatto tutte le notti dopo. Non è che ci parlavo, perché lo sapevo che quello era un buco nel muro, anzi di meno, nella pittura, e se ci passavo sopra il dito a stento si sentiva che c'era una differenza. Però mi faceva compagnia, mi faceva stare tranquillo. E poi ero contento che era comparso proprio lì, accanto al mio letto. Come se mi avevano fatto un regalo che solo io potevo vedere.

Allora c'avevo più fantasia e m'immaginavo un sacco di storie, tipo che il buco che si era aperto vicino al soffitto portava in un altro mondo e che da lì si era lanciato il tuffatore, fermandosi proprio davanti ai miei occhi, dove guardo quando mi giro su un lato per addormentarmi.

Anche quel pomeriggio, ancora vestito da santarello per la prima comunione, stavo lì a guardarlo. Non volevo sentire le urla di mio padre e degli zii che litigavano in cucina, perciò mi ero messo il cuscino attorno alla testa e, girato su un fianco, fissavo il tuffatore. Anche se sono cresciuto, m'incanta sempre. La sua perfezione, non so perché, mi fa sentire tranquillo. Un giorno voglio essere come lui, perfetto. Lo so che è impossibile esserlo sempre, però voglio fare almeno un tuffo che la gente s'incanta a guardarlo, che pensa "mamma mia che bello". Non io, il tuffo.

"Non vuoi sapere che si dicono?" mi ha chiesto Emidio, che stava con l'orecchio attaccato alla porta.

Ma che me lo chiedi a fare, non lo vedi che c'ho il cuscino sulle orecchie? A volte Emidio è proprio scemo. Infatti ha capito ed è andato a sedersi sul suo letto.

"Zio non me lo ricordavo proprio... tu te lo ricordavi?"

"Certo che me lo ricordavo."

A volte quando rispondi subito è peggio, perché si capisce che non stai dicendo la verità. Il fatto è che mi vergognavo a dire che non me lo ricordavo bene, cioè che un po' me lo ricordavo e un po' no. Però mi scocciava spiegarlo a Emidio, era complicato da dire. Ma lui è un cretino e quindi ha insistito.

"Ma tu che pensi?"

"Boh..."

Quando provo a descrivere quello che c'ho dentro, mi sembra sempre una cosa oscura e confusa e non trovo mai le parole adatte. È più facile disegnarla. Me l'immagino come un vortice di acqua nera, anzi tanti vortici, come le rapide di un fiume in piena, tipo quello seppellito sotto terra che ci stava per seppellire tutti.

Siamo rimasti in silenzio per un po'. Io non lo guardavo perché stavo girato, però me lo sentivo che stava per chiedermi qualche altra cosa.

"Mo che te ne vai ci vieni a trovare ogni tanto?"

Cosa significava? Io mica lo sapevo che me ne dovevo andare. E poi chi l'ha detto?

Mi sono bloccato. Sembravo Tutankhamon, tipo mummia.

Proprio in quel momento zio ha aperto la porta.

"Salvo, puoi venire per piacere?"

Ci siamo alzati tutti e due.

"Emidio, tu aspetta qua".

Io e mio cugino ci siamo guardati.

"Boh... mi sa che tocca a me."

"Vabbè... io ti aspetto qua."

Ce lo siamo detti senza parlare, bastavano le facce.

E così zio mi ha accompagnato in cucina. Appena sono entrato ho visto a *quello* che stava girato di spalle, fumava fuori dalla finestra, con le braccia appoggiate sul davanzale.

Una volta io e Emidio abbiamo buttato giù dei ghiaccioli da quella finestra. Avevamo spremuto arance e limoni e poi avevamo messo il succo nel freezer, solo che ci eravamo scordati di aggiungere lo zucchero. Insomma, facevano schifo. Ci eravamo affacciati e avevamo visto una ragazza giù che prendeva il sole sul balcone. Che potevamo fare?

Quella sera gli zii mi fecero mangiare in bagno, perché l'idea era stata mia. Emidio invece stava a tavola con loro. Mi sa che era andata peggio a lui.

Zia era seduta sulla poltrona, la mano appoggiata sul tavolino dove una volta mi sono fatto male. Io e Emidio giocavamo a rincorrerci e io sono scivolato sul parquet e ho sbattuto sullo spigolo. Per questo c'ho una cicatrice affianco all'occhio sinistro, nemmeno un centimetro. Mi potevo fare molto più male, potevo finirci sopra con l'occhio così adesso c'avevo la benda tipo Capitan Harlock, il mio cartone preferito. Tutte queste cose mio padre non le sapeva, non c'era quando sono successe. Chissà se si era accorto della cicatrice. È piccola ma si vede.

"Salvo, vieni qua."

Mi sono avvicinato a zia e lei mi ha preso tutte e due le mani, come se mi doveva dire qualcosa d'importante.

"Senti... abbiamo parlato con tuo papà. È venuto qui per te, perché vuole passare un po' di tempo tu e lui da soli."

C'aveva gli occhi rossi.

E parlava come si parla a un bambino, che devi fare attenzione alle parole che dici perché magari non le capisce tutte. Solo che io ho undici anni, ormai ne conosco un sacco di parole, lo so usare benissimo il vocabolario.

Il fatto che mi parlava così mi metteva paura. Quando ero piccolo e mi facevo male, gli zii dicevano sempre: "Non ti sei fatto niente". Fanno sempre così i grandi con i piccoli. Però il ginocchio brucia e mi viene pure da piangere. Ma non piango, perché i grandi dicono: "Non è successo niente". Tipo un sogno. È così che cercano di fregarti. Poi però di corsa all'ospedale a fare l'antitetanica. E quel cretino del medico la prende direttamente dal freezer e mi fa l'iniezione. Mi sentivo il gelo che mi entrava nella coscia dal culo. Sono rimasto bloccato una settimana. Manco questo sapeva mio padre.

“Adesso?!”

Ho guardato la finestra, ma *quello* stava ancora girato di spalle, chiuso in quel giubbotto scuro tutto sdrucito.

“Perché?” ho chiesto io.

“Perché sono tuo padre.”

Si era voltato.

Però non c’erano gli occhi. Nel senso che non si vedevano perché stava di spalle alla finestra, come un gatto nero con la luce dietro.

Allora ho guardato a zio che si sforzava di sorridere, ma era anche peggio. Sembrava dire: “Non è successo niente”, ma io adesso lo so che fa male.

“Ma per sempre?” ho detto.

“No, no, non per sempre, solo per qualche giorno,” ha risposto zia con la voce dolce, quella che mi fa addormentare. “Vedi, è scritto qua.” Ha preso il foglio dal tavolo e me l’ha messo davanti: ci stavano un sacco di timbri, però mica mi mettevo a leggerlo. “Solo quattro giorni, poi ritorni di nuovo qui, a casa tua.”

E quando ha detto “casa tua” ha cambiato di nuovo voce e si è girata verso la finestra: il gatto senz’occhi è rimasto zitto.

“Ma chi l’ha deciso?” ho chiesto io.

“Un giudice,” ha risposto zio.

L’ha detto come se non ci si poteva fare niente.

Io lo so cos’è un giudice, è uno che quando dice una cosa è quella e basta. Un giudice aveva deciso che mio padre doveva stare in prigione. Ora invece aveva detto che io dovevo stare quattro giorni con lui.

Lui stava lì, ci guardava, era tutto nero e non parlava.

“Non voglio,” ho detto con un filo di voce.

Anche se mi veniva da piangere, non l’ho fatto. Però zia l’ha capito, mi ha preso le mani e si è messa ad accarezzarmi dove il pollice si unisce all’indice, per farmi sapere che mi voleva bene.

"Questo pezzettino è mio, ci sta la bandierina e ci posso fare quello che voglio, pure darci i bacetti." Mi sono ricordato che mamma mi prendeva le mani e mi dava i bacetti tra il pollice e l'indice, sul suo pezzettino. Mi sono ricordato che mi mordeva e io ridevo e pure lei rideva. Quanto tempo era passato?

"Che hai detto, Salvo?" mi ha chiesto *quello*.

Era la prima volta dopo tanto tempo che mi chiamava per nome, ma avevo lo stesso troppa paura di rispondergli. Allora ci ha pensato zio.

"Ha detto... che non vuole venire con te."

Silenzio.

"Questo è colpa vostra! In tutti questi anni non me lo avete mai portato in carcere!" ha gridato lui.

Era vero.

L'ho capito perché nessuno dei due ha fiatato. Zia guardava giù, come se non solo si era rubata i biscotti, ma le erano pure caduti a terra. Era lei che aveva deciso che non dovevo più vederlo. Come un giudice.

"Vieni Salvo, andiamo a preparare la valigia," ha detto zio, e mi ha preso per mano.

Non potevo fare più niente. E mi sono lasciato portare.

Ero già uscito dalla cucina quando zia gli ha detto quella cosa. Ha aspettato che uscivo, ma io l'ho sentita lo stesso.

"È colpa tua se mia sorella non c'è più."

Questo ha detto zia.

Per lei era quella la verità, *quello* aveva fatto morire mamma.

"Non ti permettere mai più di dirlo! Mai più!"

Mi sono girato verso di lui: ora si vedevano gli occhi. Sembravano sinceri. Ma cattivi.

Mamma era già malata quando hanno portato via papà. Anche questa è la verità.

La verità è che ci sono un sacco di verità. Per questo non si capisce niente.

8.

Quando ero piccolo mi piacevano un sacco i film di Jerry Lewis. Sapeva fare un sacco di smorfie divertenti, ma la cosa che mi faceva ridere di più era proprio la sua risata, quella con i denti di fuori. Così mi sono messo a imitarlo e dopo tantissime prove ci sono riuscito, ridevo tale e quale a lui. Un giorno che mamma mi stava facendo il bagno, le ho detto una cosa buffa che ora non mi ricordo e subito dopo ho sfoderato la risata stile Jerry. Solo che non ho avuto lo stesso effetto.

"Perché ridi così?" mi ha chiesto con la fronte accartocciata dalle rughe.

"Rido come Jerry Lewis."

"Sembri un cretino."

È vero che non ero io il cretino ma Jerry Lewis, però ci sono rimasto male comunque.

"Devi essere te stesso, non devi imitare gli altri."

Da quella volta non ho più riso come Jerry. All'inizio è stato un po' difficile, perché non mi veniva più da farlo normale, mi ero troppo abituato. Tutte le volte che qualcuno raccontava una barzelletta incominciavo a preoccuparmi perché non sapevo come ridere. E alla fine sembravo sempre lui, Tutankhamon.

"Ma non l'hai capita?"

Ma io manco l'avevo sentita, stavo pensando a come ridere!

'Sto fatto è durato un bel po' di tempo, almeno due mesi. Finché è arrivata una barzelletta che mi ha fatto ridere come sono io, cioè come rido pure adesso. Era quella del fantasma formaggino, che se ci ripenso adesso è una cretinata, però all'epoca mi ha sbloccato. Questo era per dire che, quando mi dicevano che crescendo si cambia voce, pensavo che uno lo doveva fare apposta, come mi era successo da piccolo con la risata di Jerry. Invece no, è successo e basta, senza volerlo. Sta capitando anche ad altri maschi della classe, ma solo io sembra che mi sono mangiato un trombone. Infatti quando, alla festa di compleanno di Fulvio, volevamo fare uno scherzo telefonico, hanno detto tutti che dovevo essere io a parlare. E quella povera signora ci ha creduto veramente che ero un impiegato dell'acquedotto.

"Buonasera signora, stiamo controllando se c'è un guasto nella vostra zona, non è che potrebbe andare in bagno e vedere se esce l'acqua calda?"

"Certo, certo."

Dopo neanche un minuto la signora è tornata.

"Allora?"

"No, no, tutto a posto, l'acqua calda c'è."

"E sciacquatevi la..."

Ho riattaccato e tutti si sono messi a ridere.

E niente, questo era per dire che anche mio padre aveva cambiato voce. Al parco l'avevo riconosciuta, ma non era la stessa di quando ero piccolo, ci assomigliava soltanto. E quando aveva detto a zia: "Non ti permettere mai più di dirlo"... ecco, io quella voce non l'avevo mai sentita, ti faceva immaginare un sacco di cose brutte che lui ti poteva fare. E infatti zia è stata zitta, come se si era messa paura. Io non lo so cosa è successo in prigione, ma lui prima non era così. Poi però ho pensato una cosa: se l'hanno rinchiuso là dentro vuol dire che mio padre era già così, solo che da piccolo non lo sapevo. Ora invece si vedeva. E si sentiva. Per questo, quando sono entrato nella stanza a fare la valigia, mi veniva da piangere. Alla fine sono riuscito a trattenermi. I bambini piangono sempre, però poi a una certa età bisogna smettere. Adesso sono già tre anni che non piango più, tranne una volta che mi sono fatto malissimo a calcio e pensavo di essermi rotto la caviglia, ma per fortuna me l'ero solo storta. Quindi non vale, perché in quel caso il dolore era talmente forte che pure Tutankhamon si sarebbe rotolato a terra a frignare. L'ultima volta che ho pianto veramente invece è stato quando gli zii ci hanno regalato il criceto a Natale. Pure se è stato pochi giorni con noi, io e Emidio gli volevamo bene. Una volta lo abbiamo tirato fuori dalla gabbia per accarezzarlo, ma ci è sfuggito di mano e si è messo a correre come un pazzo per tutta la casa. Alla fine zio è riuscito a riprenderlo, ma quando lo ha rimesso in gabbia il cuore gli batteva forte forte, non ci voleva tornare là dentro secondo me. È morto l'ultimo giorno dell'anno, a San Silvestro. Zio ha detto che aveva sbagliato lui a portarlo in vacanza con noi sulla neve, che si era ammalato perché non era abituato a tutto quel freddo. Io e Emidio invece ci sentivamo in colpa per averlo fatto scappare. Deve essere proprio brutto ritornare in gabbia dopo che sei stato libero di correre. E abbiamo pianto per tutta la notte.

Così, mentre facevo la valigia, pensavo che non dovevo fare la figura del bambino, che la caviglia era a posto e non era morto nessun topino.

"Tanto che mi può fare? Sono solo pochi giorni. E poi se è tornato vuol dire che mi vuole bene ancora, no? Deve solo capire che io adesso voglio stare con gli zii. Mi può venire a trovare tutte le volte che vuole, ma io voglio restare qui," questo pensavo.

Quando ho chiuso la valigia mi è venuto di fare una cosa:

ho preso un pennarello blu e ho fatto un cerchio sul muro attorno al tuffatore.

"Che fai?" ha chiesto Emidio.

"Niente."

Si è avvicinato e mi ha chiesto cos'era. Non ci credeva che non glielo avevo mai fatto vedere. Ci ho scritto sotto in stampatello IL TUFFATORE, così non gli poteva cambiare il nome quando non c'ero. E pure perché così stavano attenti a non cancellarlo.

Zia si è messa a piangere quando mi ha salutato sulla porta. Per le femmine è diverso, loro possono piangere.

"Non ti allontanare da tuo padre, mi raccomando."

"Torno fra quattro giorni... no?"

"Certo... vedrai che ti diverti, Salvo."

Ha guardato verso mio padre, ma quello stava già seduto in macchina.

"Mettitele in tasca e non farle vedere a papà, hai capito. Sono per te."

E mi ha dato centomila lire. Nemmeno al compleanno mi aveva dato tanti soldi.

Quel cretino di Emidio ci è rimasto secco. Però non ha detto niente. Anzi, mi ha abbracciato forte forte, come se mi voleva veramente bene. Ora ufficialmente non è più un cretino.

Zio ha caricato la valigia nel bagagliaio. Poi sono salito in macchina. Quell'uomo che era mio padre senza guardarmi ha messo in moto.

"Dove andiamo?" gli ho chiesto.

E lui ha risposto: "Via, andiamo via", con la sua voce nuova.

Deve essere proprio brutto stare in carcere se ti fa cambiare così la voce. Come un topino in gabbia che non può correre. E non può piangere.

9.

La macchina era vecchia e aveva un odore cattivo. A terra c'erano un sacco di briciole di cracker. Il sedile dove stavo seduto era pure rotto, cioè si era scucito in un angolo e si vedeva la spugna gialla che c'è dentro. Ci ho infilato il dito perché bisogna sempre infilare i diti nei buchi, è la prima regola delle cose rotte. Ho pensato che forse lo potevo riparare. Ogni volta che parto con gli zii in viaggio, mi porto la mia borsa da Indiana Jones. È uguale alla sua, di cuoio, ma più piccola. Però ci entrano un sacco di cose: lo scotch trasparente, una penna, una matita, due metri di spago arrotolato, un portachiavi col temperino, i fiammiferi, cinque stuzzicadenti, l'ago, il cotone e un bottone bianco, tutte cose che ti possono servire quando sei in viaggio, così sei sempre pronto a risolvere i problemi. Magari un giorno me ne compro una più grande così ci posso mettere la frusta che zio mi ha comprato quando siamo andati a San Marino. Una volta ho provato a usarla come fa Indiana, che prende le cose da lontano, però è veramente difficile. Cioè, la lampada l'ho presa, ma non era quella il mio obbiettivo.

Babbo guardava fisso avanti e io pure. Ogni tanto però, senza farmi vedere, lo spiavo.

Era la prima volta dopo tanti anni che stavamo così vicini. Così ho visto che aveva molte più rughe sulla fronte. E pure una cicatrice sul sopracciglio che prima non aveva. Anche lui si era fatto male quando io non c'ero.

Sulla mano destra, tra il pollice e l'indice, aveva cinque puntini neri che sembravano disegnati a penna. E poi fumava una sigaretta dopo l'altra, il posacenere era pieno di cicche, per questo la macchina puzzava.

Dopo un'ora a stare zitti, mi sono scocciato. Così mi sono messo a giocare con la cintura di sicurezza, che era inutile perché era tutta moscia. La tiravo forte per farla bloccare, ma quella non ne voleva sapere di funzionare. Solo a quel punto papà mi ha guardato. Io mi sono fermato subito perché ho pensato che gli stava dando fastidio. Invece mi voleva chiedere una cosa.

"Volevi rimanere con gli zii?"

Così ha detto, con il punto interrogativo alla fine, però non sembrava una domanda. Mi guardava fisso e non si capiva se era arrabbiato o se gli dispiaceva. Io gli volevo rispondere: "Non è colpa mia, è che non ti conosco proprio". Però non l'ho fatto. Mi sembrava strano dire così a mio padre. Però in fondo era vero.

"Stiamo andando a Bari, comunque." Era la risposta alla domanda che gli avevo fatto un'ora prima. "Lo sai dov'è?"

"Ho portato geografia all'esame di quinta, certo che lo so."

"Ah, già stai in quinta?"

Manco questo sapeva, che ci voleva a farsi due conti?

Ho fatto sì con la testa.

"Mh... e come è andato l'esame?"

"Boh..."

Chissà che cosa avevo combinato, speriamo bene. Mi è venuto il nervoso al pensiero di quante cose importanti non sapeva di me. Così ho sganciato la cintura di sicurezza, c'avevo voglia di muovermi invece di stare lì impacchettato a rispondere alle sue domande sceme. Lui mi ha guardato di nuovo per capire che cosa stavo facendo.

"...Tanto è rotta."

Che poteva dirmi, era veramente inutile tutta floscia.

Al centro del cruscotto c'era la radio. Ho premuto i tasti, ma niente, non si accendeva.

"Ma non funziona?" gli ho chiesto.

"No."

Era proprio un disastro quella macchina. Allora ho allungato la mano per aprire il cassetto davanti a me.

"Stai fermo."

"Perché?"

"Perché sì. Smettila di toccare tutto."

"Volevo solo vedere cosa c'è dentro."

"Non c'è niente dentro."

Perché faceva così?

Sembrava arrabbiato. Ma pure io ero arrabbiato con lui, che si credeva! Se non ci vediamo da tanti anni, devi essere gentile con me, devi venire con una macchina bella, dove funziona tutto. Invece sei venuto con questa scassona, dove la radio manco si accende, tu non parli per tutto il tempo e quando parli era meglio che ti stavi zitto.

"Prima non c'avevi la barba," ho detto.

In quel momento la macchina si è fermata, e io ho avuto paura che mi faceva scendere e mi abbandonava lì in mezzo alla strada. Invece per fortuna era solo il casello.

"Fammi vedere i soldi che ti ha dato la zia."

Ho fatto finta di non averlo sentito.

"Quelli che ti sei messo nella tasca sinistra."

Che potevo fare? Ho infilato la mano e ho tirato fuori le centomila lire. Lui subito me le ha strappate di mano.

"Aveva paura che ti facevo morire di fame..."

Ha piegato la banconota e se l'è messa nella giacca.

"Ma zia l'ha data a me!"

"Non si danno centomila lire in mano a un bambino."

"Non sono più un bambino."

"Ah no? E cosa sei?"

Aveva gli occhi così arrabbiati che mi sono messo paura. Lui ha preso il biglietto dell'autostrada e la sbarra si è alzata.

"Non è giusto, però," ho trovato il coraggio di dire.

Ha allungato una mano verso di me, ho pensato che adesso mi voleva picchiare. Invece ha preso la cintura di sicurezza, l'ha attaccata e l'ha tirata stretta, come se ero suo prigioniero.

"No, non è giusto," ha detto.

E siamo ripartiti.

Si comincia da piccoli a dire: "Non è giusto".

Perché è vero che è così.

Puoi ripeterlo tutte le volte che vuoi, ma tanto non cambia niente.

Devo smetterla di dirlo, sennò divento pazzo come quello del paese.

Oppure cattivo come mio padre.

10.

Con gli zii ho fatto un sacco di viaggi. E ho visto un sacco di posti, cattedrali, musei, giardini. Però se c'è una cosa che mi piace, sono gli autogrill. Il più bello lo abbiamo visto in Svizzera, era talmente grande che appena siamo entrati zia ha detto a me e Emidio: "Non vi allontanate, rimanete vicino a me". Mi ricordo che vendevano un sacco di merendine che in Italia non ci stanno, con dei nomi tutti strani. E la cosa che mi piace di più degli autogrill sono le cassette di musica, ce ne sono un sacco, dappertutto. Sarebbe bello sentire le canzoni in macchina, così il tempo passa più in fretta. Invece zio non ce l'ha lo stereo perché dice che poi ti rompono il vetro per rubartelo e i danni salgono a due. Così, per non annoiarci, io e Emidio ci mettiamo a giocare a morra cinese o a schiaffino, che si danno gli schiaffi sulle mani. E come sempre finisce che litighiamo. Allora, per farci stare zitti, zia ci dà un sacco di pizzichi, mannaggia a lei. Non guarda nemmeno a chi li dà, allunga il braccio dietro e parte. Così dice che è imparziale, che non vuole neppure sapere chi ha cominciato, l'importante è che la finiamo. E infatti smettiamo subito perché basta un pizzico con quelle sue unghie appuntite da femmina per farti zompare. Però zia non mi ha mai dato uno schiaffo. Non perché sono sempre buono, secondo me è perché non sono suo figlio. Invece ogni tanto Emidio le prende.

Forse per questo all'inizio mi odiava, perché lui beccava le botte e io no. Però è anche vero che mio cugino a volte fa proprio il cretino, come quella volta che ha tirato giù il costume in spiaggia alla signora Turco. Poverina, era rimasta con quel culone bianco davanti a tutti. Quello di Emidio invece era diventato rosso a furia di sculacciate.

Pensavo tutte queste cose quando siamo entrati nell'autogrill, ma me le sono tenute per me perché papà non aveva detto una parola da quando avevamo lasciato il casello. Se non t'interessa, non te lo dico quello che penso. E forse non glielo dicevo nemmeno se me lo chiedeva, visto che si era rubato i soldi che mi aveva dato zia.

Ha parcheggiato la scassona e ha spento il motore. Pensavo che scendevamo dalla macchina, invece ha abbassato il finestrino e si è acceso una sigaretta. Allora io mi sono tolto la cintura e l'ho guardato: adesso non sono più tuo prigioniero. Ho fatto pure un sospirone, come se mi ero liberato di una catena. Lui mi ha fissato per un attimo, ma invece di dirmi qualcosa, ha fatto un altro tiro alla sigaretta, poi ha girato la faccia da un'altra parte. E siamo rimasti così, che nessuno parlava.

A un certo punto mi è venuto da fare pipì. Mi succede tutte le volte che entriamo in un autogrill, è come un riflesso automatico perché sono abituato con zio che quando viaggiamo facciamo pochissime tappe e quindi ogni volta che ci si ferma è meglio andare in bagno, sennò dopo te la devi tenere per ore.

"Dove vai?"

Mi sono fermato che stavo aprendo la portiera.

"A fare pipì."

"Dobbiamo aspettare una persona, ti accompagno io dopo."

"Ci posso andare pure da solo."

"Ho detto di no, aspetti qui. E fai quello che dico io."

Io lo so che le parolacce non si dicono, soprattutto quella che inizia con "str". Però con lui era proprio difficile resistere. L'ho usata solo una volta, con quello che mi aveva fatto lo sgambetto e mi ero storto la caviglia. Però lui aveva la mia stessa età. Coi grandi non mi permetterei mai, soprattutto con zio e zia, ma con lui...

Mi sono girato dall'altra parte perché mi faceva rabbia. Parcheggiata affianco c'era una Mercedes tutta pulita che sembrava nuova. Mi sono ricordato di Tommaso, e che suo padre se l'era appena comprata. Mentre noi c'avevamo la scassona.

"Quanto costa la Mercedes?" ho chiesto.

"Non lo so," ha risposto lui.

Però ha capito che l'ho detto perché la sua macchina faceva schifo. Che lui era il più povero dei poveri. Pensavo che si arrabbiava di nuovo, invece mi ha fatto un'altra domanda.

"Ti piace?"

"È bella... però mi piace di più l'Alfetta."

Lui ha mosso su e giù la testa, come se mi dava ragione. Ho pensato che lo faceva apposta, che mi voleva fare contento perché aveva capito che ce l'avevo con lui. L'ho guardato, come a dire che tanto non mi fregava e lui stranamente mi ha fatto un sorriso. A quel punto stavo per sorridere pure io. Finalmente aveva cambiato faccia, forse voleva fare pace veramente. Invece mica stava guardando me, sorrideva perché nel parcheggio era appena entrato un camion, uno di quelli lunghi lunghi carichi di macchine nuove. Sembrava un drago cinese, con quella grossa testa e il corpo che si snodava dietro. Quando si è fermato è sceso un signore alto in canottiera. C'aveva due braccia lunghissime. Il pilota del drago.

"Aspettami qua. Non ti muovere."

Papà ha aperto la portiera.

"Dove vai?"

"È arrivato un amico."

È uscito dalla macchina ed è andato a salutare il signore dalle braccia lunghissime. Talmente lunghe che quando si sono abbracciati ci poteva fare il giro due volte attorno a mio padre. Anche loro non si vedevano da tanti anni. Però babbo a me non mi aveva stretto così forte quando ci eravamo visti. Con me era rimasto fermo. È vero che era stato lo spilungone a tirarlo verso di sé, però che c'entra? Forse dovevo essere io ad abbracciarlo per primo? Però a me non mi veniva, mica lo sapevo che era lui. Cioè lo sapevo, ma solo quando mi ha parlato. Però a quel punto era troppo tardi. Sono stato fermo pure io. E siamo rimasti tutti e due fermi.

11.

Si dice così, miope.

Anche prima che zia mi portasse dall'oculista, lo sapevo già che ero miope. Erano sei mesi che non leggevo bene i cartelli dall'altra parte della strada oppure a scuola non distinguevo le lettere quando la maestra scriveva alla lavagna. Però l'ho detto agli zii solo quando siamo andati a Napoli per Capodanno, che ci hanno portato al convento di San Martino per vedere il panorama della città. Abbiamo aspettato il tramonto e, quando si sono accese le luci attorno al Vesuvio, mi sono accorto che non erano più dei puntini, ma delle macchie gialle e bianche con tanti raggi attorno che si mischiavano. Là ho capito che era inutile sperare che mi passava e l'ho detto. È brutto scoprire che sei miope. Prima pensavo di essere perfetto, invece non è vero. Anche se il dottore ha detto che dovrei portare sempre gli occhiali, mi scoccio troppo, così li metto soltanto quando sto in classe. Anche perché ho scoperto che se strizzo gli occhi riesco a mettere a fuoco un pochino meglio. Certo, se mi becchi mentre lo faccio sembro un bambino cinese un po' carogna. Come adesso che cercavo di capire cosa stavano facendo babbo e l'amico vicino al camion. Parlavano e ogni tanto si davano grosse pacche sulle spalle, ma erano troppo lontani per sentirli. Poi sono saliti nella cabina e non li ho più visti.

Ho guardato il cassetto davanti a me.

"Non lo aprire."

"Smettila di toccare tutto."

Ho allungato la mano fino al tasto per aprirlo. Ho pensato "adesso lo premo e salta fuori un pupazzo scemo, come negli scherzi di Carnevale". Ci ho provato, ma era chiuso a chiave. Chissà che cosa c'era nascosto dentro. Pure la macchina di zio ha un cassetto così, ma zio ha perso subito la chiave e quindi è sempre aperto. Ci stanno i documenti della macchina, la spazzola di zia per quando andiamo al mare e il bicchiere di plastica, quello che diventa piccolo, cioè che si chiude su se stesso dentro al suo scatolo tondo. Lo usiamo sempre per bere se troviamo una fontanella per strada. A me mi piacciono un sacco queste cose che si trasformano, tipo i robot. Mi piacciono le cose che cambiano forma, che dentro nascondono un'altra cosa. A volte penso che da grande mi piacerebbe essere così, come la scatola tonda, che non t'immagini quello che c'è dentro. Che tutti vogliono saperlo, ma solo io lo so.

Il camion stava sempre lì, ma babbo era scomparso nella testa del drago. Eppure io gliel'avevo detto che dovevo fare pipì: "Aspettami in macchina". Col cavolo. Ho aperto la portiera e sono sceso, ci vado da solo in bagno, mica c'ho cinque anni. E sono corso verso l'autogrill. Appena sono entrato mi è venuto freddo perché c'era l'aria condizionata. Ho visto la scritta "Toilette", che lo so che cosa significa, e ho seguito la freccia. Fuori dalla porta c'era seduta una signora con un grembiule, come le bidelle a scuola. Affianco a lei c'era un secchio pieno d'acqua e la ramazza per lavare a terra. Era la padrona del bagno, perché ci faceva le pulizie. Sul tavolino c'era un piattino pieno di spiccioli, però io non avevo niente da dare e mi sono paralizzato. Per fortuna la signora mi ha fatto un sorriso che potevo entrare lo stesso. Mi sono fiondato dentro, ormai mi scappava proprio. Non so perché, ma quando il pisello capisce che può fare pipì prende la corsa pure lui. A destra c'erano i bagni con le porte, ma erano tutti chiusi, mannaggia. Potevo fare pipì solo dall'altro lato, dove ci stava una specie di muro di ferro con l'acqua che scorreva, un vespasiano. Lo so che si chiama così perché al paese di montagna dove andiamo in vacanza ce n'è uno sul corso principale, in via Roma. Una volta ci ho visto entrare dentro un vecchio.

"Zio, ma perché quello si è nascosto là dietro?"

"Per fare pipì."

"E perché non va in bagno?"

"Quello è un bagno, si chiama vespasiano."

Ho fatto la faccia strana perché i bagni stanno dentro le case, non in mezzo alla strada. Quando sono tornato a scuola, sono andato a cercare la parola sul vocabolario e ho scoperto che l'aveva inventato un imperatore romano che si chiamava appunto Vespasiano. I re vengono ricordati sempre per le guerre che hanno fatto, è proprio la specialità loro. Invece questo era diventato famoso per aver messo i bagni per strada, poverino. Comunque questo vespasiano che stava in autogrill non è che c'aveva i muri che nessuno ti vedeva, c'era un sacco di gente e stavano tutti uno accanto all'altro. Non c'era nemmeno un bambino, erano tutti signori grandi. Non mi andava proprio di farla lì, mi vergognavo. Non è facile fare la pipì davanti a tutti.

Ho fatto un'altra faccia, quella scema, come se mi ero scordato qualcosa, e me ne sono andato via di corsa. Ho salito le scale a due a due perché avevo paura di farmela addosso. L'ultima volta mi era capitato proprio durante l'inverno. Era stato bruttissimo, proprio perché da piccolo me la facevo nel letto di notte e pensavo che una cosa così non mi poteva capitare più, che l'avevo superata da anni.

È successo un giorno che stavo con Fulvio e Carmine, i miei due compagni di classe. Facciamo sempre la strada del ritorno assieme e, prima di salutarci, ci fermiamo dal giornalaio, che ha un distributore di gomme da masticare, quelle a forma di pallina, tutte colorate. Anche se il gusto secondo me è sempre lo stesso, ci siamo fissati che quelle gialle sono più buone, forse perché sono di meno. Comunque non vedevo l'ora di arrivare lì perché mi ero conservato un sacco di cinquanta lire per comprarne un po', così non mi sfottevano più che ero povero e me le facevo sempre offrire. All'altezza della chiesa ho accelerato, perché dovevo già fare pipì e mi dovevo sbrigare. Appena ho visto il distributore, non lo so che mi è preso, ma ho cominciato a infilarci monete una dopo l'altra. Loro mi guardavano con gli occhi di fuori, in genere ce ne prendiamo due a testa. Ma non ero io, era la pipì che mi metteva quella frenesia addosso. Alla fine mi sono ritrovato in mano un bottino di trenta palline, un sacco di gialle. Gliene ho mollate cinque a testa, e me ne sono andato come Lucky Luke verso il tramonto. Poi, però, non appena ho smesso di pensare alla faccia da cretini che avevano fatto davanti al mio tesoro, mi è ritornata fortissima la pipì. E più mi avvicinavo a casa e più mi scappava. Al portiere manco l'ho salutato, ma tanto quello all'ora di pranzo sta stonato, comincia a bere dalla mattina. L'ascensore era occupato. Mi sono messo a saltare davanti alla porta e quando finalmente si è aperta mi sono buttato dentro. Mentre saliva battevo i piedi per terra, uno due, uno due, ce la devo fare, uno due, uno due, ce la posso fare. Poi però quando busso magari ci mettono un sacco ad aprirmi. Ho pensato "poi però". E quando pensi "poi però"...

E non ce l'ho fatta più.

Prima poco poco, pensavo che bastava far uscire qualche goccia per salvarmi. Però non funziona così: se inizi e la fai partire, quella non si ferma più. A quel punto è inutile opporre resistenza, tanto ti sei già bagnato. E così me la sono fatta addosso. Una liberazione. Non appena zia mi ha aperto la porta, mi sono precipitato in bagno per non farmi scoprire, che era la cosa più importante. Per fortuna non si è accorta di niente. Comunque da quella storia ho imparato una cosa importante: è meglio che le persone pensano che sei un povero, piuttosto che un pisciasotto. Almeno io l'ho interpretata così.

Per questo, quando sono uscito dall'autogrill, sono andato in panico: il parcheggio era invaso da un sacco di ragazzi, almeno tre pullman. Per come erano allegri, mi sa che erano diretti in colonia. Mannaggia, dovevo trovare un posto dove nascondermi, subito! Ho visto un muretto, ho pensato che là dietro andava bene, invece c'erano già delle ragazze che si passavano una sigaretta per non farsi vedere dagli accompagnatori. Magari se erano maschi, ma davanti a tre femmine... Mi sono visto perso, non ce la facevo più.

Poi ho visto l'autotreno dell'amico di papà: il drago cinese mi avrebbe protetto! Ho fatto una corsa e mi sono piazzato dietro quelle ruote enormi, alte quanto me. Erano tutte secche e bruciate dal sole, un po' di pipì poteva fare solo bene. Ho sbottonato i pantaloni e... ce l'avevo fatta, non come quella volta in ascensore.

Quando te la trattieni così tanto e finalmente ti liberi ti gira proprio la testa, stavo quasi per perdere l'equilibrio. Ma mi sono ripreso subito perché ho sentito dei rumori dall'altro lato del camion: mio padre e l'amico stavano scendendo dalla cabina. Riuscivo a vederli attraverso le macchine trasportate, ma loro non vedevano me: tiravano su con il naso tutti e due, come se tenevano il raffreddore. Ora che ce l'avevo vicino, ho notato che l'altro non solo aveva le braccia lunghe, ma pure piene di disegni blu, come quelli che ci facciamo io e Emidio con le decalcomanie che escono dalle gomme da duecento lire, quelle rosa grandi. Le bagni, te le attacchi sulle braccia e aspetti. Non ci devi mettere troppa acqua sennò il colore si scioglie tutto. Poi quando te le levi, ti rimane il disegno. Solo che appena ti fai la doccia vanno via e resta solo un'ombra sbiadita. Questi dell'amico di papà invece erano quelli veri, quelli che non vanno più via. Si chiamano tatuaggi. Lo sapevo perché avevo iniziato da poco a leggere un libro d'avventura, *L'isola del tesoro*, e dentro ci avevo trovato un sacco di ritratti di strani personaggi. C'era chi aveva la benda su un occhio, chi una gamba di legno, qualcuno un pappagallo verde appoggiato sulla spalla o un pennacchio rosso su un cappello grande come un ombrello. Ma tutti avevano questi disegni blu addosso, sulle braccia, sul petto, sulla schiena, dappertutto. C'erano donne nude, cuori di spine e angeli, ma soprattutto teschi, ossa e coltelli, tutte cose che facevano paura. Leggendo, avevo imparato che loro erano i "pirati". E anche se ero ancora all'inizio del libro già si era capito che non erano proprio delle brave persone.

"Io devo dire grazie a te... tu mai parlato," ha detto Braccia Lunghe. Non parlava bene l'italiano, doveva essere straniero. Però si capiva che stava dicendo una cosa importante per lui.

Mio padre stava col naso all'insù a guardare le nuvole. "Come sta il Vecchio?"

"Vecchio sempre vecchio... lui no muore, lui solo vecchio."

Mio padre ha sorriso. Ho pensato che, l'ultima volta che aveva sorriso a me, stavamo in spiaggia e io dovevo fare un tuffo, ma non a capriola.

"Vecchio ha detto di darti un po' di soldi per viaggio", e ha tirato fuori una busta da lettera.

Babbo l'ha presa, ci ha guardato dentro, poi se l'è infilata nella tasca del giubbino.

"Vecchio ha detto che tu devi stare domani a mezzogiorno da lui. Lui ha ripetuto questo tante volte."

"Cos'è, ha paura che mi perdo per strada?"

"Non scherzare Vincenzo, perché Vecchio, lui non scherza. Domani a mezzogiorno. Vecchio mi ha detto di darti anche questa." L'amico di papà ha messo una mano dietro la schiena e ha tirato fuori una cosa che luccicava al sole. Sembrava di metallo, sembrava… una pistola!

"Per tua protezione, se ti fermano", gliel'ha messa davanti, gliela stava dando. Mi sono spaventatissimo e sono saltato indietro, con tutto che stavo facendo pipì.

"Se mi fermano," ha risposto mio padre, "sto con mio figlio." E poi ha aggiunto quella cosa: "Un bambino è meglio di una pistola".

Che c'entravo io con quella pistola? Che cosa voleva dire? Non ci stavo capendo niente. Sapevo solo che dovevo scappare da lì. E correre più forte che potevo.

12.

Un giorno è capitato che non c'era l'insegnante di educazione fisica delle bambine, e allora quelle della nostra classe sono venute in palestra da noi. Non era mai successo prima che facevamo ginnastica assieme. Quando abbiamo cominciato gli esercizi sul posto, noi maschi stavamo tutti a guardare le femmine che si muovevano, si giravano e si piegavano. Forse è per questo che ci tengono separati.

"De Benedittis, guarda avanti," mi ha ripreso il professor Zeoli.

C'era pure Noemi.

A un certo punto hanno chiamato il professore e siamo rimasti da soli con le femmine. Il fatto è che le vediamo sempre sedute ai banchi con le tute addosso, ma mica lo sappiamo come sono quando fanno ginnastica. Così ci siamo messi a parlare e abbiamo deciso di fare una gara per vedere chi era più veloce, se noi o loro. I maschi hanno scelto me per la sfida, perché, anche se sono una schiappa a tirare a pallamano, sanno che sono veloce. Il guaio è che dovevo correre proprio contro Noemi. E adesso che faccio? La faccio vincere? E se poi tutti i maschi se la prendono con me?, mi chiedevo. Ci siamo messi in posizione, Fulvio ha dato il segnale e siamo partiti. Sembrava che volava Noemi, chi se l'aspettava, quasi non toccava terra, era velocissima. Ha superato il traguardo due metri prima di me. E io che pensavo di perdere apposta! Mi sa che per vincere non devi passare tutto il tempo a guardare le gambe dell'avversario. E mi sa che è in quel momento che mi sono innamorato di lei.

Quando sono scappato via dal camion di Braccia Lunghe, correvo così veloce che a Noemi l'avrei stracciata. Solo che dopo un po' che facevo a zig-zag in mezzo alla gente senza sapere dove andare, mi sa che sembravo più Jerry Lewis che Mennea. Alla fine mi sono fermato in mezzo al piazzale, tutto affannato. Ci voleva qualcuno che mi salvava, che mi riportava dagli zii, non sapevo nemmeno dov'ero. C'era una signora che mi fissava con lo sguardo intenerito, forse potevo chiedere a lei. Poi però mi sono accorto che non mi guardava in faccia, ma i pantaloni. Ho abbassato gli occhi e porca miseria! Erano tutti bagnati. Era stato quel salto indietro che avevo fatto alla vista della pistola. E adesso sembrava che me l'ero fatta addosso, che cavolo. Volevo chiedere aiuto, ma non per quello! Mi sono tolto subito il giubbino e me lo sono legato in vita per coprire la macchia. Proprio in quel momento è arrivata una macchina della polizia e si è fermata vicino alla pompa di benzina. Loro mi potevano salvare! E sono scattato ancora più veloce di prima, non sia mai che mettevano in moto e se ne andavano. Quando sono arrivato dai poliziotti, ero così affannato che non riuscivo a parlare.

"Che c'è, piccolo, ti sei perso?" mi ha chiesto quello alla guida. Aveva due baffi sottilissimi, sembravano disegnati a matita. Assomigliava all'attore preferito di zia, Clark Gable, solo più giovane. Zia passa un pomeriggio sì e uno no a vedersi *Via col vento* col videoregistratore, ormai io e Emidio lo sappiamo a memoria. E ormai sta simpatico pure a me il vecchio Clark, è proprio un furbacchione, riesce sempre a cavarsela. Affianco a lui c'era un'agente donna con i capelli neri neri che mi sorrideva. Lei invece sembrava Maria Maddalena, la fidanzata di Gesù, almeno per come me la immaginavo io.

"Piccolo, ti sei perso?" mi ha domandato anche lei. "Dov'è tua madre?"

E adesso che gli rispondevo a questa? "No, è che..."

"Salvo!"

Mi sono girato, papà mi chiamava da lontano, agitava la mano come per dirmi di raggiungerlo. Ma col cappero che andavo.

"Tuo padre ti sta chiamando," ha detto la poliziotta.

"Quello non è mio padre..."

E un poco era vero.

I due agenti si sono scambiati uno sguardo e sono scesi dalla macchina, mentre papà si avvicinava a passo svelto. Continuava a farmi segno di andare da lui, invece io mi sono quasi nascosto dietro alla poliziotta.

"Ma che fine hai fatto?! Ti ho cercato dappertutto. Buongiorno, scusate, è mio figlio."

"Può favorirci un documento suo e del bambino?"

"Come mai?"

"Il bambino dice che lei non è suo padre."

"Salvo... ma che dici?!"

A volte la gente ti guarda con degli occhi come se gli uscissero i raggi laser di Superman. Allora ho abbassato la testa, perché babbo li aveva puntati su di me. Però sembrava anche colpito, non solo arrabbiato. Come se quella bugia che avevo detto era pure lei una bugia laser.

"Stanno in macchina."

"La seguiamo," ha detto il poliziotto.

Babbo camminava avanti, e ogni tanto si girava per spararmi qualche raggio disintegratore. Io ho preso la mano di Maria Maddalena perché mi faceva stare tranquillo. Abbiamo fatto il giro dell'autogrill e siamo arrivati al parcheggio, solo che la scassona non si vedeva da nessuna parte. All'improvviso babbo si è fermato e ha messo una mano in tasca. Non se n'è accorto, ma alle sue spalle il poliziotto ha subito sbottonato la fondina della pistola. Per fortuna babbo ha tirato fuori soltanto una chiave. E l'ha infilata nella serratura di una macchina bellissima, una Maserati Biturbo.

"Ma questa non è la macchina di prima!" Come facevo a starmi zitto? Era la verità. Solo che adesso sembrava che stavo dicendo un'altra bugia. E infatti babbo stava già facendo la faccia di quello stanco di ascoltare stupidaggini.

"Pure?" ha detto tutto scocciato.

Mi stava facendo fare la figura del bambino. E si vedeva che i poliziotti iniziavano a credere a lui e non più a me. Ma io avevo ancora la mia arma segreta.

"Lui ha una pistola!"

Col cavolo che mi facevo fregare, io. Infatti, appena hanno sentito quella parola, i due agenti si sono bloccati, colpiti dal raggio paralizzante di Super Salvo.

"Una pistola?!" ha chiesto il poliziotto in coro con mio padre.

Ho fatto su e giù con la testa tre volte, ero sicurissimo. Clark Gable e Maria Maddalena si sono girati di nuovo a guardare babbo. Ormai sembrava una partita di ping-pong e loro due gli arbitri che seguono la pallina mentre vola da una parte all'altra del tavolo. Con la "pistola" avevo fatto ping!, ora toccava a babbo ribattere. E lui ha cominciato la sua recita: prima ha sbuffato, poi si è allargato il giubbino per far vedere che non aveva niente addosso, con la faccia stanca di chi non ce la faceva più a sopportarmi.

"Io e te dopo facciamo i conti."

Pong!

Allora io ho fatto come quei giocatori che si tuffano verso la pallina a rischio di farsi male, pur di non farle toccare terra.

"La tiene dentro al cassetto del cruscotto!"

Ping!

Se c'era un posto dove poteva averla nascosta era quello, nell'altra macchina nemmeno me lo voleva far toccare. Però arrivati a quel punto i poliziotti non ce la facevano più a stare appresso a quel ping-pong che non finiva mai.

"Dove sono questi documenti?" ha chiesto il poliziotto, col tono di chi vuole sbrigarsi.

"Nel cassetto del cruscotto," ha risposto mio padre allungando una mano in quella direzione.

Quasi gli cadeva la mascella all'agente.

"Stia fermo, non si muova!" Adesso la pistola stava mezza fuori dalla fondina.

Mio padre si è girato sorridente.

"Era una battuta... sono qui", e ha raccolto una bustina di plastica grigia che stava in bella vista sopra al cruscotto. Ha tirato fuori la carta d'identità e l'ha passata al poliziotto. Mi sa che babbo non assomigliava più tanto alla foto, perché il giovane Clark sembrava un po' perplesso.

"Il tempo passa..." si è giustificato mio padre.

Quel poliziotto ci assomigliava soltanto a Clark Gable, ma non lo era per niente. Come faceva a non sembrargli strano che uno con quel barbone e quel giubbotto di prima della guerra avesse una macchina così bella? Quando scende dalla Mercedes, il padre di Tommaso ha sempre la giacca e la cravatta.

"Ma perché il bambino..."

Senza nemmeno fargli finire la domanda, mio padre gli ha dato quel foglio che diceva che dovevo stare con lui per qualche giorno, quello con la firma di quel signore che prende le decisioni al posto mio, il giudice. Si è messo di spalle per non farmi sentire. Ogni tanto riuscivo ad afferrare qualche frase: "È il primo giorno che passiamo assieme... forse si è un po' impressionato... mia cognata mi è sempre stata contro...", praticamente mi stava fregando.

"Ok, è tutto a posto, possiamo andare," ha detto alla fine il poliziotto. Babbo aveva fregato pure lui.

"Non ci voglio andare con lui", e ho cercato di liberarmi dalla mano di Maria Maddalena. Ma quella non mi mollava, come se ero io il prigioniero. O forse aveva paura che mi mettevo a correre e finivo sotto una macchina.

A furia di tirare, il giubbino che tenevo legato in vita è caduto e tutti e tre hanno visto la macchia di bagnato sui pantaloni.

"Non me la sono fatta addosso..." ho detto subito io.

Che vergogna, stavo facendo pure la figura del piscialetto. Era proprio finita per me. La poliziotta mi ha lasciato la mano, dovevo farle un po' schifo. Invece ha raggiunto mio padre a passi lunghi e ha detto una cosa che non mi aspettavo.

"Non lo vede che si è spaventato? Non si lascia un figlio da solo! Questa volta le è andata bene perché ha incontrato noi, ma pensi se incontrava qualche malintenzionato. E noi sappiamo bene che gente c'è in giro."

Era proprio arrabbiata.

Mio padre ha abbassato la testa, come si fa quando la maestra ti sgrida. A volte ti senti veramente in colpa per qualcosa che hai fatto, altre volte lo fai solo per finta, così quella la smette di darti addosso. Mio padre sembrava veramente pentito, ma chi lo capisce a quello.

Poi Maria Maddalena si è abbassata così mi poteva guardare negli occhi.

"Salvo, adesso noi ce ne andiamo, ma tu devi stare tranquillo: vedrai che tuo padre non ti lascerà più. Hai fatto bene a chiedere a noi, sei stato bravo. Mi ha fatto molto piacere averti conosciuto."

"Vedrai che tuo padre non ti lascerà più." L'ha detto per farmi stare calmo, ma a me suonava come una minaccia. L'ultima volta che l'ho visto mi ha detto "avviati sugli scogli, vengo subito" e non l'ho più visto per sei anni. Adesso invece sarebbe meglio che scompare di nuovo.

La poliziotta ci ha tenuto a stringermi la mano, come per dire che eravamo amici e che potevo contare su di lei. E poi lei e quello che non sarà mai Clark Gable se ne sono andati.

Mio padre è stato zitto fino a quando non sono entrati nell'autogrill.

"Sali."

Solo questo ha detto, con la voce più dura di un sasso.

Sono entrato in macchina, e pure lui. Avevo paura che mi picchiava e ho lasciato la porta aperta per scappare. Da piccolo mi ha dato gli schiaffi solo una volta, ma perché si era messo paura. Avevo attraversato la strada da solo e un altro po' finivo sotto una macchina. Ma adesso non lo so che cosa è capace di fare.

"Chiudi la porta."

E niente, l'ho dovuta chiudere. Ero pronto a coprirmi come ho visto fare a Emidio quando zio cerca di picchiarlo. Lui me lo dice sempre: meglio non scappare, perché se scappi si arrabbiano ancora di più ed è peggio. E ha imparato a fare una specie di muro con le braccia per parare i colpi. Insomma, stavo lì e aspettavo il pugno, lo schiaffo, quello che mi sarebbe arrivato. Come l'ho visto partire, subito mi sono coperto con le mani, ma qualcos'altro ha fatto crack! Ho alzato gli occhi: qualcosa si era spaccato ma non era la mia faccia, era il parabrezza. Non era proprio rotto, era come se ci avessero spiaccicato sopra un ragno di cristallo, con tutte quelle gambe sottilissime che partivano dal corpo. Papà si massaggiava la mano, si doveva essere fatto male pure lui. Quando si è accorto che lo stavo guardando ha smesso, ha passato un dito sul vetro e poi ha sbuffato un po' di antipatia verso quel ragno che si era piazzato proprio lì.

Si è girato rapido verso di me e io mi sono subito tirato indietro, perché quando si fanno male da soli i grandi diventano ancora più cattivi. Ma non arrivava niente, non mi voleva picchiare. Mi stava guardando i pantaloni.

"Non me la sono fatta addosso. Mi sono... sbagliato."

Non ha detto niente, ma si vedeva che non mi credeva.

Zitti zitti, siamo andati via.

13.

Eravamo fermi da un po' dietro una fila di macchine, c'era un semaforo che non passava mai.

"Un po' di radio?"

Io stavo guardando fuori dal finestrino questo stormo di uccelli che componeva e scomponeva triangoli in cielo, chissà come fanno a farli. Ho pensato che forse quelle figure sono solo una coincidenza per chi le osserva, cioè siamo noi che ci vediamo una geometria. Loro che ne sanno, sono solo uccelletti, vanno su e giù tutti insieme portati dal vento.

Ormai era da quasi un'ora che non dicevo niente. A volte mi capita di incantarmi a guardare le cose e sto zitto per così tanto tempo che poi quasi mi scordo come si fa a parlare. Come se mi svegliassi da un lungo sonno.

"Un po' di radio?"

Quando mi sono girato, la prima cosa che ho visto è stata il serpentello di fumo che saliva dalla sigaretta che non era spenta bene nel posacenere. Papà se n'è accorto e ha chiuso il cassettino.

Ho dondolato la testa, ma sembrava più che tremavo, non che stavo dicendo di sì. Ha premuto un tasto e quasi scoppiavano le casse tanto il volume era alto, che brutto risveglio. Ha girato subito la manopola e per fortuna tutti quei fzzzwffw sono finiti.

"*Tu sei come il vento che porta i violini e le rose...*"

"Ti piace questa o vuoi cambiare canale?"

"Ci sono pure i canali?" Non l'avevo mai vista una radio coi canali digitali, c'era solo sulle macchine di super lusso, per questo Tommaso lo "str..." era tutto fiero di farla vedere a sua cugina Noemi.

"Va bene questa."

Mi piaceva quella canzone, anche se vecchia. I violini e le rose. Un sacco di canzoni non significano niente, ma sono belle. O sono io che non le capisco, boh. Però mi sembra che mi cullano, come quando stai sul materassino a pancia all'aria e senti le onde sotto la schiena.

Papà manco aveva finito di fumare la sigaretta di prima che se n'era accesa un'altra. È stato un attimo, ho pensato che era preoccupato. Anzi ne ero sicuro. Tutte le volte che esco dall'incantamento, è come se per qualche minuto ho la supervista: certe cose mi sembrano ovvie. Ad esempio, quando in classe mi capita di mettermi a fissare qualcosa per tanto tempo e arriva la maestra a schioccarmi le dita vicino all'orecchio per svegliarmi, la guardo in faccia e vedo. Vedo che ieri era contenta perché il fidanzato le ha finalmente chiesto di sposarlo, con l'anello di brillanti, in ginocchio e tutto il resto. Oppure che è scocciata perché dopo la Befana sono cominciati i saldi e lei non ha abbastanza soldi per comprarsi quella pelliccia corta che ha visto in una vetrina di via dei Mille. Non penso mai a qualcosa che sta accadendo in quel momento, sempre a qualcosa che è già successa o succederà. Magari non è vero, però a me viene così, che sono sicuro di quello che vedo. E quando mi sono girato a guardare mio padre e lui si è acceso la sigaretta con la cicca dell'altra, ho visto che era preoccupato. Magari si era dimenticato qualcosa dentro la cella della prigione e con tutti i compagni ladri come lui, quando la ritrovi? Oppure aveva paura che scoprivano che la macchina non era sua, che l'aveva rubata, chissà.

Poi, quando ho visto i carabinieri vicino al semaforo, a un centinaio di metri da noi, ho pensato che poteva essere quello il motivo, anche se non sapevo perché.

Erano quattro. Due controllavano dentro al bagagliaio della macchina che avevano fermato, uno stava fermo con la mitraglietta in mano e l'ultimo decideva chi fermare e chi no con la paletta. Non era il passato, né il futuro, era adesso. Chissà, forse papà aveva paura che facevo di nuovo storie davanti ai carabinieri.

"Apri il cassetto," mi ha detto.

"Posso?"

Meglio essere sicuri con lui.

"Certo, apri."

L'ho aperto e dentro non c'era niente, a parte una busta bianca di carta.

"Hai visto? Come ti è venuta quella cosa della pistola?"

Mica potevo confessargli che avevo spiato lui e il suo amico, dovevo prima capire cosa significava quella frase che gli aveva detto su di me. Forse era vero che non c'era nessuna pistola in macchina, ma se l'aveva rifiutata era perché io, Salvo De Benedittis, classe quinta sezione B, sono meglio di una pistola. Che cosa voleva dire?

"Così... perché... non mi volevi far aprire il cassetto, allora ho pensato..."

"Vabbè, apri la busta, su."

Dentro c'erano dei soldi.

"Di chi sono?"

"Nostri... tienili tu."

Prima si era preso le centomila di zia, e adesso mi stava affidando tutti quei soldi.

"Questa macchina è meglio di quella di prima."

Era per dirgli che adesso si stava comportando meglio.

Ma lui non stava guardando me, ma il carabiniere che era spuntato affianco al mio finestrino. Ha dato un'occhiata veloce a me, poi ha fatto il gesto che potevamo andare. Non appena ci siamo allontanati babbo ha sospirato, come se si era tolto un peso.

Io ho infilato i soldi in tasca.

Sentivo che mi aveva fregato. Ma non sapevo come.

Adesso ti frego io, che ti credi.

"Uè, hai fatto?"

Devo fare presto, devo fare presto, prima che mi scopre, pensavo.

Ho scritto il numero di telefono di zia, poi ho piegato le centomila lire e me le sono ficcate nella tasca del giubbino. Sono uscito dal camerino con addosso il nuovo paio di pantaloni e in mano l'astuccio con la penna dorata che avevo usato per scrivere. Nel negozio non c'era nessuno, solo io, lui e vestiti dappertutto. Mio padre mi ha guardato come si guarda un manichino, poi si è inginocchiato e mi ha arrotolato i pantaloni che erano troppo lunghi. Mi voleva infilare le dita in vita per vedere se mi stavano anche larghi, ma si è fermato, ha solo allungato la mano, non si è permesso.

"Come ti stanno? La misura è giusta?"

Non gli ho nemmeno risposto, ho fatto la faccia "Uff". Se facevo vedere che ero diventato più buono, lui capiva che lo volevo fregare.

"Vabbè, l'importante è che non ti stanno stretti... Tieniteli addosso, tanto quelli che avevi..."

"Tanto cosa?"

Se diceva ancora una volta che mi ero pisciato sotto gli davo un calcio, giuro. E lui se n'è accorto, perché quando faccio la faccia da falco, che metto le sopracciglia a "V" e strizzo gli occhi, anche in classe tutti si mettono paura. Il fatto è che non riesco a tenerla per più di cinque secondi, però a volte bastano.

Lui si è grattato la barba, ha alzato improvvisamente la

testa e si è perso a guardare in alto, verso il soffitto. Poi ha fatto un gesto che non gli avevo mai visto fare prima, nemmeno quando ero piccolo. Una cosa nuova. Si è passato l'unghia del pollice sul sopracciglio destro e poi su quello sinistro, come se li pettinasse. Inspirando ed espirando. E soltanto dopo è tornato a guardarmi, lo sguardo sereno.

"Dove sono i pantaloni... vecchi?"

Era una domanda di quelle che fai per non stare zitto, era ovvio che li avevo lasciati nel camerino. E infatti ha scostato la tenda e li ha raccolti dalla sedia. Ha tirato fuori una busta di plastica e ce li ha messi dentro.

"Come sto io?"

Ora toccava a lui farsi guardare. Era quello il vero motivo per cui eravamo entrati nel negozio, mica per i miei pantaloni, in valigia zia me ne aveva messi un paio di ricambio. Voleva liberarsi del suo giaccone, così malandato che quando scendeva dalla Maserati sembrava che l'aveva rubata. Ha fatto un mezzo giro per farmi vedere il giubbino nuovo che aveva addosso. Qualcosa dovevo dire.

"Meglio."

Una parola sola e già mi scocciava di avergli parlato.

"Dove vai?"

"Vado a posare questa."

E gli ho fatto vedere la penna dorata nell'astuccio. Era una bella stilografica di quelle con l'orologio digitale sopra, così puoi vedere sempre l'ora.

"Non la vuoi più?"

"Costa troppo."

Era vero, costava trentamila lire. Ma soprattutto non mi andava che lui mi facesse un regalo. Almeno non adesso, giusto per tenermi buono. Prima recuperi un po' di compleanni e di Natali e poi ne parliamo. La mia prima bicicletta me l'aveva comprata zio. E pure la seconda, quella con le marce.

"Aspetta..."

Mi ha preso la penna, se l'è rigirata tra le mani. Ho pensato che se la voleva tenere per lui, invece ha aperto la tasca del mio giubbino e ce l'ha infilata dentro. Poi ha preso l'astuccio e l'ha nascosto sotto una pila di maglioni. E mi ha fatto l'occhiolino.

"Andiamo a pagare."

E si è avviato.

Io sono rimasto lì impalato come un cretino.

Poi ho capito. Figo, però. Allora si può rubare? Se penso a tutte le cose che vedevo nei negozi e mi piacevano e agli zii che non mi davano i soldi per comprarle...

Quando l'ho raggiunto alla cassa, ero come intontito.

"Sono ottantaseimiladuecento lire," ha detto il commesso, e io sono saltato su come se mi avessero gridato "buh!" in una stanza buia.

"Su, tocca a te," ha fatto mio padre.

Mi sono messo un po' di spalle per tirare fuori i soldi che stavano nella stessa tasca dove babbo aveva infilato la penna. E soltanto in quel momento mi sono ricordato di quello che avevo scritto sulle centomila lire mentre ero nascosto nel camerino. Non sapevo più se stavo facendo la cosa giusta, quel fatto della penna mi aveva imbambolato. Poi d'improvviso mi è tornata in mente quella frase: "Un bambino di undici anni è meglio di una pistola". E ho dato le centomila lire al commesso.

Lui ha alzato la banconota per vederla in controluce, poi ci ha passato sopra l'unghia per controllare se c'era la filigrana. Mica lo sapevo che avrebbe fatto tutte queste cose. E infatti, mentre l'uomo la girava e rigirava avanti e indietro, mio padre si è accorto che c'era scritto sopra qualcosa.

"Posso?" e gliel'ha strappata di mano, così rapido che quello c'è rimasto secco.

Ci ha messo un attimo a leggere. Mi ha guardato stortissimo, il tempo che basta a soffiare e spegnere una candela, fiuuu e già la fiamma non c'è più. Ora sì che stavo al buio, mi sarei dato i pugni in testa da solo per aver pensato che poteva funzionare. Babbo ha tirato fuori le centomila di zia che mi aveva fregato, e le ha piazzate davanti al cassiere che stava lì tutto mortificato, pensando di averlo offeso con tutti quei controlli.

"A me sembrava buona..." si è giustificato.

"Anche quest'altra."

L'ha messa subito nel registratore e ci ha dato il resto. È stato a quel punto che ho avuto paura. Babbo mi ha agguantato la mano e mi ha trascinato via con tutte le buste fuori dal negozio.

Camminavamo, lui avanti che mi tirava. Il fatto che non mi guardava era ancora peggio. Quando siamo arrivati alla macchina, gli è bastata un'occhiataccia per farmi aprire lo sportello, entrare e richiuderlo come un condannato che s'imprigiona da solo.

Ha tirato fuori le centomila lire incriminate e me le ha messe in mano.

"Leggi."

E ho letto, con la voce che mi tremava un po', da seconda elementare.

"Mi chiamo Salvo De Benedittis, ho undici anni, questo signore mi vuole fare del male, per favore chiamate zia Anna: 653749."

Aspettavo le botte, schiaffi calci e pugni, questa volta spacca me invece del vetro.

Lui invece non la finiva più di guardarmi, e più mi fissava, più rimpicciolivo.

"Ma come cazzo ti è venuto in mente?!"

"L'ho visto in una puntata di *Starsky & Hutch*", che era la verità.

Silenzio.

E poi ancora silenzio.

Erano passati già troppi secondi, allora ho infilato l'occhio in mezzo alle braccia che tenevo a protezione della testa. Guardava il ragno imprigionato nel vetro. Poi lui si è girato verso di me con uno strano sorriso, tipo quello dello Stregatto, il gattone colorato che Alice incontra nel Paese delle Meraviglie, quello che appare e scompare quando vuole. Un po' come lui. Quello che non è cattivo, ma lo sembra. Ma anche il contrario.

"La prossima volta, non ti scordare il prefisso."

E ha acceso la macchina.

14.

Mi sa che con gli zii non c'ero mai stato in un albergo così, a cinque stelle. Con tutti quei divani e poltrone, i lampadari antichi e pure il pianoforte lungo lungo.

Abbiamo dato i documenti al portiere e papà ha chiesto se c'era un garage dove custodire la macchina perché era nuova. Il portiere ha risposto: "Siamo a Chioggia, signore", come a dire che lì non se le rubano le macchine, forse perché aveva visto sulla carta d'identità di babbo che era di Bari. Questa è una cosa che ho scoperto quando mi sono trasferito da zia, che quelli del Nord pensano che al Sud sono tutti ladri. A me mi prendevano in giro il primo anno, se qualcuno non trovava la penna subito dicevano: "Chiedi a Salvo". Era sempre Saverio che mi sfotteva e dietro di lui si mettevano quegli altri due fessi dei suoi amici. Però era lui il capo. Mi tormentavano ogni giorno: "Ciao ladro", "Hai fatto i compiti, ladro?", "Che ore sono, ladro?". L'ho dovuto picchiare per forza, sennò non la smetteva. Cioè, non l'ho proprio picchiato perché lui è molto più grosso di me e quindi sapevo che se mi battevo in modo corretto le prendevo. Allora ho fatto una furbata. Gli sono andato vicino in giardino durante l'intervallo e gli ho detto che era vero che rubavo le penne e che se stava zitto gli davo la metà di quello che guadagnavo quando me le rivendevo. A quel punto ho tirato fuori cinquecento lire e gliele ho fatte vedere ben bene. Lui ci ha pensato un po' su, e poi ha detto ok. Ha allungato la mano per prenderle, ma io invece di dargliele le ho fatte cadere. Si è abbassato per raccoglierle e gli ho dato un calcio in faccia come se era una palla da rugby. Quanto sangue, mamma mia. I bidelli mi hanno afferrato come se ero un pazzo. Mi hanno portato dalla preside e quella ha chiamato zia. Loro parlavano, io stavo zitto. Zia ha detto che mi ero appena trasferito, che non conoscevo nessuno, poi mi hanno fatto uscire fuori dalla stanza perché dovevano dirsi qualcosa che non potevo sentire. Lo sapevo quello che stava dicendo zia, che mio padre era in carcere, che mamma era morta, le solite cose.

"Capisco signora, ma il bambino deve imparare che ci sono delle regole," ho sentito.

Cretina, ho pensato, voglio vedere se succedeva a te. E poi non c'entravano niente i miei genitori, era Saverio che mi sfotteva.

Comunque, quando mi hanno fatto rientrare, ho dovuto giurare che non succedeva più, volevo solo che finiva. Nessuno mi ha più preso in giro, con Saverio adesso siamo amici.

Io e papà siamo saliti in ascensore fino al quinto piano, avevamo la stanza 511.

"Ma ci stanno tutte queste stanze?"

"Il primo numero è quello del piano. 511 significa la stanza 11 al quinto piano."

Non lo sapevo questo fatto. Mi sono ricordato di quando da piccolo io e lui facevamo le passeggiate e lui mi spiegava le cose. Perché si dice così? Perché si fa così? Sempre perché gli chiedevo. L'ho guardato e ho pensato a tutte le domande che gli avrei voluto fare in questi anni e lui non c'era a rispondere. Adesso c'era soltanto una cosa che volevo sapere da lui: perché io ero meglio di una pistola? Ma anche questo mi toccava capirlo da solo, come avevo fatto in tutti quegli anni che mi ero messo a studiare.

"Facciamo presto che voglio trovare un garage per la notte, è già tardi," ha detto mentre apriva la porta della stanza. Era tutta di legno, pure sulle pareti, sembrava di stare dentro a una nave antica.

"Ti piace?"

Mica gli ho risposto. Mi sono seduto sul letto per vedere com'era. A me i letti duri non mi piacciono, per fortuna quello era bello rimbalzino. Poi ho visto che sul cuscino c'era una caramella mou.

"Me la posso prendere?"

"Certo, sta lì apposta."

Volevo vedere se mi diceva di no. Era al miele come piace a me. Mentre la scartavo, lui si è messo ad aprire tutti i mobiletti che stavano sotto al megatelevisore e alla fine ha trovato quello che cercava.

"Cos'è?" ho chiesto.

"Il frigorifero... il frigobar."

Si vedevano un sacco di bibite. Mi volevo avvicinare però anche no, gli volevo stare lontano dopo tutti quei pensieri che mi erano venuti in corridoio. Ha preso una cosa dalla tasca e con quella ha aperto una Coca-Cola.

"Come hai fatto?"

"Eh? Ah... con l'accendino," e me lo ha fatto vedere.

"E come fai?"

"E come faccio, faccio leva sul pollice... da piccolo le aprivo coi denti, per fare il buffone. Poi una volta mi si è spaccato un canino, questo qua, vedi... non lo fare mai... oppure bevi molto latte. La vuoi pure tu?"

Ha fatto un passo verso di me per darmi la Coca-Cola.

"Ma è tardi."

"In che senso?"

"Zia non ce la fa bere la sera, dice che poi non dormiamo."

"Adesso zia non c'è."

E si è seduto affianco a me sul letto. Io subito sono schizzato in piedi.

"Vabbè… che ne dici se ci andiamo a mangiare un bel piatto di spaghetti con le vongole? Sono buonissime qua."

"Non mi piacciono le vongole."

Era un sacco di tempo che non sentivo quella voce, quella di quando mi prendeva con le buone. Un ricordo lontanissimo. Ma io non mi facevo fregare.

"Dove vai?"

Mi sono girato che ero già arrivato alla porta del bagno.

"Mi posso fare una doccia?"

Ha fatto un gesto che nemmeno quando D'Artagnan fa l'inchino al re di Francia.

Si accomodi, voleva dire.

E da dentro al bagno ho sentito che accendeva il megatelevisore.

15.

Il Casio me l'hanno regalato a Natale. Quanto lo volevo, mamma mia. In classe ce l'avevano tutti tranne me. Tiene un sacco di funzioni: la lucetta, il cronometro e soprattutto la sveglia. Però non l'ho mai usata fino a quando non è successa quella cosa con zio. In genere ci sveglia sempre lui la mattina, a me e a Emidio. Come un sergente dei marines. Spalanca la porta, si avventa sulla persiana e la tira su facendo così tanto rumore che noi apriamo gli occhi convinti che ci sta crollando addosso la casa. Poi, non contento, solleva di scatto i piumoni e noi saltiamo in piedi intirizziti dal freddo. Solo che quest'anno, un giorno di febbraio, quando mi ha scoperto, io stavo ancora dormendo dormendo. L'unico che ha trovato sveglio era il mio pisello. Chissà cosa stavamo sognando...

"Mh... forse è meglio che dormi un altro po'," mi ha detto zio, e mi ha risistemato la coperta addosso.

Che vergogna. Ecco perché adesso metto sempre la sveglia con l'orologio. Ed è diventata una specie di abitudine, nel senso che ormai la uso per qualsiasi cosa. Se zia mi dice che devo studiare ancora dieci minuti prima di poter vedere i cartoni animati, subito inserisco la sveglia. E poi vado da lei con l'orologio che suona. Non mi frega più nessuno ormai col tempo. Per questo, quando è stato il turno di papà di fare la doccia, appena ho sentito il rumore dell'acqua, ho messo la sveglia a 2 minuti e 35 secondi. E per 2 minuti e 35 secondi non mi dovevo muovere sennò il piano non funzionava, così avevo deciso. Sono stato tutto il tempo senza fiatare, steso sul letto a fissare la televisione anche se non c'era niente da guardare. La sveglia è suonata che si sentiva ancora il rumore della doccia in bagno. Come sono scattato in piedi, mi sono infilato tutto in 18 secondi, giuro. Le mutande, i pantaloni, la maglietta e la felpa della tuta. Gli ho svuotato le tasche dei pantaloni e ho trovato un sacco di spiccioli, uno scontrino accartocciato e due accendini, ma le chiavi della macchina non c'erano. Me le volevo prendere così non mi poteva inseguire, ma chissà dove le aveva nascoste. A quel punto ho pensato "Basta che scappo", e ho raggiunto la porta.

Bastarda, apriti!

Ho fatto quello che non dovevo fare, un sacco di rumore a furia di tirarla, ma era chiusa a chiave! Me ne sono tornato sul letto tutto avvilito e quasi mi veniva da piangere. Era finita, il piano era fallito. C'era la Coca-Cola sul comodino, me la sono bevuta tutta d'un fiato, chissenefrega, e l'ho buttata dall'altra parte del letto. Bum!

Avevo colpito il telefono che stava sull'altro comodino. Il telefono!

"Pronto, pronto... c'è qualcuno? Pronto..."

"Salvo..."

Stava dietro di me.

"Devi premere lo zero, sennò non c'è linea."

Ho posato la cornetta. Mi sono girato, stava appoggiato alla porta del bagno, ma con tutta quella luce dietro non capivo che faccia aveva.

"Puoi venire un attimo?"

È rientrato in bagno. Anche se c'era un sacco di vapore, ho visto che si era seduto su una sedia davanti allo specchio. Mi aspettava. Non ci volevo entrare in bagno perché poteva essere una trappola. Aveva chiuso a chiave la porta della stanza perché se l'immaginava che volevo scappare. Era proprio furbo.

"Vieni qua, dammi una mano."

Me l'ha detto bene, non sembrava che mi voleva fare del male. Mi sono avvicinato. Aveva un asciugamano attorno alle gambe però tutto il resto era scoperto. Quanti disegni, mamma mia... come se uno si era messo a scarabocchiargli sulla schiena. Sembrava come quando gli zii hanno dato il permesso a me e a Emidio di disegnare sui muri della nostra stanza perché tanto avevano deciso di farla ridipingere e noi ci siamo sbizzarriti. C'erano i quattro assi delle carte, una pistola, una donna nuda, la faccia di un elefante con la proboscide lunga lunga, una bilancia e tante scritte, a stampatello e in corsivo.

"Allora, che ne dici senza barba?"

Che rutto che mi è uscito, un terremoto! Alla fine ero sgonfio come un Supersantos bucato.

Mi sono coperto la bocca, le guance rosse perché lui ci era rimasto proprio secco. E pure io. Non era come quando io e Emidio facciamo la gara di rutti. Quando ti scappa davanti a un grande è tutto diverso, perché lo sai che non si fa. A lui invece sembrava non importare.

"Adesso ho capito perché la zia non ti fa bere la Coca Cola."

Sorrideva.

Zia mi avrebbe dato sicuramente uno scapaccione.

Col sorriso e senza barba mi ricordava lui sei anni prima.

È rimasto girato di spalle, ma ci guardavamo nello specchio.

"Mi dai una mano a tagliarmi i capelli?"

E mi ha allungato un paio di forbici. Però io non riuscivo a staccare gli occhi da quei disegni, soprattutto quell'elefante enorme che gli occupava mezza schiena. Lui se n'è accorto.

"Ah, giusto... sono un po' più colorato adesso. Su, tieni."

"Che devo fare?" e mentre lo dicevo ho visto le chiavi appoggiate sul lavandino.

"Tagliare. Fallo tu che dietro non sono capace."

Ho preso una ciocca e l'ho tagliata. Non era difficile, ho fatto come fa zia quando li taglia a me, senza tirare che sennò fa male. Ma mi sono fermato perché lei c'ha sempre tutto un progetto in mente, io no.

"Di più, di più... via tutto."

Ho afferrato con due dita una ciocca lunga.

"Così?"

"Esatto. Taglia."

Gli ho tolto tutti i capelli dietro al collo, quelli che gli arrivavano alla schiena. E ho visto una scritta che prima stava nascosta, proprio in mezzo alle spalle: SALVO.

"C'è il mio nome."

"Mh... c'è pure mamma, vedi... qua, dentro al cuore."

Mi ha fatto vedere il cuore con le spine che teneva sul braccio, dentro c'era scritto Maria, come si chiama mamma. Chiamava.

"Perché te li sei scritti?"

"Così..."

L'ho guardato storto: non si fa così, adesso mi parli. Non è l'infinito "perché, perché, perché" di quando ero piccolo, che uno si può pure scocciare di rispondere. Questa era una domanda sola, e per me era importante.

Si è messo a cercare le sigarette con gli occhi. Io lo guardavo nello specchio, pieno di goccioline di vapore che colavano giù. E aspettavo. Non trovava le parole, non solo le sigarette. Alla fine ha alzato lo sguardo e ha trovato me sempre lì, a fissarlo nel riflesso.

"Perché mi siete mancati."

"E allora perché il mio sta qui dietro, che non lo vedi nemmeno?"

Mi è uscito così, brusco come il commissario che s'incavola quando si accorge che lo vuoi fregare. Pure i bambini c'hanno diritto ad arrabbiarsi se sentono una bugia, non è che è i grandi possono sempre farci credere quello che vogliono.

Siamo rimasti a fissarci per così tanto tempo che il tempo poteva pure finire. Ogni tanto a questa cosa ci penso, che il tempo a un certo punto finisce e ce ne andiamo tutti a casa, chissà dove poi. Se è iniziato può pure finire, no?

"Perché, anche se non ti vedo, lo so che ci sei... e poi così mi guardi le spalle", e mi ha fatto l'occhiolino.

Io non lo so se l'aveva detto sincero, però ci sono rimasto secco. Ho pensato a tutti quegli anni che aveva passato in carcere, a lui che chiudeva gli occhi in cella e s'immaginava che stavo crescendo, e che diventavo talmente grande da essere io a proteggere lui. Poi però mi è tornata di nuovo in mente quella cosa che aveva detto al suo amico Braccia Lunghe, che per la sua "protezione" era meglio un bambino di undici anni di una pistola, così ho avuto paura che era tutta una bugia, che mi era venuto a prendere solo perché gli ero utile. Però forse no, perché si vedeva che gli pesava aver detto quelle parole. C'aveva i brividi.

"Puoi chiudere la porta? Sento un po' freddo."

Forse lui mi vuole ancora bene, ho pensato mentre la chiudevo.

Più tardi, mentre andavamo al ristorante, si spolverava in continuazione il collo, che era pieno di pezzettini di capelli. Infatti secondo me la doccia se la doveva fare dopo che glieli avevo tagliati, non prima. E poi non mi aspettavo che era peggio di zia quando esce dal parrucchiere. Mi avrà chiesto "Come sto?" non so quante volte, appena incrociavamo qualcuno che secondo lui lo guardava un secondo di troppo. Quando ci fermavano davanti a una vetrina, io osservavo le cose esposte, lui si lisciava come davanti a uno specchio.

Sul lungomare tirava un sacco di vento e ho visto che si massaggiava la testa per scaldarsi. Così gli ho detto se voleva il mio cappello.

"Non c'hai freddo?" mi ha chiesto.

"No, io i capelli ce li ho."

Se l'è infilato, però sembrava davvero uno scemo con quel tondino in testa che non gli copriva manco le orecchie.

"Come sto?" ma già l'aveva capito.

"Bene," ho risposto comunque. Ma con una faccia che era impossibile credermi.

Tempo due secondi e ci siamo messi a ridere. Era la seconda volta in una giornata. Poi ci siamo messi un po' a parlare e mi ha detto che questa città dove stavamo, Chioggia, era famosa perché ci coltivavano le vongole, ma secondo me non è possibile perché sono degli animali, anche se subacquei. Le piante si coltivano, gli animali si allevano, così ci hanno insegnato a scuola. Poi ha visto da lontano un ristorante bellissimo, pieno di luci, che stava alla fine del molo. Ci siamo arrivati in due minuti, avevamo voglia di camminare veloci per riscaldarci o forse era la fame.

Quando siamo entrati, sembrava di stare in un'altra epoca, con quei camerieri con la giacca lunga bianca, tutti impettiti come generali di Napoleone. C'era poca gente, forse perché era tardi. Meglio così, perché quando ci sono troppe persone che parlano mi viene sempre un po' di mal di testa, rimbomba tutto. Ancora prima di sederci, papà ha detto al cameriere di portarci una bottiglia di vino bianco "mi raccomando, bello freddo", ma a me non ci ha pensato proprio.

"E una Coca-Cola," ho aggiunto io.

Papà ha sorriso, mi sa che si è ricordato del mio boato in bagno. Ha fatto segno al cameriere che andava bene, che me la poteva portare. Abbiamo preso i menu. Io non li guardo mai i prezzi perché tanto pagano i grandi, però ho notato che con quello che costava l'antipasto di mare mi ci potevo comprare due mesi di "Topolino". Spendere tutti quei soldi per mangiare non mi sembra tanto logico, un giornalino ci metti un sacco a leggerlo e ti rimane per sempre, l'antipasto invece finisce in cinque minuti e il giorno dopo diventa cacca.

"Perché questo piatto costa così tanto?" ho chiesto.

"Perché abbiamo scelto il ristorante più caro della città, mi sa."

E l'ha detto con la faccia proprio avvilita, tipo quando compri dieci bustine di figurine e ti escono tutti giocatori che hai già.

Ha posato il menu.

"Vabbè dai, dobbiamo festeggiare, è la prima volta che mangiamo assieme dopo tanto tempo."

"Posso prendere quello che voglio?"

"Certo."

"Pure questo piatto che costa così tanto?" l'ho sfidato.

"Pure quello."

Ero soddisfatto. Aveva detto che non c'erano problemi, allora me lo doveva dimostrare. Poi però mi sono reso conto che non sapevo nemmeno cos'era l'antipasto. Gliel'ho chiesto.

"Non lo sai? Sono le cose che si mangiano mentre aspetti la pasta. Sono già pronte e quindi te le portano subito."

Non mi convinceva.

"E perché si dice 'antipasto'? Perché 'anti'? Se viene prima della pasta si dovrebbe dire pre-pasta, non antipasto."

Questa non la sapeva proprio, l'ho capito dalla faccia. C'avevo azzeccato. Mi piace quando mi spiegano le cose, però quando a volte scopro che uno non le sa mi sento meglio, sennò sono sempre io quello che non sa niente.

"Dimmelo tu, sei tu quello bravo a scuola."

Mi prendeva in giro.

"Anti... patico," gli ho detto.

Il sorriso che ha fatto mi è piaciuto, era la prima volta che facevo una battuta che gli piaceva e che non fosse un rutto.

Da piccolo, era bello quando lo facevo ridere. Però mi sono detto: "Basta ricordi, pensiamo a mangiare".

Mezz'ora dopo stavamo ancora lì ad aspettare quello che avevamo ordinato, mannaggia a loro. Sembrava un ristorante perbene, invece erano proprio sfaticati. L'antipasto di mare non l'avevo preso quando mi aveva spiegato cos'era, quelle cose mollicce di mare mi fanno schifo, il polipo, le cozze, bleah! Cioè, non le ho mai assaggiate perché mi fa proprio senso guardarle. La bistecca è la cosa che preferisco e prendo sempre quella, però ogni tanto zia dice che devo mangiare pure il pesce per il fosforo, che non so cos'è però aiuta la memoria e mi serve per andare bene a scuola, almeno così dice lei. E quindi mi fa i bastoncini impanati, gli unici che riesco a mangiare. Oppure mi fa la sogliola con il limone che pure è buona, ma meno. Dice zia che ho i vizi. Comunque papà mi ha fatto ordinare un pesce che si chiama orata, perché ha detto che è un peccato prendere la carne in un posto così, nel senso che va a finire che non la sanno nemmeno cucinare e te la portano bruciata. In realtà a me piace cottissima, quando è al sangue non la riesco a masticare. Gli ho spiegato la cosa della sogliola e lui mi ha detto che più o meno era uguale e allora ho accettato. Mentre aspettavamo, si è finito la bottiglia di vino e teneva gli occhi lucidi. Si è fumato cinque sigarette, una per ogni bicchiere. Faceva l'ultimo sorso, l'ultimo tiro e poi la spegneva. Poi riempiva il bicchiere e ne accendeva un'altra. Sembrava un metodo. Quando sono arrivati i piatti, era da un po' che non parlavamo.

"Non mi sembra così pieno il locale," ha detto al generale sfaticato di Napoleone.

"Chiedo scusa signore, abbiamo avuto un problema in cucina," si è giustificato il cameriere.

"Vabbè... un'altra bottiglia, per favore..."

Io guardavo il piatto che mi aveva portato: lo sapevo, stasera non mangio. Non dovevo dargli retta. Lui si è accorto della mia faccia delusa.

"Che è 'sto muso? Ah già, anche un'altra Coca, per favore!" ha gridato al cameriere che stava per sparire di nuovo.

"Non è per quello."

"E per cosa? Non ti piace?"

"Non lo so se mi piace, non l'ho ancora mangiata," ho risposto io "anti-patico". Vatti a fidare...

"E che c'è, allora?"

"No, è che pensavo che era già... 'sbucciata', come la fa zia, così non la so mangiare."

"Ah, aspetta, te la pulisco io."

Ha preso il piatto e ha aperto il pesce in due. Io allungavo il collo per vedere che c'era dentro.

"Ma ci sono le spine?" ho chiesto. Una volta me ne è rimasta una grande in gola che pungeva proprio, e da allora c'ho il terrore.

"Non ti preoccupare, te le tolgo... dal profumo sembra buona, assaggia."

E mi ha messo la forchetta col pesce davanti alla bocca, ma io mica l'ho aperta. È rimasto per un paio di secondi col boccone in aria, poi si è reso conto.

"Giusto... non hai più cinque anni. Fai tu."

L'ho presa e ho mandato giù, prima però l'ho annusata.

"Com'è?"

"Buona."

"Mh... vuoi assaggiare il mio?"

Ho buttato un occhio nel suo piatto e ho visto il terrore dei sette mari, le vongole.

"Non mi piacciono le vongole, te l'ho detto. Mi fanno senso."

"Te le tolgo e ti metto solo gli spaghetti, va bene?"

Così si può provare. Ha arrotolato una forchettata di spaghetti e me l'ha passata.

"Tieni, stai attento che schizza."

Ho masticato piano piano, non si sa mai.

"Com'è?"

"Buono."

"Hai appena mangiato un paio di vongole."

Mannaggia a lui, me le aveva nascoste in mezzo agli spaghetti!

Ho fatto finta di strozzarmi e lui si è messo a ridere.

"Ci porta anche due sauté di vongole?" ha chiesto al cameriere che stava passando.

"Cos'è il sauté?"

"Sono solo vongole con un po' di pangrattato sopra."

"Come i bastoncini?"

"Più o meno..."

Quando i grandi usano quelle tre parole c'è sempre il trabocchetto.

"E se poi non mi piace?"

"Ti fidi di me?"

Si è messo un'altra forchettata in bocca, senza rendersi conto della domanda che mi aveva fatto. "Ti fidi di me?" Ho pensato subito a Braccia Lunghe, alla pistola e a tutto il resto. Ora che sembrava che avevamo fatto un po' pace, mi doveva dire la verità.

"Ma tu... perché mi sei venuto a prendere?"

Lui si è bloccato con la forchetta in aria, non se l'aspettava.

"Come perché...? Per stare un po' insieme... no?"

Mi guardava come se fosse la cosa più ovvia del mondo. C'era mamma che in un orecchio mi diceva che lui era tornato perché voleva stare con me, e nell'altro zia Anna che mi diceva di stare attento, che lui era solo un bugiardo (oltre a tante altre cose brutte).

"Mangia, su, che si fa freddo."

Ho preso la forchetta, ma il dubbio rimaneva, confuso dalle voci di mamma e zia.

16.

Il letto era matrimoniale, quindi stavamo uno affianco all'altro. Io però non c'avevo sonno.

Per fortuna mi ero portato il libro nuovo, *L'isola del tesoro*, così mi sono messo a leggere. È scritto facile e poi ci sono tutte quelle illustrazioni che dicevo. Sulla copertina ce n'è una che mi piace un sacco, dove si vede un pirata che sta da solo su una spiaggia. Non si capisce se è naufragato, se l'hanno abbandonato oppure se sta solamente lì a pensare, che se ne voleva stare un po' per conto suo. Sotto c'è la firma dell'autore, Howard Pyle. Quando vedo un dipinto così bello penso sempre che mi piacerebbe fare il pittore, ma uno non è che può fare tutto.

Finito il terzo capitolo, ho girato pagina e ho trovato un disegno che mi ha fatto fare una di quelle facce da mammalucco che sei contento che tutti dormono e nessuno ti vede. C'era un uomo legato a un palo che veniva frustato, con tutto il sangue che gli usciva dalle ferite, ma la cosa assurda è che sulla schiena aveva lo stesso tatuaggio di papà, quello con la testa d'elefante. Per essere sicuro che era uguale ho sbirciato sotto la coperta, ma come mi sono mosso lui si è svegliato e si è girato pancia all'aria.

"Non riesci a dormire?"

"No."

"Mh, mi sa che c'aveva ragione zia."
Ha visto il libro e si è messo seduto.
"Che cosa leggi?"
"*L'isola del tesoro.*"
"Mh... e ti piace?"
"Penso di sì, però sono ancora all'inizio."
"Com'era la storia? Non me la ricordo."
"C'è un ragazzo che si chiama Jim che lavora in una locanda con la mamma e c'è un cliente che ogni giorno gli dà dei soldi per avvertirlo se arriva qualcuno. E infatti poi si presentano delle persone misteriose che gli mettono un sacco di paura, ma ancora non si capisce perché."
"Ah, i pirati."
"E chi sono i pirati?" Lo sapevo benissimo chi erano, solo volevo vedere cosa mi rispondeva, visto che aveva lo stesso tatuaggio di quel poveraccio che stavano massacrando di frustate.
"Sono persone che fanno cose brutte, per questo fanno paura."
"Cose brutte," ha detto. Pure a lui l'avevano punito, solo che a lui era toccata la prigione. Al pirata del libro non gli potevo chiedere che cosa aveva combinato, lui invece era lì davanti a me in carne e ossa.
"Tipo?"
"Cose brutte... ci sono sempre i buoni e i cattivi nelle storie. I pirati sono i cattivi."
Praticamente gli avevo fatto confessare che era un cattivo pure lui. A volte sono furbissimo. Gliel'ho detto subito che l'avevo sgamato.
"Allora... pure tu sei un pirata."
"Ma... perché lo dici? Mi vedi cattivo?"
Ci era rimasto proprio male, si vedeva dalla faccia. Un po' mi dispiaceva. È vero che mi aveva fatto paura per tutta la giornata, però ora non più. Io volevo solo chiedergli quali

erano le "cose brutte" che aveva fatto lui, quelle che nessuno mi aveva mai voluto raccontare.

"No, l'ho detto perché c'hai lo stesso tatuaggio... guarda."

Gli ho passato il libro per fargli vedere il disegno.

"Vedi? Anche lui ha un elefante sulla schiena."

"Non sapevo che fosse così antico." Era stupito.

"Ma perché ce l'hai pure tu?"

"È un tatuaggio da carcerati."

A questo ci arrivavo da solo visto che lui era appena uscito di prigione, ma non sapevo cosa significava così gliel'ho chiesto.

"Si dice che gli elefanti hanno grande memoria, che non dimenticano chi gli ha fatto del bene. E chi gli ha fatto del male. E in carcere hai tanto tempo per ricordare. A chi vuoi bene. E a chi vuoi male."

Poi mi ha spiegato come si fanno i tatuaggi. Ci vogliono un ago e l'inchiostro e ti bucano la pelle un puntino per volta. Per fare quell'elefante così grande c'erano voluti tre mesi perché dopo un po' gli saliva la febbre e dovevano interrompere. Me lo sono immaginato steso nella cella per tutto quel tempo a pensare alle persone a cui voleva bene, a me e alla mamma. Almeno così mi voleva far credere, perché mi aveva fatto un sorriso quando me l'aveva detto. Ma quando aveva parlato di quelli a cui voleva male aveva girato la faccia dall'altra parte ed era diventato scuro scuro. Anche quelli non se li era dimenticati, ma non avevo proprio idea di chi fossero. E cosa gli avevano fatto.

"Chi è questo?" ha chiesto lui indicando un'altra illustrazione.

"Questo è Jim, è un po' più grande di me. Pure lui viveva solo con mamma."

Era dalla mattina che ogni tanto pensavo a lei. Il vestito arancione e bianco che metteva d'estate, il bracciale intrecciato di fili di cotone colorato, la canzone che ascoltava sempre quando faceva le pulizie, che diceva: "*Mi sei scoppiato dentro al cuore, all'improvviso, all'improvviso, all'improvviso*". Era da tanto tempo che non aprivo il "cassetto che so che c'è" e c'era ancora tutto conservato. Babbo invece, quando stava in prigione, mi sa che ci viveva proprio dentro a quel cassetto. Chissà se, oltre a ricordare, s'immaginava pure le cose che stavamo facendo fuori, tipo che io vendevo le sigarette e il vino dalla finestra della cucina.

"Cerca di dormire che domani dobbiamo arrivare fino a Bari."

"Ma che c'è a Bari?"

"Il tesoro, no? Ora spegniamo la luce però..."

"Possiamo lasciarla accesa?"

Ci teneva a rimboccarmi le coperte, gliel'ho fatto fare, si era comportato bene da quando non avevo più cercato di scappare. Lui invece non si è rimesso a letto, ma si è seduto sulla sedia a guardare fuori dalla finestra. Forse pensava a mamma pure lui, al fatto che l'elefante era arrivato tardi, quando ormai lei non c'era più. A me mi aveva trovato però.

Ci siamo svegliati all'alba. Stavo così morto di sonno che mi sono messo dietro in macchina a dormire. Più tardi, quando mi sono svegliato, ho avuto paura perché papà non c'era. Per fortuna è arrivato un attimo dopo, era andato a prendere le sigarette all'autogrill.

"C'ho fame," gli ho detto.

Siamo rientrati assieme e abbiamo mangiato un cornetto e la cioccolata calda che a me mi piace tantissimo.

"Hai i baffi", e mi ha indicato la bocca. Mi sono guardato nel riflesso del bancone che era di metallo lucido. Sembravo quando zia a Carnevale mi dipinge i mustacchi, come li chiama lei, per fare la parte di Zorro, solo che questa volta erano di cioccolata. Mi sono pulito con la mano.

"Ma tu quanti anni avevi quando ti è cresciuta la barba?"

"Dodici o tredici, credo. Fra poco tocca pure a te... Andiamo?"

Ci siamo fermati davanti a un espositore di quelli che girano, pieno di occhiali da sole. Papà ne ha preso un paio e se li è provati.

"Come mi stanno?"

"Non lo so, devo andare in bagno... ce le hai duecento lire?"

"Che devi fare?"

"Per la signora davanti al bagno."

Mi ha dato i soldi e sono schizzato verso le scalette che scendevano al piano di sotto, dove c'era il cartello "Toilette" sopra quello che diceva "Telefoni".

"Salvo!"

Mi sono girato, che voleva?

"Ti aspetto in macchina, va bene?" ha detto con voce preoccupata. Forse aveva paura che scappavo di nuovo. Ho fatto segno di sì e sono corso giù.

Questa volta davanti al bagno non c'era nessuno, solo il piattino con degli spiccioli e io ci ho lasciato dentro lo stesso le mie duecento lire perché era giusto così. Poi, quando sono entrato, c'era la solita fila davanti al vespasiano. Per fortuna c'era un bagno con la porta che era libero. Stavo per entrare quando mi sono fermato. Ci volevo provare un'altra volta, cioè ho pensato che certe cose uno le deve superare. Mi sono piazzato davanti al vespasiano e l'ho tirato fuori. Niente, nemmeno una goccia. L'unica soluzione era chiudere gli occhi e immaginarsi di stare da solo. Se penso a quello che diceva mister Klaus di quelli che chiudono gli occhi per trovare il coraggio di tuffarsi... Comunque finalmente sono riuscito a fare pipì, prima piano e poi che sembravo un pompiere. Così, quando sono tornato su, ero tutto allegro e salterellavo in mezzo a tutti quei cesti pieni di musicassette e libri vecchi, tutto a mille lire. Fino a quando non l'ho visto, proprio mentre stavo per uscire.

"Noooo!"

Non ci potevo credere! Pensavo che non ne avrei mai più trovato uno uguale, invece stava proprio lì, seppellito tra i pupazzetti scemi che la gente appende allo specchietto retrovisore. Mi sembrava una ricompensa, tipo che Gesù mi dava un premio perché avevo vinto la sfida col vespasiano. Solo che non avevo i soldi. Però se era un dono del Signore...

Quando sono entrato in macchina, babbo aveva un paio di occhiali da sole uguali a Poncharello, il poliziotto con i capelli neri di *Chips*. Ed era arrabbiato come lui quando arresta un fuorilegge.

"Perché ci hai messo tanto, che hai fatto?!"

Mi sono spaventato, non mi aspettavo quel tono. La penna con l'orologio me l'aveva infilata in tasca lui.

"Non è che ti arrabbi se te lo dico? Volevo prendere una cosa, ma i soldi ce li avevi tu," gli ho detto timido. E ho tirato fuori il robot, identico al mio vecchio Mercoledì.

"Ne avevo uno uguale da piccolo, ma zia me l'ha buttato."

Ha tirato un sospiro di sollievo. Quindi non era arrabbiato?

"Pensavo che avevi chiamato la zia."

Solo allora mi sono ricordato di essere passato davanti ai telefoni a gettoni andando al bagno, ma non ci avevo proprio pensato a chiamarla. E lui si era preoccupato per tutto il tempo.

Ha preso il robottino in mano.

"Cos'è?"

Non se lo ricordava.

Pensavo di sì, invece no.

Non mi andava di raccontargli tutta la storia, che ne avevamo trovato uno uguale il giorno che l'avevano portato via, che era stato sempre con me per tanti anni. Non mi andava di dirgli quanto ero deluso che non se lo ricordava. Il mio "cassetto che so che c'è" non era come il suo.

"Un robot," ho risposto.

"L'hai rubato?"

Che domanda scema, gliel'avevo appena detto che non avevo i soldi.

"Non è che ti hanno visto?" Si è girato tutto allarmato a guardare l'uscita dell'autogrill.

"Non lo so... però l'ho tolto dalla scatola così non suonava l'allarme."

Mi ha guardato, prima stupito e poi come se fosse fiero di me, almeno così mi sembrava.

Ha tirato fuori dalla tasca un paio di occhiali da sole uguali ai suoi, ma più piccoli.

"Allora devi nasconderti," e me li ha appoggiati sul naso.

Non avevo mai avuto gli occhiali da sole, anche se mi piacevano un sacco.

"Adesso sembri pure tu un pirata."

Papà non si era arrabbiato per il furto. Quello che si era un po' arrabbiato ero io. Prima dice che si scrive le cose sulla schiena per non dimenticarsi niente e poi si scorda le cose importanti. Invece a me, anche se sono passati tanti anni, quella giornata che ho raccontato nel tema sembra che l'ho vissuta ieri. Così dopo, mentre lui guidava, io tenevo Mercoledì II fuori dal finestrino e lo facevo volare contro il vento. Facevo pure un po' di rumori con la bocca, come se aveva i retrorazzi, per attirare l'attenzione. E infatti mi ha guardato, ma invece di ricordarsi, ha detto: "Non sei grande per giocare con i robot?".

Che c'entra, mica l'ho rubato per giocarci! L'ho rubato perché era l'ultimo ricordo di quando ero piccolo e tu eri ancora mio padre!

Così l'ho fatto cadere.

"Perché l'hai buttato?!"

Ha subito accostato a destra, sulla corsia d'emergenza. Ho avuto paura che mi lasciava lì a fare compagnia a Mercoledì. Non avevo capito niente.

"Aspetta qua, non uscire che è pericoloso."

Non sembrava arrabbiato, sembrava... serio. È sceso dall'auto e si è messo a camminare lungo la striscia bianca. Guardava per terra, cercava il robot. Alla fine l'ha trovato, era finito in mezzo alla strada. Mi sono ricordato la prima volta in cui zia mi ha permesso di attraversare al semaforo da solo, senza tenermi per mano. Solo che camminare in autostrada è proibitissimo, anche per i grandi. Ma lui si è lanciato lo stesso, ha raccolto Mercoledì, ma invece di tornare di corsa indietro, si è fermato un attimo a guardarsi attorno. In quel momento sono arrivate due macchine, velocissime. Ha fatto uno scatto e si è tuffato verso il guard-rail per non farsi investire mentre quelli gli suonavano il clacson. Devono aver pensato che era un pazzo che voleva farsi ammazzare. C'ho avuto paura. E pure lui si è spaventato ed è rimasto seduto per un po' di tempo. Poi si è alzato e io mi sono subito girato in avanti, per fargli credere che manco l'avevo visto che quasi si faceva mettere sotto per il mio giocattolo. Io non gli avevo chiesto niente, anzi.

Quando è risalito in macchina, mi ha detto con un tono brutto: "La prossima volta non te lo vado a prendere... s'è pure rotto".

Me l'ha restituito, gli mancava una gamba, stava cercando quella quando erano arrivate le macchine. Che strano, pure il mio vecchio robot era zoppetto.

"Così è uguale a quello che c'avevo prima," ho detto.

"Mercoledì," ha risposto lui.

Ci sono rimasto secco. Mi ha sorriso, sapeva che adesso ero contento. Mi sembrava che eravamo tornati al punto di partenza, a quando lui se n'era andato.

Così per almeno un'ora abbiamo parlato di quando mi sono trasferito dagli zii, di quanto è scemo Emidio che a scuola va male, del fatto che prima litigavamo un sacco, secondo me perché pensava che gli rubavo l'affetto degli zii. Adesso ci vogliamo bene, anche se lui rimane sempre un cretino.

Poi siamo stati in silenzio per un po' a sentire la musica e io guardavo i campi di grano che erano tutti gialli e sembravano pettinati. Poi magari, se ci cammini dentro, ti pungi con le spighe e gli insetti ti ronzano attorno. Invece da quella distanza erano perfetti. È da quando sono diventato miope che penso questa cosa. L'oculista mi ha detto che è perché studio con la luce accesa di pomeriggio e qualche volta mi allungo anche dopo cena e così facendo affatico gli occhi e a furia di stancarli non ci vedo più bene. All'inizio l'ho presa malissimo, che cavolo. Poi ho capito che è meglio non vedere bene da lontano: quando sono sfocate, le cose sembrano più belle. Oppure ti fanno meno paura, come gli occhi della maestra che ci passa in rassegna uno a uno prima di decidere chi interrogare. Certo, c'è qualche problema, tipo che adesso per capire se una cosa lontana è viva devo aspettare che si muove. Però certe volte può essere divertente.

Mi ricordo che una volta stavo al porto di un paese dove ci avevano portato gli zii e tirava un sacco di vento, ma proprio tanto. A un certo punto ho guardato verso il molo e mi sono spaventatissimo: c'erano tre streghe vestite di nero che agitavano le braccia verso il mare facendo gonfiare le onde di tempesta. Le ho fissate a lungo terrorizzato prima di capire che erano dei sacchetti di plastica agitati dal vento, di quelli che i pescatori appendono per spaventare i gabbiani. E i miopi. Ecco, questo fatto di vedere delle cose che non esistono ma che sembrano verissime è bello: è come avere un super potere, tipo la vista a raggi X di Superman, solo al contrario. Lui vede attraverso i muri, io da lontano rischio di non vedere manco il muro. O magari, se sul muro c'è una crepa, la scambio per una scimmietta che si arrampica e che posso vedere soltanto io.

Insomma, invece di buttarmi giù perché ho un difetto, preferisco pensare che sono speciale. Non lo so perché ci tengo tanto, forse perché per un sacco di tempo mi sono sentito sfortunato per tutto quello che mi era successo da piccolo. E quando sono arrivato a Trento avevo addirittura paura che gli altri bambini pensavano che avevo qualcosa che non andava, tipo che se diventavano miei amici poi capitavano le cose brutte pure a loro. Per fortuna l'ho detto a zia e lei mi ha spiegato che ero stupido a pensare una cosa del genere, che avevo un sacco di qualità e via dicendo. Poi mi ha abbracciato e ha spiegato che, se ero così, allora non si spiegava perché lei e zio mi volevano così bene, e le ho creduto. Siamo usciti e mi ha comprato un paio di scarpe che mi piacevano un casino: le Pop Wheels, quelle che premi un pulsante di lato e da sotto escono le rotelline e puoi pattinare, super. Il giorno dopo a scuola le guardavano tutti ammirati. Insomma, quel giorno mi sono sentito speciale. Una settimana dopo ce le avevano tutti, quindi era finita la specialità però andava bene così.

Mentre facevo questo ragionamento ho guardato mio padre: ecco, sicuramente sono l'unico in classe o forse in tutta la scuola che c'ha un padre così, che è stato sei anni in carcere. Quindi sono speciale, però in un modo che secondo me non è che va proprio bene. Cioè, se era un astronauta era meglio. Mi ricordo che da piccolo ogni tanto lui partiva e stava via qualche giorno, e quando gli chiedevo perché, rispondeva sempre che era per lavoro, ma mica mi diceva che lavoro era, faceva sempre il misterioso. "Poi quando cresci papà te lo spiega, adesso è troppo complicato da capire."

L'unica cosa certa era che mamma stava in pensiero fino a quando non tornava. Così mi ero fatto l'idea che era una cosa pericolosa e che lui era molto coraggioso a farla. Forse era un agente segreto, che è pure meglio dell'astronauta. Se era così allora l'avevano arrestato perché l'avevano scoperto. Ma lui non aveva rivelato i suoi segreti perché era un duro e per questo lo avevano tenuto tanto tempo chiuso in cella. Lì si era fatto valere e grazie alla sua audacia era diventato il più forte della prigione, quello che tutti rispettavano...

Insomma, a furia di pensarci finivo ogni volta nel regno di Fantasia. Invece è meglio fermarsi non appena lo intravedi, sennò poi ci rimani male quando la verità ti riporta indietro nel mondo reale. Così, al posto di continuare a scervellarmi, ho deciso che era venuto il momento di fargli qualche domanda perché ormai non c'è niente di così complicato che io non possa capire.

"Ma tu... che cosa hai fatto per andare in carcere?"

Mi ha guardato strambo. Si vedeva che era indeciso se dirmelo o meno.

"Ormai sono grande, me lo puoi dire, tanto prima o poi lo vengo a sapere," ho insistito.

"Ho sparato a un poliziotto."

Mannaggia a me e a quando gliel'ho chiesto!

"Che ne dici se gli diamo una mano?"

Ha indicato una piazzola di sosta, dove c'erano due ragazze accovacciate davanti a una macchina con una ruota a terra. Sembrava che stavano lì apposta per aiutarlo a cambiare argomento. Però forse era meglio così, forse non ero ancora pronto per sapere perché si spara a un poliziotto quando non sei un agente segreto.

"Va bene," ho fatto io e lui ha accostato.

Non appena papà è sceso dalla macchina e ha chiesto alle ragazze se serviva una mano, una delle due è saltata in piedi agitando quella specie di chiave inglese che si usa per svitare i bulloni, pronta a usarla per difendere lei e l'amica.

"No grazie, non c'è bisogno."

E manco sapeva che mio padre era uno sparatore di poliziotti. Allora ho capito che dovevo farmi vedere pure io così non si preoccupavano più e infatti così è stato.

Si chiamavano Marica e Valentina.

Una aveva i capelli dello stesso colore rosso scuro delle sedie di pelle del cinema della parrocchia. Ci ho visto un sacco di film lì. Ma l'altra, Valentina, era proprio incredibile, c'aveva i capelli blu come Lamù, quella dei cartoni animati. La rossa e la blu, come i giocatori del calcio balilla. Quando l'ho pensato mi sono messo a ridere da solo. Mi sono ricordato di Fonzie, che non è quello vero di *Happy Days*, ma un ragazzo che chiamiamo così perché è il re della sala giochi di Santa Caterina. Ha messo il record a tutti i videogiochi e ovviamente a biliardino è imbattibile. Solo che non è molto famoso tra noi bambini, infatti nessuno vuole essere amico di Fonzie. In primo luogo perché è brutto. Non bruttissimo tipo deforme, solo brutto, magrissimo e con il dito sempre infilato in quel suo nasone a gobba. E poi perché vince sempre, tant'è che facciamo i tornei senza di lui. Solo a pallone non gioca mai. Secondo me perché sa di non essere il più forte. O forse perché a calcio bisogna toccarsi, nel senso che ci buttiamo uno addosso all'altro per toglierci il pallone. Lui invece se lo tocchi, anche solo per sbaglio, salta. È strano, Fonzie. In una scala da uno a dieci delle persone più strane che conosco, sta ai primi posti. Porta sempre i mocassini con i calzini bianchi che è proprio proibito, anche se poi ti escono le bolle se non li usi. La moda è una cosa terribile, forse in questo c'ha ragione Fonzie. Meno male che esistono pure i sandali d'estate.

Papà si è avvicinato alla macchina e le ragazze gli hanno detto che i bulloni erano stretti troppo forte e non riuscivano a svitarli.

"Perché stavate usando le mani col girabacchino?" ha detto mio padre come spiegazione.

Loro si sono messe a ridere, mi sa che non ci avevano capito niente.

“Cos’è il gira... bacchino?” ha chiesto Valentina.

“Questo,” ha detto babbo raccogliendo dalle sue mani la chiave che a quanto pareva non era affatto inglese. L’ha attaccata a un bullone della ruota e ha preso a dargli calci fortissimi con il tacco dello stivale fino a quando non si è sbloccato.

“E uno,” ha detto prima di passare al secondo.

“Che begli stivali,” ha commentato Valentina, con un tono che non mi piaceva perché sembrava che lo prendeva in giro. Però è vero che papà c’ha gli stivali di cuoio così a punta che sembra che li ha affilati dentro un temperamatite gigante.

“Grazie.”

“Ma non sente caldo con quelli?” ha detto Marica. Mi stava più simpatica dell’altra, almeno aveva fatto una domanda intelligente. Ora che ci penso le domande ti sembrano intelligenti quando le faresti anche tu.

“Che fai, mi dai del lei?”

“Vabbè... forse perché hai un figlio, allora...”

“Quanti anni avete?”

“Venticinque.”

Io non so capire bene l’età che hanno i grandi, soprattutto le femmine, sono tutti “grandi” e basta. Poi certo ci sono i vecchi, quelli con le rughe. Mio padre stava per diventare vecchio?, ho pensato. Da quando si era tagliato la barba, mi sembrava più giovane.

“Pensa che lui è nato quando io avevo la vostra età.”

“Hai fatto presto,” ha detto Valentina, che a dargli del lei non ci pensava proprio.

“Mh.”

Papà mi ha guardato. Chissà cosa gli passava per la testa. Io non ci penso mai al fatto che un giorno magari avrò un figlio. Cioè, mi viene in mente quando vedo le bambine che giocano con i bambolotti tipo Cicciobello, che sembra che si allenano a fare le mamme con i neonati. Invece a noi maschi ci danno i robot, tutta gente già grande anche se minuscola, che non ha bisogno del biberon. Le femmine ci parlano proprio con Cicciobello, mentre noi parliamo attraverso dei robot e li facciamo combattere tra loro. Strano, no? Magari se a mio padre da piccolo lo facevano giocare con Cicciobello, non mi abbandonava. Però poi non sapeva nemmeno usare il girabacchino e quelle rimanevano a piedi

"Salvo, adesso gira al contrario la leva."

Io stavo in ginocchio con le mani sul cric, ho fatto come diceva e la macchina ha cominciato a scendere.

"Che bellini, sembrate proprio una squadra padre e figlio."

Mi ha fatto piacere che Marica avesse detto quella cosa.

"Quindi, non senti caldo con quegli stivali?" ha insistito Valentina, ripetendo la domanda dell'amica.

"Ormai li porto da così tanto tempo che senza stivali mi sembra di essere scalzo."

"Ti senti nudo?" ha detto sempre lei con una voce diversa, più profonda.

Papà ha alzato la testa e l'ha guardata. "Quasi."

Valentina ha scambiato un'occhiata con Marica, ma papà non se n'è accorto perché era andato a posare il girabacchino. Secondo me non doveva rispondere "quasi", perché la ragazza stava facendo un po' la smorfiosa. E ha continuato pure dopo, assieme all'amica. Mentre lo ringraziavano sembrava proprio che lo prendevano in giro, solo lui non se ne accorgeva.

"Sei stato gentilissimo... sei il nostro eroe... un vero gentiluomo", e poi gli hanno chiesto pure un consiglio su dove andare in vacanza.

"Andate a Scarpelli, è un bel posto. Sta un po' più avanti, c'è proprio l'insegna."

"Ma è un posto da vecchi?" ha chiesto Valentina dai capelli blu.

"Cioè?"

Mica aveva capito che il vecchio era lui, quello con il figlio appresso.

"Ci vanno le famiglie o anche i ragazzi?"

"È un bel posto, fidati."

Quando siamo rientrati in macchina, papà era tutto contento.

"Simpatiche, eh?" mi ha chiesto dopo aver chiuso lo sportello.

Che gli potevo rispondere? Pensava di aver fatto bella figura a dare calci al girabacchino con gli stivali, come Fonzie al juke-box.

17.

Forse il tesoro nascosto sull'isola erano tutte le cose che non sapevo. E che ora potevo conoscere perché finalmente potevo chiedergliele. Ad esempio, come si erano conosciuti lui e mamma.

L'aveva vista un giorno a scuola: mamma stava con sua sorella, zia Anna. Lui stava in terza media però l'avevano già bocciato due volte perché non ci andava mai. Mamma era rimasta zitta tutto il tempo, un po' in disparte, mentre lui parlava con zia che un po' conosceva, però quei due occhi non se li era più dimenticati. "Sembravano due olive nere." Era molto bella, mamma. Cinque anni dopo si erano incontrati di nuovo a una festa e papà le aveva detto che si ricordava di lei anche se l'aveva vista solo per un attimo anni prima. E questa cosa l'aveva colpita.

Poi però si erano persi per altri due anni, fino a quando non si erano ritrovati sullo stesso treno per Bari, mamma perché lavorava come commessa in un negozio, lui perché stava andando al mercato dove c'era un pescivendolo che cercava un ragazzo e lui era esperto perché aveva lavorato sulla barca del padre da piccolo. E così tutti i giorni s'incontravano e si facevano un sacco di risate perché si erano inventati un modo tutto loro di scherzare, che fingevano di essere due persone diverse, tipo che lui era un medico e lei una suora, oppure che lui era un criminale e lei il suo avvocato. E ogni giorno s'immaginavano che stavano andando in un posto diverso, tipo a Praga invece che a Bari. E alla fine dicevano tutte cose senza senso, come due pazzi che ragionano tra loro.

Purtroppo dopo una settimana papà aveva litigato con il pescivendolo perché a lui non piaceva "stare a padrone", quindi non aveva più motivo di tornare a Bari ogni mattina alle cinque. Solo che lo aveva fatto lo stesso per un altro mese, così s'incontravano all'andata e al ritorno.

Una volta mamma gli aveva detto che era il primo pescivendolo che conosceva che non puzzava di pesce. Lui aveva risposto che prima di tornare si faceva la doccia e si profumava, ma secondo lui mamma aveva capito. Allora le aveva chiesto se aveva un fidanzato e mamma aveva detto di sì, che quell'estate si dovevano pure sposare. Glielo aveva detto mentre stavano per arrivare a Bari, allora papà le aveva proposto di darsi malata e di stare in giro con lui e mamma aveva detto che non poteva e questa cosa, che lei era così seria, gli era piaciuta, anche se gli dispiaceva che aveva rifiutato. Poi dopo quel giorno non era più andato a prendere il treno alle cinque, ma tanto ormai lo sapeva che prima o poi si sarebbero baciati. E infatti un giorno è successo, il 26 maggio.

Gli ho chiesto dove e lui ha risposto solo: "Su un balcone". Poi però non ha detto più niente.

In quel momento nella piazzola è entrato un autotreno con le macchine sopra e tutti e due ci siamo ricordati di qualcosa, solo che lui non immaginava che la sapessi anch'io: quella frase detta a Braccia Lunghe era ancora un mistero per me, ma dovevo stare zitto. Avevo paura che chiedendogli il significato si sarebbe rotto qualcosa, come quando il mago alle feste dei bambini non è tanto bravo e tutti vedono il trucco. E finisce che quello non è più un mago, ma solo uno grande che non riesce a incantarci. Una cosa così, non la so spiegare bene. So soltanto che volevo ancora ascoltare i suoi racconti e scoprire altri tesori.

"Ce ne dobbiamo andare, stiamo facendo tardi," ha detto papà dopo aver controllato l'orologio.

Peccato, si stava bene in quello spiazzo con gli alberi e i tavoloni di legno, sembrava che stavamo facendo un pic-nic. Affianco a noi c'era pure una famiglia: mamma, babbo e due bambini simpaticissimi di sei-sette anni. Si sono avvicinati a noi e io ci ho parlato un po'. Quando uno dei due mi ha chiesto l'età e gli ho risposto, ha fatto una faccia piena di rispetto, come se ero proprio grande.

"E quanto sei alto?"

Che strano, persino io posso sembrare un gigante. Mi sono reso conto che, fino a qualche anno prima, anch'io facevo la stessa espressione quando incontravo uno di quinta elementare. Quando sei piccolo vuoi soltanto crescere, salire sempre di più.

Ogni mese gli zii ci misurano l'altezza vicino al muro, ma Emidio bara sempre alzandosi un po' sulle punte, allora zio gli schiaccia la testa con il libro che usa per prendere il segno e Emidio si butta per terra a ridere. È un momento bello quello, perché significa che siamo saliti di un gradino, anche se è alto solo un centimetro. Una volta però sono rimasto a parlare un po' con il bidello che sta al secondo piano e lui mi ha detto che gli sarebbe piaciuto ritornare bambino come noi che stiamo a scuola. Mi è sembrata una cosa assurda. Quando sei piccolo non puoi decidere niente, devi soltanto obbedire e fare quello che dicono i grandi. Mi piacerebbe ricominciare daccapo solo in un caso, cioè se mi posso tenere la testa che ho adesso, con tutte le cose che ho imparato. A volte penso a qualcuno che mi ha preso in giro e io sono stato zitto come uno scemo, mentre adesso saprei perfettamente cosa rispondergli. Quello è il guaio, che tutte le cose capitano sempre una prima volta e non sei mai preparato. Invece se tornassi nel passato con la testa di adesso, sarebbe come avere una specie di libro delle risposte pronte sempre appresso.

I due bambini si sono messi a giocare con un gatto randagio magro magro. Quando si avvicinava per mangiare si lasciava accarezzare, ma appena finito il cibo se ne stava sulle sue, un po' spaventato. A un certo punto il più grande ha detto: "Dobbiamo usare il suo linguaggio, sennò non ci capisce".

Era un genio quel bambino. E poi lo ha detto con un accento francese, con la erre moscia, che mi ha fatto proprio ridere. La madre era italiana e il papà francese, per questo parlavano così.

"Proviamo a cantargli una canzone!" ha fatto il fratello. E hanno cominciato a cantare: "Noi vogliamo essere tuoi amici, gattino, stai con noi, siamo i tuoi amici, miao".

Insomma, erano proprio buffi, sarei rimasto un sacco di tempo a guardarli mentre cercavano di parlare come i gatti. Invece è arrivato l'ordine di ripartire. Però un tentativo l'ho fatto.

"Non possiamo rimanere un altro po'?"

"No, si è fatto tardi," ha risposto papà.

Io manco lo sapevo cosa ci andavamo a fare a Bari, almeno quello me lo poteva dire, anzi me lo doveva dire.

"Ma cosa ci andiamo a fare a Bari?"

"Devo incontrare una persona."

"E chi è?"

"Un amico."

Sempre peggio. Quando gli chiedevo qualcosa, o non rispondeva o mi diceva le cose a metà come adesso. Mi ero scocciato. E mi è uscita fuori la domanda che prima non avevo il coraggio di fargli. Non ci potevo fare niente se suonava come un'accusa, ormai ce l'avevo con lui.

"Perché hai sparato a un poliziotto?"

"Eh?"

"Perché hai sparato a un poliziotto? Dimmelo." Era quello il "reato" per cui era finito in prigione, per cui era andato via da me e mamma?

"Basta perché, non sono fatti che ti riguardano."

"Tanto non lo voglio sapere," ho detto arrabbiato.

Non me lo vuoi dire? E allora non me ne frega niente di te e delle tue storie. "Non sono fatti che ti riguardano" è ancora peggio di "Quando diventi grande te lo dico", cioè non ti devi permettere di dire a me una cosa del genere dopo tutto quello che è successo, ti cancello come la matita con la gomma, come il gesso col cassino. Mi sono alzato e me ne sono andato.

"Dove vai?"

Mi sono girato e gli ho fatto vedere i polsi uniti.

"Mi vuoi mettere le manette?"

Ci è rimasto secco. Colpito e affondato.

Non ho aggiunto altro e mi sono infilato in macchina. Poteva pure picchiarmi, tanto ero grande e mi sapevo difendere: per quei due bambini ero come un supereroe, che si credeva. Poi però, quando ha aperto la portiera, mi è tornata la paura che mi metteva le mani addosso. Invece lui si è seduto affianco a me in silenzio, senza manco guardarmi. Mi sono sentito un po' in colpa, perché a lui le manette le avevano messe veramente. Però non era nemmeno giusto che gli chiedevo scusa, mi aveva fatto arrabbiare con tutte quelle mezze risposte. Allora mi sono girato su un fianco di spalle a lui ché forse era meglio dormire e non pensarci più. Lui ha messo in moto e, dopo un po', mi sono addormentato veramente.

Quando ho riaperto gli occhi, eravamo fermi con la macchina a un bivio, davanti a una colonna di cartelli con le indicazioni stradali. Sul più grande c'era scritto Bari, con la freccia verso destra. Gli altri paesi non li avevo mai sentiti nominare, dovevano essere molto piccoli. Sono quelli che anche se sei bravo in geografia ci devi andare per sapere che esistono, perché sui libri non li trovi. Siamo rimasti lì almeno dieci minuti, mentre babbo si fumava una sigaretta. Io stavo girato di spalle, quindi non si era accorto che mi ero svegliato. Però lo vedevo riflesso nel parabrezza. Ogni tanto mi guardava, rifletteva.

"Riflettere" mi è sempre sembrata una parola strana, nel senso che non riflettono solo le persone, ma anche gli specchi. Gli specchi sono oggetti magici, perché se ci metti qualcosa davanti da una diventa due. Lo sanno bene i gatti che si spaventano sempre quando si vedono riflessi dentro, che pensano che c'è un altro gatto davanti a loro e pure lui impaurito. Allora o gli antichi che hanno inventato le parole si sono sbagliati, cioè potevano avere più fantasia, oppure forse quando una persona riflette diventa due. E una vuole andare a destra e l'altra a sinistra.

"Vuoi sapere perché ho sparato a un poliziotto? Perché ci stava sparando addosso. E pensavo che Vito era morto."

Credeva che stavo dormendo, per quello mi parlava. Poi lo specchio si è rotto e di Vincenzo ne è rimasto uno solo: ha ingranato la marcia e ha svoltato a sinistra. Non stavamo più andando a Bari, dove c'era il tesoro, ma verso uno di quei paesi piccoli, per vedere se esiste. O forse anche lì c'erano altri tesori, altre cose che non sapevo. Ho chiuso gli occhi e sono ricaduto nel sonno.

18.

Farsi la cacca addosso è brutto, ma se sei povero è proprio terribile.

In classe è capitato a un sacco di noi, ma quando è toccato a Cesare in prima elementare è stato proprio un guaio. Lui mi stava simpatico, anche se era molto timido, secondo me per via del fatto che i suoi genitori erano strapoveri. Cioè, si vergognava un po' perché indossava sempre gli stessi vestiti, tipo che glieli lavano la sera per la mattina. Per questo era sempre raffreddato, perché non si asciugavano in tempo. Comunque un giorno non si è trattenuto e se l'è fatta addosso. Anche se faceva finta di niente, ce n'eravamo accorti tutti perché c'era un sacco di puzza. Io capisco essere timido, ma se l'hai fatta lo devi dire, sennò moriamo tutti quanti. Però stavamo zitti lo stesso, aspettando che lo dicesse lui, perché mica uno si mette ad accusare. E invece Tommaso si è alzato in piedi e puntando il dito ha detto quello che noi vicini di banco avevamo già capito. Cesare è diventato tutto rosso e la signorina Silvia lo ha accompagnato in bagno. Il problema però era che, a furia di stare seduto senza dire niente, si era sporcato pure i pantaloni e non c'aveva quelli di riserva nell'armadietto proprio perché era povero, perciò è rimasto seduto fino alla fine delle lezioni con addosso solo il cappotto e le scarpe, tutto nudo sotto, e a dire la verità faceva proprio ridere. Già solo per questo nella vita non bisogna essere poveri, bisogna sempre avere un pantalone di riserva. La cosa strana era che a Cesare sembrava non fregare niente, anzi pareva contento e nessuno capiva perché. Poi, quando mi è capitata la stessa cosa, ho capito.

Quando, qualche mese dopo, mi sono fatto la cacca addosso pure io, è stato uno dei giorni più belli della mia vita. Prima di tutto appena l'ho mollata l'ho detto, senza aspettare. Ho visto che la bambina seduta davanti a me si è girata e sono andato subito dalla maestra. Lei mi ha sorriso e mi ha portato in bagno. Poiché ero molto piccolo non sapevo farmi il bidet da solo ed è allora che ho capito perché Cesare era contento quel giorno. Perché la signorina Silvia ti faceva il bidet! Cioè ti lavava tutto, anche il pisello. Roba che me la sarei fatta addosso tutti i giorni!

Ho raccontato questa cosa perché, quando mi sono svegliato in macchina, mi sono messo paura che mi era scappata di nuovo, talmente la puzza che c'era. Ci mancava solo quello, dopo la figuraccia all'autogrill. Poi mi sono accorto che veniva da fuori. Quel cretino di babbo aveva parcheggiato proprio affianco a un'enorme pizza di quella cosa lì, lasciata da qualche bestia che doveva essere tutto tranne che stitica. Glielo volevo proprio dire che era un cretino, ma mi sono accorto che in macchina non c'era nessuno oltre a me. Papà mi aveva lasciato da solo in compagnia di un biglietto con su scritto: "Torno subito, non ti muovere". Mi sono cadute le braccia al pensiero che mi comandava anche quando non c'era.

Ho buttato uno sguardo attorno: stavo in un vicoletto con delle case in pietra, tipo quelli dei paesi, tipo quelli dove non ci passa nessuno. E infatti c'era solo un mulo legato a una staccionata, il colpevole probabilmente. Mi sono messo al posto di guida e ho girato la chiave per alzare il finestrino elettrico e stoppare la puzza. E poi? Non c'è cosa più noiosa che aspettare senza sapere quando l'attesa finirà. Allora per ridere ho preso Mercoledì II e l'ho fatto sedere affianco a me: lui era me e io ero papà che guidava.

"Stai fermo con le mani, non aprire il cassetto," gli ho detto. E Mercoledì non si è mosso.

Mi sono messo a ridere. Ci mancava solo una cosa per essere precisi a papà: ho messo le mani sul volante e facevo finta di guidare.

"Che hai detto? Vuoi sapere che andiamo a fare a Bari? Andiamo a sparare ai poliziotti, perbacco! Ora smettila di fare domande, sennò sparo anche a te."

Però questa cosa che avevo detto non mi faceva tanto ridere. Così mi sono accartocciato sul sedile, scocciato. E ho visto il pacchetto proibito sul cruscotto: ho preso una sigaretta, l'ho odorata, sapeva un po' di biscotto. Me la sono messa in bocca, tanto non c'era nessuno a dirmi che non potevo farlo. E se l'accendessi? Chissà come si fa a fumare, cioè l'ho visto fare mille volte, bisogna tirare e poi soffiare. Anzi, si dice aspirare. Ho preso l'accendino che stava dove si mettono gli spiccioli, l'ho premuto ed è uscita la fiamma. La tenevo lì a pochi centimetri dalla punta della sigaretta, ma sono passati un sacco di secondi perché non avevo il coraggio, anche se l'idea di fare una cosa contro tutti gli ordini di tutti i grandi era proprio quello che ci voleva.

Toc toc, rumore di nocche sul vetro.

Mi sono girato verso il finestrino e mamma mia che paura: c'era Satana in persona! Era tutto bianco con la testa a punta e due fossi neri al posto degli occhi. E la cosa peggiore era che aveva il petto pieno di sangue, come se gli avevano strappato il cuore. Sono saltato dalla paura, non sapevo dove nascondermi. Il diavolo ha alzato tutte e due le mani, come per dire che dovevo stare calmo, ma come si faceva? Allora si è tolto la faccia, che non era la sua faccia ma soltanto un cappuccio. E ho visto che era un signore normale, ma con un costume da fantasma, come quelli di Carnevale.

"Scusa, non ti volevo spaventare, non è che mi fai accendere?"

Il cuore da mille è sceso a novecentonovantanove. Ho raccolto l'accendino che era caduto vicino all'acceleratore, ho tirato giù il finestrino e gliel'ho passato. L'ex diavolo si è acceso la sigaretta, ha fatto un tiro e poi si è calato di nuovo in testa il cappuccio. Ha ringraziato e se n'è andato ciabattando verso la fine del vicolo dove c'erano altri signori incappucciati che camminavano in fila, come in una processione.

Non ce l'ho fatta, ero troppo curioso e sono uscito. "Torno subito, non ti muovere" non vale più se passano i finti diavoli fumatori. E poi si sentiva il suono di una banda che a me mi piace un sacco quando sfila per le strade e tutti sono contenti. Solo che questi qua facevano una musica proprio triste, da funerale. Ho fatto una corsa fino all'angolo, ma i fantasmi insanguinati erano già spariti. Ho continuato fino a una piazzetta con un parapetto, mi sono affacciato per cercarli e ho scoperto che il paese era costruito sul cucuzzolo di una collina e, guardando in basso, c'era un lungo serpente bianco che strisciava lento verso il mare, in mezzo a due file di spettatori che si facevano il segno della croce al suo passaggio. La banda apriva il corteo e subito dopo c'era la statua del santo portata a spalla da un gruppo di incappucciati.

Volevo vedere da vicino e sono sceso lungo una scalinata, sgusciando rapido in mezzo alla folla, come Niki Lauda quando fa i sorpassi. Finalmente mi sono ritrovato in prima fila, ma era meglio che non lo facevo perché mi sono impressionato: tutti i fantasmi si battevano il petto e a ogni colpo usciva sempre più sangue. Ho aguzzato la vista e ho scoperto che in mano avevano tutti un pezzo di legno con dei chiodi infilati dentro.

"Ma perché si fanno male da soli?" ho chiesto a un vecchiarello affianco a me. E lui mi ha spiegato che è il loro modo di chiedere perdono al Signore, per questo si chiamano i "battenti".

"Ma perché, che hanno fatto?"

Il vecchietto si è messo a ridere.

"Eh, questo lo sanno solo loro. Tu non devi chiedere scusa di niente?"

Mi ha sorriso e mi ha dato un buffetto. Era simpatico. Poi d'improvviso una mano mi ha acchiappato da dietro e mi ha fatto fare una piroetta.

"Perché cazzo ti sei allontanato?!"

"Mea culpa, mea culpa, mea grandissima culpa" avrei dovuto confessare, come facciamo la domenica a messa quando recitiamo l'*Atto di dolore*, che ci battiamo pure noi la mano sul petto. Però mica era giusto che se la prendeva con me.

"Tu te ne sei andato per primo!"

Stava per darmi un ceffone, ma si è fermato. Mi ha afferrato il polso che quasi me lo staccava e si è messo a correre come un pazzo tirandomi appresso. Ma invece di tornare alla macchina, abbiamo risalito tutta la processione fino alla testa, dove ci stavano quelli che portavano il santo e davanti un signore grosso grosso, pure lui incappucciato, a cui usciva un sacco di sangue dal petto. Papà gli si è piazzato di fronte e quello si è paralizzato come se avesse visto un fantasma: era diventato una statua pure lui. Poi ha fatto un passo avanti e ha abbracciato mio padre fortissimo. La processione si è dovuta arrestare per non venirci addosso e il santo ha ballato parecchio, quasi cadeva giù. Il signore grosso ha tenuto stretto a babbo per un sacco di tempo e io avevo davanti agli occhi la sua manona con quel pezzo di legno pieno di chiodini insanguinati. Finché il gran capo dei diavoli l'ha liberato e ha fatto segno agli altri battenti di proseguire.

"Enzù, che ci fai qua?"

"Ero venuto a trovarti, ma è successo un casino, Totò. Mi

hanno rubato la macchina," ha risposto papà. "Mio figlio si è allontanato e ha lasciato le chiavi dentro."

"Guarda come si è fatto grande Salvo... Non ti preoccupa', Enzù. Mo ci penso io."

Il signore si è tolto il cappuccio e ha fatto segno di avvicinarsi a uno dei ragazzi che portavano la statua.

"E questo è mio figlio Andrea, mo tiene sedici anni. Andiamo, dai, parliamo dopo."

Non ci capivo niente. Sapevo solo che avevo combinato un grosso guaio e che lo schiaffo me lo meritavo tutto, meno male che papà si era fermato.

19.

Per fare presto Totò non si era manco sciacquato le mani, così, per non sporcare il volante, la sua macchina la guidava babbo, mentre io e Andrea stavamo seduti dietro. Io non me lo ricordavo proprio questo amico di papà, mentre lui mi aveva riconosciuto subito. Ora che si era tolto il lenzuolo di dosso ed era rimasto in canottiera, si vedevano i tatuaggi anche a lui. Ce n'erano di piccoli e poi una madonna molto grande sul petto, che sembrava che piangeva lacrime di sangue per le ferite che si era fatta con i chiodi. Con quel torace così grosso e quel barbone mi faceva venire in mente il pirata Barbanera, come l'ho visto in un film della Disney. Gli mancavano solo il cappellone e il pappagallo sulla spalla. Comunque uno così avrei dovuto ricordarmelo, eppure niente. A volte è come se avessi vissuto due vite diverse, anzi come se fossi due persone. C'è un Salvo piccolo che è rimasto a Ruvo dove è nato e si ricorda tutto e c'è un Salvo di adesso che si è dimenticato le cose e le persone. E non sempre i due si parlano tra di loro. Questo pensavo mentre guardavo fuori dal finestrino, seduto affianco ad Andrea. C'aveva tutte le unghie rovinate e infatti stava a mangiucchiarsele anche in macchina. Per fortuna io non l'ho mai fatto, mentre a Emidio zia metteva uno smalto puzzolente per togliergli il vizio.

Totò aveva appena finito di parlare del carcere dove era

stato rinchiuso fino a qualche mese prima, ora toccava a babbo.

"Enzù, com'era 'sto carcere al Nord?" gli ha chiesto Totò.

"Faceva freddo, Totò, faceva freddo. Dentro faceva più freddo che fuori," ha risposto mio padre. Io non lo sapevo nemmeno che il carcere stava al Nord. Magari abitavamo pure vicino e non lo sapevo. Perché zia non mi aveva mai portato a trovarlo?

"Gente delle parti nostre ci stava?" ha chiesto Totò.

"No... erano quasi tutti siciliani e calabresi. Ma sei sicuro che così la troviamo?"

"Non ti preoccupare, Enzù, qua ci sta un posto solo dove portano le macchine. Mica siamo a Bari. Oggi so' venuti i turisti per la processione e so' venuti pure i mariuoli."

Solo allora mi sono ricordato. "Mercoledì? Hanno rubato pure Mercoledì!"

Totò si è girato verso di me.

"Che è 'sta storia?"

"Niente, un giocattolo di mio figlio, si chiama Mercoledì."

"E che giocattolo è?"

"Un robot," ho risposto subito io.

"Tu te la cavi ancora coi giocattoli, mio figlio qua mo si è messo in testa che vuole la moto."

Mi vergognavo un poco, perché Andrea si è girato a guardarmi con una faccia che voleva dire che ero troppo grande per divertirmi ancora con i giocattoli.

"Non è vero che ci gioco... ci sono affezionato," mi sono giustificato. Andrea si è aggiustato i capelli, ma non ha detto niente. Aveva un doppio taglio, rasati sotto e lunghi sopra. Si vedeva che gli piacevano assai perché se li sistemava in continuazione guardandosi nel finestrino, come uno che è appena uscito dal barbiere. A me zia me li ha sempre tagliati corti corti per via della piscina, sennò sarei stato sempre malato a forza di uscire con i capelli bagnati, visto che mi scocciavo a stare le ore sotto al phon. Adesso che non ci vado più li tengo più lunghi.

"Fermati qua, siamo arrivati."

Stavamo in una specie di parcheggio circondato da palazzine di mattoni grigi, come se si erano scordati di pittarle.

"Ci parlo prima io che a me mi conoscono," ha detto Totò aprendo lo sportello.

"Sì, però digli che ce la devono ridare subito," ha risposto babbo un po' agitato.

"Stai tranquillo."

Totò è sceso dalla macchina ed è entrato in un garage, l'unico posto all'ombra in quello spiazzo abbrustolito dal sole. Ho pensato che faceva così caldo che se buttavo i chicchi di mais per terra sicuro ci uscivano i popcorn. Papà stava zitto e aspettava. Poi ha preso il portafogli e ci ha guardato dentro e quello che ha visto mi sa che non gli è piaciuto perché ha sbuffato. Dopo poco Totò è ritornato, e si vedeva che era scocciato.

"Hanno sparato cinquecentomila lire, ma magari calano un po'... Tu quanto tieni appresso? Io centomila ce le ho. Sennò dobbiamo andare a casa mia a prendere più soldi."

"No, no, andiamo subito, ce li ho io."

Lo sapevo che non era vero, perché tra i vestiti nuovi che avevamo comprato, la cena costosissima, l'albergo di lusso e tutta la benzina del viaggio, mi sa che a babbo era rimasto poco.

Papà è uscito dalla macchina e, lui avanti e Totò dietro, sono scomparsi nel buio del garage.

Siamo rimasti io e Andrea. Io non c'avevo molta voglia di parlare, invece lui è partito subito con una domanda: "Le conosci le moto?".

Io ho fatto segno di no con la testa.

"A me mi piace l'XT 600, la tiene un amico mio, è esagerata, impenna da sola. Basta che acceleri e si alza. La moto da cross è meglio, ci puoi andare dove vuoi, invece con la moto da strada dove vai? Qua vicino ci sta pure una pista di motocross...”

Cavolo, non aspettava altro che rimanere da solo con me per parlarmi di motociclette, motorini, vespe e marmitte truccate. È andato avanti per cinque minuti senza mai fermarsi, altro che il pappagallo di Barbanera. Poi d'improvviso abbiamo sentito delle grida e un cane è uscito correndo dal garage, spaventatissimo. Stavano facendo male a babbo perché non aveva abbastanza soldi? Era tutta colpa mia, gli avevo disobbedito e adesso lo stavano picchiando. Sono sceso dalla macchina così preoccupato che a Motocross che mi chiedeva “Dove vai?” manco gli ho risposto. Tacco e punta sulle pietruzze per non fare rumore, sono arrivato davanti al garage. Laggiù era davvero buio.

Da piccolo, a casa dei nonni, facevo questa gara con me stesso, che dovevo arrivare fino in fondo al corridoio dove l'unica luce era la striscia sottile che veniva da sotto la porta d'ingresso. All'epoca pensavo che nell'oscurità si nascondessero i mostri, pronti a sbucare fuori e farmi a pezzettini. Ogni volta avanzavo un po' di più, ma arrivava sempre il momento in cui mi assaliva la paura e scappavo indietro. Fino a quando un giorno non sono riuscito a toccare la porta. E mi sono sentito fortissimo. Questo succedeva quando avevo cinque anni. Così adesso guardavo quel garage tutto nero e pensavo che quel tipo di prova l'avevo già superata, tanto tempo prima.

Ho fatto il primo passo, ho abbassato la testa per passare sotto alla saracinesca mezza calata e sono entrato nel buio. Camminavo verso le voci e, superata la carcassa di un camion tutto smontato, li ho visti: i mostri. Solo che stavolta non erano le fantasie di un bambino di cinque anni, esistevano veramente. Il mostro era mio padre che con una mano teneva schiacciato un signore per terra e con l'altra agitava una fiamma ossidrica e gridava che gli bruciava la faccia se non diceva la verità e quello piangeva e diceva di no, che non avevano toccato la macchina e lo giurava sulla testa dei figli. E il papà di Motocross urlava: "Enzù, ma che fai?! Basta!".

Ho fatto un salto indietro e ho urtato un mobile di ferro, papà mi ha sgamato ed è stato zitto per un attimo, ma poi è scoppiato: "Vai in macchina!". E l'ha gridato così forte che io sono fuggito di corsa fino alla macchina. Quando ci sono entrato, Motocross mi ha chiesto che stava succedendo e io gli ho detto solo "Niente, niente". Per fortuna è stato zitto perché, se ricominciava a parlare di motociclette, capace che vomitavo. Poi dal garage è sbucato un bambino che non avevo visto mentre ero dentro. C'aveva i vestiti tutti sporchi di grasso, un piccolo meccanico.

"Sei tu Salvo? Tieni... scusa."

E mi ha dato Mercoledì.

Pure lui si vedeva che aveva paura, perfino di me. Mi sa che era suo padre quello che babbo voleva incendiare.

La saracinesca ha fatto un rumorissimo che mi ha fatto saltare di nuovo, papà è uscito sgommando con la Maserati e mi ha fatto segno di andare da lui. Io l'ho raggiunto senza fiatare. Sono entrato in macchina nello stesso momento in cui Totò si è avvicinato al finestrino di papà. Meno male, ho pensato, magari se adesso parla con il suo amico si scorda che 'sto guaio l'ho combinato io.

"Non lo voglio nemmeno sapere che c'è in questa macchina," ha detto Totò. Non ho capito che significava. Cioè, c'eravamo io e babbo, no? Però era chiaro che era arrabbiato.

"Ti seguo," ha detto papà senza nemmeno guardarlo in faccia.

Speravo che metteva in moto e ce ne andavamo, invece, non appena Totò si è allontanato, è toccata a me.

"Quando ti dico di fare una cosa, la devi fare! Se ti dico di aspettare in macchina tu aspetti in macchina, hai capito? Sai che significa ubbidire?! Lo sai?"

La prima regola con i grandi è non dire niente, sennò si arrabbiano ancora di più e va a finire male. La seconda regola è uguale. Perciò sono rimasto zitto. Forse si vedeva che stavo per mettermi a piangere e allora si è calmato.

"Non gli volevo fare del male, gli volevo solo mettere paura," mi ha spiegato.

"Come fai con me?"

Mi era uscito spontaneo.

Papà si è girato verso di me, mi ha guardato per un po'. Io no, stavo con la testa abbassata.

"Mercoledì?"

"È un po' sporco..." e gliel'ho fatto vedere.

Poi siamo stati zitti tutti e due.

20.

Stavamo al ristorante, che poi non era un vero ristorante, ma una specie di camioncino parcheggiato in uno spiazzo di fronte al mare dove si vendevano panini e gelati. Sopra c'era una scritta, "da Totò 'U Massicc", che mi sa che era proprio l'amico di papà. C'era un po' di gente in costume che veniva a prendersi la roba e se la portava in spiaggia. Noi invece stavamo seduti a uno dei tanti tavolini di plastica con l'ombrellone, a mangiare in santa pace. Io avevo preso il mio solito gelato cocco e nocciola. Ora che ci penso non ho mai visto altri bambini scegliere questa combinazione. Il giorno che incontrerò uno che ha i miei stessi gusti ci devo parlare perché forse abbiamo un sacco di altre cose in comune, cioè siamo già amici senza saperlo. Se poi è una femmina magari ci dobbiamo sposare proprio.

Totò parlava del fatto che le cose gli stavano andando bene, sembrava che voleva convincere papà a prendersi un camioncino pure lui talmente che era entusiasta. Papà ascoltava, ma si vedeva che non gli interessava tanto, ormai ho capito la faccia che fa quando ascolta ma sta pensando ad altro. A un certo punto Andrea ha finito il gelato, due gusti schifosi, vaniglia e menta, e se n'è andato verso i videogiochi che stavano sotto una tettoia fatta di cannucce, ovviamente ha scelto quello col manubrio di una moto al posto del solito joystick. Sono rimasto da solo con i grandi, mi è venuta una domanda e l'ho fatta.

"Ma tu di cosa devi chiedere scusa?"

Totò non ha capito.

"...che ti battevi il petto nella processione..."

Si è messo a ridere e ha fatto "Uff" con le mani, poi ha aggiunto: "Non mi batto il petto per chiedere scusa, ma per avere una grazia".

"Cos'è una grazia?"

"Un piacere che chiedi alla Madonna."

"E che piacere gli devi chiedere?"

"È un segreto. Però tu sei figlio di Enzuccio e a te lo posso dire, gli chiedo che non mi fa combinare più guai."

E invece di guardare a me, ha guardato mio padre, come se gli voleva dire che nemmeno lui doveva fare più guai.

"Che tipo di guai?" ho chiesto allora.

Papà si è pulito la bocca e mi ha detto serio serio: "Perché non vai a giocare pure tu?". E mi ha dato degli spiccioli.

Meglio obbedire, ho pensato, anche se mi faceva piacere stare ad ascoltare Totò, perché anche se è "'U Massicc", si vede che è buono. Mentre mi allontanavo ho fatto in tempo a sentire quello che diceva a babbo.

"Se sei venuto per cercare il Ragioniere, ormai non lo trovi più. Sono sei anni che è sparito."

"Ma tu l'hai cercato?"

"E per fare cosa, per finire all'ergastolo?"

Chi era questo Ragioniere che babbo stava cercando, un amico loro? Per questo non eravamo più andati a Bari? C'erano ancora un sacco di cose da capire, tesori seppelliti proprio giù giù, sotto tanta tanta terra.

Andrea ovviamente era bravissimo a quel caspita di videogioco, non cadeva mai, e quindi non toccava mai a me. A ogni curva e dosso mi spiegava come dovevo fare, voleva far vedere com'era bravo. Allora, per non dargli soddisfazione, mi sono messo a guardare verso la scogliera dove c'erano dei ragazzi che si arrampicavano per fare i tuffi, qualcuno a candela, qualcuno di testa, ma tutto scoordinato, a gambe larghe. Mi ha fatto pensare a quella mattina in spiaggia di sei anni prima, quando per la prima volta avevo provato la capriola. Sarebbe stato bello far vedere a babbo come ero diventato bravo. Mi sono girato verso di lui e l'ho visto che si era alzato in piedi, come uno che se ne vuole andare. Ho fatto qualche passo verso di lui e ho sentito che diceva: "Dovevo andare da Vito, non venire qui da te".

"Ma perché, non sai niente di Vito?"

Totò ha sbattuto la mano sul tavolo, era arrabbiato. A volte capita anche a me di fare così, che do un pugno nel muro perché non c'è nessuno con cui prendersela, è normale. Ho visto papà che si risiedeva, gli prendeva la mano e gliela teneva stretta perché Totò sembrava che stava male, che piangeva. Io sono subito tornato indietro, come uno che ha aperto una porta che non doveva aprire. Era la seconda volta che sentivo quel nome, Vito.

Andrea non si era accorto di niente, anzi era tutto gasato perché stava per fare un record.

"Comunque io sono campione regionale di tuffo dai cinque metri."

Non so perché l'ho detto.

"Davvero?" mi ha chiesto Andrea tutto stupito e bum, la moto è caduta a terra, sette punti prima del record.

Pure io so fare qualcosa, che ti credi.

A volte sento delle voci, quando sto per addormentarmi. Come se la gente mi parlasse proprio. Sono la voce di zio, di zia e di Emidio. Dicono "Muoviti, fai presto, finisci il piatto, smettila di piangere, mi presti la matita", tutte cose logiche, poi un po' alla volta le frasi diventano sempre più strampalate e capisco, nell'ultimo secondo che sono ancora sveglio, che sto per precipitare nei sogni, dove le cose che ti succedono sono sempre strane. Solo che stavolta non stavo ancora dormendo, ero solo andato a stendermi sul sedile posteriore della macchina per fare un riposino aspettando che papà e Totò finissero di parlare. Così, quando sono arrivati e si stavano salutando, li ho sentiti.

"Non lo svegliare, fallo dormire un po' che oggi ne ha viste tante."

E pure questa era una cosa logica, io nel garage mi ero proprio impressionato. Poi, come nei sogni, le cose che si dicevano hanno incominciato a diventare strane.

"Io te l'ho detto, con un taglio al dieci per cento ci alziamo cinquanta milioni a testa, così tua moglie la metti in un ristorante vero, non in quella specie di roulotte," ha detto mio padre.

"Enzù, mia moglie sta bene dove sta. Tu piuttosto non fare minchiate, se la tagli il Vecchio se ne accorge. Anzi, vai subito a Bari che al Vecchio basta il sospetto che l'hai fatto e ti taglia la capa. Sta in guerra con i calabresi, sono venuti a scassare il cazzo fino a qua, stanno facendo un morto a settimana."

Babbo è stato zitto, si capiva che stava riflettendo.

"E lascia stare pure questa cosa del Ragioniere, pensa a tuo figlio, che vita gli abbiamo fatto fare a 'sti ragazzi, alle mogli... scusa, non volevo parlare di Maria."

Gli era scappata, a Totò. Era da tanto tempo che non sentivo qualcuno pronunciare il nome di mia madre. A casa di zia non se ne parlava mai, tutti evitavano di farlo. Invece è bello sentirlo ogni tanto, sembra che c'è ancora, che è uscita un attimo a fare la spesa e adesso torna.

"Manco al funerale mi hanno fatto andare," ha detto mio padre. "Ti rendi conto?"

"Che bastardi... pensa a quello che hanno fatto a mio fratello Vito."

"Per quanto tempo lo hanno tenuto in isolamento?"
"Quasi un anno."
"Mamma mia..." ha mormorato babbo, si vedeva che era una cosa grave. "Ma come mi devo comportare?"
"Quando prende le medicine, sta meglio. Parlaci tu, a te ti ha sempre voluto bene, t'ha sempre dato retta. Ma non parlargli del Ragioniere, si è fissato con quel pezzo di merda e questa cosa non gli fa bene. Fammi 'sto piacere, Enzù."
C'è stato un momento di silenzio.
"Totò, ma tu hai capito perché l'ha fatto il Ragioniere?"
"Enzù, in carcere ci ho pensato tutti i giorni, che ti credi? Tiè, questo è il numero di Vito", e gli ha dato un foglietto di carta.
Si sono abbracciati di nuovo e papà è salito in macchina. Siamo partiti, babbo al volante, io nel mondo dei sogni.

21.

Quando leggo un libro m'immagino sempre le cose come se fossi lì a vederle pure io. Nel senso che ci credo, anche se lo so che non sono mai successe. Io lo so che Jim e Long John Silver non sono mai partiti alla ricerca del tesoro, però è bello pensare che l'hanno fatto veramente. La mia paura è che mi capiti la stessa cosa con i ricordi, cioè che mi sembrano veri pure se sono finti. Da quando papà mi è venuto a prendere a casa degli zii mi stanno tornando in mente un po' di cose, però mi viene sempre il dubbio che me le sto inventando, solo perché mi fa piacere pensare che siano reali. O che magari me le sono sognate tempo fa e adesso mi sembra che siano successe veramente. Ad esempio, questo è il ricordo più antico che c'ho di mamma e papà, di quando un pomeriggio ho aperto la porta della loro stanza e li ho trovati che stavano facendo qualcosa che non capivo.

"Ma che fate?"

E mamma ha detto: "Io e papà ci vogliamo bene e ci abbracciamo".

Ora lo so cosa stavano facendo: arrivati in quinta elementare, il nostro nuovo compagno Alfonso, un ripetente che era stato bocciato all'esame, ci ha fatto un corso accelerato sull'argomento. Comunque era per dire che quella cosa spero che mamma l'ha detta veramente, che non me la sono inventata. Io non lo so cosa mi ricorderò tra tanti anni di quello che sta succedendo adesso. Anche perché non ci sto capendo tanto. Non bastava la pistola di Braccia Lunghe a farmi venire il mal di testa, si erano aggiunti pure 'sto Ragioniere che sembrava cattivo e questo Vito che non era morto ma aveva bisogno di prendere le medicine. Cercare di mettere insieme i pezzi era troppo faticoso, per questo mi sono addormentato tutto abbacchiato non appena siamo partiti.

Non so quanti chilometri abbiamo fatto, a un certo punto ho aperto gli occhi ed eravamo fermi in uno spiazzo.

"Dove siamo?" ho chiesto guardando fuori dal finestrino. Si vedeva solo un muro alto alto da un lato e una spiaggia con il mare dall'altro.

"Al cimitero," ha detto papà.

A sinistra l'alto muro e a destra la spiaggia. L'alto muro era il cimitero. E babbo aveva scelto quello, mica la spiaggia.

"E che ci facciamo?"

"Andiamo a trovare una persona."

Non ci ero mai stato in un cimitero, zia ci andava con zio, però a me e Emidio non ci portavano mai, dicevano che era un posto troppo triste per dei bambini. Chissà cosa stava facendo Emidio in quel momento... Siamo entrati e non mi sembrava affatto triste, un po' vuoto sì, sembrava un giardino abbandonato. Da lontano si sentivano le onde del mare che era un po' mosso.

Papà non si ricordava bene il posto, allora ha chiesto al custode che era tutto abbronzato e aveva la faccia come le maschere di cuoio. Ci ha accompagnato davanti a una parete di marmo dove ci stavano un sacco di fotografie e fiori e lucette accese, poi ha fatto qualche passo indietro. Papà si è messo a guardare il ritratto in bianco e nero di un signore. Una faccia seria. Affianco c'era la foto a colori di mia nonna, un poco me la ricordavo, ma proprio poco. Allora il custode si è avvicinato di nuovo, come se gli si fosse accesa una lampadina all'improvviso.

"Vincenzino! Ma tu si' Vicenzino, tu si' figlio a' Salvuzzo, è vero?"

Papà ha sorriso e abbiamo scoperto che lui e il custode si conoscevano, perché il custode da giovane era stato pure lui pescatore e usciva in barca col nonno, che sarebbe Salvuzzo, cioè Salvo. Il papà di papà si chiamava come me. Anzi, io mi chiamo come lui perché lui è venuto prima.

"Questo è mio figlio, Salvo."

"Guarda là, è tale e quale al nonno," ha fatto il signore.

Ho guardato meglio la foto, non mi sembrava che ci assomigliavamo. Forse la bocca.

"Non ci stanno fiori," ha detto papà e il custode ha alzato le spalle come a dire "che ci posso fare", ma poi ha aggiunto: "Aspe', mo te li vado a prendere", e se n'è andato.

Papà guardava le foto in silenzio.

"Te la ricordi la nonna?"

"Un poco... ma perché la foto del nonno è così antica?"

"Perché è morto tanto tempo fa... era giovane il nonno... c'aveva trentun anni."

"Quindi adesso sei più grande tu di lui?"

Ha alzato un sopracciglio, gli doveva sembrare strano che ora suo padre era più piccolo di lui.

"Però sembra più grande di te."

"Mh... il nonno aveva fatto la guerra."

Ha detto questa cosa come se fosse la spiegazione, come se la guerra trasforma le persone e le fa diventare più vecchie dell'età che hanno. Io non ne so niente, cioè so solo quello che vedo alla televisione, i filmati in bianco e nero con Hitler e Mussolini, che sono proprio buffi e non ci credi che hanno fatto morire tutta quella gente, uno coi baffetti che sbraita e l'altro col petto gonfio e la mascella che sembra Mastrolindo. Ma arrabbiato, che più lava a terra e più è sporco.

Comunque, anche se non è tornato da una guerra, pure mio padre è invecchiato. Ha molte più rughe e i capelli bianchi di lato. Ci ho pensato in quel momento, mentre guardava il ritratto di suo padre.

"Questa è l'unica foto che c'è del nonno," ha detto.

Per quello eravamo là, nel suo "cassetto che so che c'è".

Quando siamo usciti dal cimitero, il cielo era rosso e la spiaggia deserta, papà ha detto: "Ci facciamo un tuffo?".

"Non ho il costume."

"Neanche io", e mi ha fatto l'occhiolino.

In un attimo si è tolto i vestiti, io invece c'ho messo più tempo, c'avevo paura che mi vedeva qualcuno. A lui invece non gliene fregava niente, ha fatto una corsa velocissima e si è tuffato, come faceva sempre quando ero piccolo. Solo che non tornava più su. E se era morto per il freddo?

"Pa'!?"

In quel momento è sbucato dall'acqua, alzando spruzzi in aria.

"Che aspetti? Vieni!" ha gridato da lontano.

Per fortuna non mi aveva sentito.

Mi sono tolto le mutande e mi sono buttato subito in mare perché ero tutto nudo. Mi faceva un po' strano nuotare, cioè mi ha fatto pensare alla piscina e al fatto che prima stavo sempre in acqua, anche d'inverno. Babbo invece si immergeva e poi saltava fuori, come fanno i delfini, si vedeva che era contento. Ho pensato che in carcere non c'erano né la piscina, né il mare, che la guerra era finita, gli americani passavano con le jeep e la gente gli lanciava i fiori come nei film in tv.

"Ti va di fare un tuffo?" mi ha chiesto quando l'ho raggiunto.

"Ma ce la fai?"

Quando mi faceva fare i tuffi pesavo la metà della metà.

"Proviamo."

Mi sono avvicinato e ho messo il piede sulle sue dita intrecciate. Per reggermi ho dovuto mettergli le mani sulle spalle perché così si fa. Era strano toccarlo.

"Sei pronto?"

Le nostre teste, l'una contro l'altra, quasi si sfioravano, ma lui era troppo concentrato per accorgersi che era la prima volta che stavamo così vicini. Cioè, non era la prima, ma era passato un sacco di tempo dall'ultima.

"Uno, due... e tre!"

Ha dato la spinta però mi sa che ero più pesante di quanto s'aspettava perché non sono andato molto in alto, anzi per niente, mi ha lanciato in avanti e gli ho pure dato un mezzo calcio in faccia. Sono sbucato subito dall'acqua, mi sentivo in colpa anche se non l'avevo fatto apposta. Invece lui stava là che rideva reggendosi la mascella.

"Sei cresciuto pure di piede..."

"Scusa."

"E di che? Su, nuotiamo, sennò pigliamo freddo. Arriviamo alla boa."

Era lontana la boa, ma lui andava velocissimo, a stile libero. Io ho guardato la spiaggia, non c'era nessuno, potevo nuotare anch'io col culo all'aria.

Quando siamo usciti, c'avevo i brividi e papà mi ha asciugato con la sua camicia.

In piscina siamo sempre tutti nudi, sia sotto le docce, sia nello spogliatoio prima di rivestirci. Quindi vedo sempre un sacco di persone col pisello fuori. I grandi se ne fregano, come se fosse la mano o il piede. Invece noi piccoli stiamo sempre a fare la gara a chi ce l'ha più lungo. E siccome rispetto ai grandi ormai si è capito che ce l'abbiamo tutti piccolo, una volta finimmo a parlare dei piselli dei nostri papà.

"Mio padre ce l'ha lungo come questa panca!"

"Mio padre invece ce l'ha lungo come tutta la piscina!"

"Mio padre come il campo da tennis!"

"Mio nonno ce l'ha come il campo di calcio!"

"Ehhhh... esagerato, non è vero."

Era stato Matteo a dirlo, la sua teoria era che più sei vecchio e più ce l'hai lungo, come se crescesse all'infinito con gli anni. A quel punto mi venne in mente il nonno, il padre di mamma, che avevo visto soltanto che era già malato e stava a letto tutto il tempo. Pensai che era perché gli pesava il pisello. All'epoca mi sembrò una spiegazione logica. Da bambini si pensano tante cose stupide, forse non bisogna mai lasciare da soli i bambini a ragionare. Comunque era per dire che era la prima volta che vedevo mio padre nudo. Non ce l'aveva lungo come la piscina, ma era sicuramente più grande del mio che non so perché era diventato minuscolo. Papà ha notato che me lo stavo guardando e si è messo a ridere.

"È l'acqua fredda che lo fa diventare così."

Mi sa che le faceva pure lui le gare da piccolo.

In mutande ci siamo messi a correre verso la macchina con me che starnutivo in continuazione: avevo preso freddo dappertutto, non solo lì. In quel momento è uscito il custode dal cimitero, mio padre ha cambiato direzione e gli è andato incontro.

"Non è che posso far fare una doccia calda a mio figlio da qualche parte?"

Allora il signore ha sorriso e ha detto: "Come no?". Secondo me gli faceva piacere avere un po' di compagnia. Non deve essere bello come lavoro stare lì in mezzo a tutte quelle tombe, i morti sono morti e chi viene a trovarli è triste. Così ci ha portato in una casetta affianco al cimitero.

Appena entrati, papà lo ha ringraziato che era così gentile.

"E che problema c'è? Mo vi faccio pure un poco d'orzo, così il ragazzo si riscalda. Io bevo solo quello, il caffè non lo posso più pigliare. Ti piace l'orzo?"

Mi ha fatto piacere che mi ha chiamato ragazzo e non

bambino. Adesso ogni tanto capita che mi chiamano così, non sempre però.

In bagno, papà si è sciacquato solo la testa con l'acqua calda, ha detto che gli piaceva sentire il sale addosso. Poi ha fatto entrare me.

"Fai presto dai, che il signore se ne stava andando," ed è uscito.

Mi sono messo sotto la doccia, che poi era una vasca piccola col soffione che lo dovevi tenere in mano perché non si poteva appendere da nessuna parte. Ho guardato la manopola blu e quella rossa. Ho pensato che se l'acqua fredda lo faceva diventare piccolo allora l'acqua calda... Quando babbo ha sentito l'urlo, gli ho detto che era tutto a posto. Cavolo, un altro po' e me lo bruciavo.

Una volta rivestito, sono andato nella stanzetta dove stava papà, mentre il custode chiedeva dalla cucina "Quanto zucchero?". Babbo ha fatto un salto quando sono entrato, l'ho beccato che stava con le mani dentro alla giacca del custode appesa alla sedia.

"Per me amaro, per mio figlio due cucchiaini," ha risposto, poi mi ha fatto segno di sedermi e di stare zitto.

Ha preso dei soldi da dentro al portafogli che aveva trovato, ha fatto il giro della scrivania e me li ha dati in mano dicendo: "Nascondili... è uno scherzo".

Come si è seduto, è entrato il custode reggendo un vassoio con le tazze d'orzo. Io mi sono messo a fissare il ritratto di un vecchio con la barba bianca e un cappuccio marrone in testa che stava appeso sul muro di fronte. Non ci credeva nessuno che quello era uno scherzo e avevo il terrore che il custode me lo leggeva in faccia, così mi sono concentrato su quella foto, come se fosse l'unico mio pensiero. E niente, a furia di fissarlo, l'ho riconosciuto, quel vecchio barbone. E come se fosse un quiz a premi, ho dato la risposta, anche se nessuno aveva fatto la domanda. Anche perché dovevo parlare di qualcosa, sennò morivo con quei soldi in mano, bruciavano più dell'acqua bollente.

"Obi-Wan," ho detto.

Il custode non capiva, allora ho indicato la foto: "Quello con la barba".

"Questo? Questo è Padre Pio. Non lo conosci?" ha detto, come se fosse strano che non l'avevo riconosciuto.

"No... però sembra Obi-Wan Kenobi."

"E chi è?"

"Il maestro di Luke Skywalker."

Mi sa che il custode non aveva visto *Guerre stellari*, forse in quel paese non c'era manco il cinema. Però anche mio padre mi guardava senza capire.

"Cos'è? Un film?" mi ha chiesto.

Certo che è un film, è il film più bello del mondo, l'ho visto con gli zii e Emidio tre anni fa. Era la vigilia di Natale, loro ci portano sempre al cinema in quel periodo. Tu non c'eri e queste cose non le sai. Non sai nemmeno che, quando siamo tornati a casa, io e mio cugino ci siamo messi a giocare arrotolando i fogli di giornale, come se fossero le spade laser dei Jedi.

"Questo è un santo che faceva i miracoli veri."

"E pure Obi-Wan."

Loro si sono messi a ridacchiare, l'avevano presa per una battuta, invece avevo ragione pure io.

"Che scornacchiato, ha pigliato dal padre..."

Manco sapevo che significava "scornacchiato".

"Pure tuo padre quand'era piccolo ne ha fatte che ne ha fatte. Quando io e suo padre uscivamo in barca e stavamo fuori pure una settimana per i tonni, sai che cosa diceva tuo nonno? Diceva: 'Mo che torno voglio vedere che mi ha combinato questa volta', è vero?"

Papà ha sorriso, sembrava tranquillo. A me bruciava la sedia sotto al sedere e volevo solo andare via.

"Una volta pensa che siamo tornati e ci stava tutto il paese al porto, tua nonna disperata perché non si trovava più Vicenzino dalla sera prima. Ci siamo messi a cercarlo sulla spiaggia, in mezzo agli scogli, pensavamo che era caduto in mare da qualche parte e tua nonna non la smetteva di piangere. E poi, non mi dimenticherò mai, a mezzanotte so' suonate le campane a morto, tutto il paese è andato davanti alla chiesa che pensavamo che qualcuno l'aveva trovato, le donne in lacrime perché a Vicenzino, pure se era così, tutti volevano bene. Poi le campane sono finite e tutti dicevano allora? Allora? Che è successo? In quel momento si sono aperte le porte della chiesa e chi ti esce vestito come un chierichetto? Tuo padre che gridava: 'Non ci voglio andare più a scuola, mi voglio fare prete!', eh, eh, eh! Che disgraziato, tutti a ridere. Quante botte che hai pigliato, è vero?"

Papà ha fatto segno di sì con la testa, ha posato la tazza e si è alzato.

"Don Antonio, purtroppo per noi s'è fatto tardi e dobbiamo fare un bel po' di strada..."

Meno male. Ho poggiato la tazza pure se non l'avevo finita, ma il custode, don Antonio, ha detto: "Se aspettate due minuti, viene mio figlio, te lo ricordi Alfredo? Mo è tornato pure lui, prima stava a Treviso, ma per fortuna l'hanno trasferito. Tuo padre e Alfredo erano grandi amici da piccoli, stavano sempre assieme."

"Purtroppo s'è fatto veramente tardi, don Antonio. Me lo salutate voi, noi dobbiamo proprio andare."

"Che peccato... e vabbè, allora, magari prenditi il numero di telefono, se lo chiami gli fa assai piacere. Se gli dico che sei passato e non ti ha potuto salutare, se la piglia con me. Aspe'..."

Don Antonio ha preso il portafogli dalla giacca e ha tirato

fuori un biglietto da visita. Papà si è irrigidito come un baccalà. "Tieni, qua sta il numero di mio figlio..." Poi però ha guardato meglio nel portafogli e ha alzato la faccia su noi due, gli occhi sgranati. Io tenevo ancora i soldi nascosti in mano, tutti sudati. In quel momento si è aperta la porta della stanzetta.

"Papà, stai ancora qua?"

Alfredo stava vestito da carabiniere. Cioè, era un carabiniere. Appena ci ha visto si è bloccato, un po' stupito di trovarci là.

"Buonasera."

Babbo ha risposto al buonasera e pure io, poi siamo tornati tutti e due a farci ipnotizzare da Obi-Wan/Padre Pio, sperando che ci salvasse.

"Mo ce ne andiamo, Alfre'. Il signore stava andando via," ha detto don Antonio alzandosi in piedi.

Papà non c'aveva il coraggio di guardarlo in faccia, ha preso la giacchetta e mi ha fatto segno di spicciarmi. Io ho ringraziato per l'orzo, ma il vecchio manco mi ha risposto, ha fatto solo su e giù col mento, stava proprio nero. Quando gli siamo passati davanti, il carabiniere si è studiato per bene papà, stava per parlare, ma alla fine ha detto soltanto "Prego" e ci ha fatto passare.

Dopo che siamo usciti, babbo è rimasto muto fino a quando non ci siamo infilati in macchina.

"Uh, lo scherzo! Fai una cosa, torna indietro e dai i soldi al signore. Fai presto, che se ne stanno andando."

Non c'avevo proprio voglia, ma che potevo fare? Ho fatto una corsa, don Antonio stava già in macchina con il figlio che parlava alla radio dei carabinieri. Mi sono avvicinato.

"Questi sono i soldi dello... scherzo", e glieli ho dati.

L'ho detto a bassa voce, che lo sapevo che l'altro non doveva sentire.

Don Antonio li ha intascati, poi mi ha preso il mento con

due dita, come a volte faccio io con i cagnolini che gli accarezzo la barbetta.

"Uno scherzo, eh? Ci sono proprio cascato... Lo sai come lo chiamavano a tuo padre? Vincenzino Passaguai... eh, mo ci pensi tu a lui, vero?"

Io ho annuito e loro sono partiti. Sono ritornato alla nostra macchina e mi sono seduto. Vincenzino Passaguai si era acceso una sigaretta.

"Ti ha detto qualcosa?"

Ho fatto segno di no con la testa, destra sinistra. Però non lo guardavo. Mi aveva scocciato quello che mi aveva fatto fare.

"Tanto a un bambino non dicono mai niente..."

Per colpa sua ero di nuovo un bambino.

Mi ha guardato per un attimo, il ladro pentito.

"Mettiti il giubbino che prendi freddo."

Ha acceso la macchina e siamo partiti.

22.

Passi nascondere in tasca una stilografica se c'ha l'orologio o liberare Mercoledì dalla cesta dell'autogrill (chissà che viaggio aveva fatto per finire lì), ma non si ruba così. Così è sbagliato. E poi papà non doveva mandare me a chiedere scusa. È come nella cucina di zia, che ci stanno tante pentole dentro ai pensili, però lei usa sempre la stessa, quella piccola coi manici di plastica bruciati. Povero pentolino, è così malandato perché è quello che cuoce meglio e per questo sta sempre sui fornelli. Io non voglio essere la pentola coi manici bruciati, ecco, quella che si usa sempre per cavarsi d'impiccio.

Mi tornava sempre alla mente quello che papà aveva detto a Braccia Lunghe, che io ero meglio di una pistola. Non capivo ancora perché, ma adesso mi era chiaro che, se qualcosa andava storto, non ci avrebbe pensato due volte a piazzarmi col culo sul fuoco.

Poi però, quando ho visto quella catapecchia abbandonata, tutti questi pensieri arrabbiati se ne sono andati via, ho capito che quei soldi li stava rubando per me, per portarmi in un albergo come quello della sera prima.

"Stanotte dormiamo qua," ha detto dopo aver fermato la macchina.

Il sole era tramontato, però c'erano ancora dei raggi rossi rimasti incastrati nelle nuvole. E con quella luce la casa sembrava un grosso insetto sospeso in aria, con sotto tantissime gambette secche infilzate nella sabbia, che non si capiva se lo reggevano o gli impedivano di volare. Anche senza occhiali si vedeva benissimo che quella specie di casa bacarozzo cadeva a pezzi.

Quando ero piccolo, mi ricordo che ogni estate babbo passava il flatting puzzolente sugli scuri perché l'acqua e il sole si mangiavano il legno. Invece quella casa non vedeva un pennello da anni.

"È una palafitta," ho detto io, tutto contento che mi ero ricordato quella parola difficile. L'avevo letta sul sussidiario, nel capitolo sugli uomini preistorici. Alcuni di loro costruivano queste case in mezzo all'acqua così gli animali feroci non potevano raggiungerli e sorprenderli nel sonno.

"È un trabucco," ha risposto mio padre.

Questa parola non l'avevo mai sentita.

"Cioè?"

"La usano per pescare, vedi quei pali verso il mare? Lì si agganciano le reti che si calano in acqua. In questa zona è pieno di triglie."

"I pescatori preistorici," ho detto io.

"In che senso?"

"Niente, una cosa mia."

Babbo mi ha portato sotto il trabucco, cioè sotto al pavimento di legno, tutt'attorno c'erano i pali che lo reggevano.

"Dobbiamo aprire quella botola", e l'ha indicata.

Stava in altissimo, era impossibile arrivarci. Ho pensato agli animali feroci che stavano lì a chiedersi come arrampicarsi e alla fine decidevano che era più facile papparsi i cretini che abitavano a piano terra, nelle capanne. Furbissimi, i pescatori preistorici.

Papà ha preso una pila dalla tasca, che ormai s'era fatto buio. A me piacciono tantissimo le pile. Un giorno zio ne comprò due uguali su una bancarella sul lungomare, una per me e una per Emidio. Avevamo otto anni ed era estate. Tornando a casa le tenemmo accese per tutto il tempo perché avevamo preso la scorciatoia, quella tutta buia. Era bello scoprire le cose puntando la luce, che si vede solo quello che c'è nel cerchio. Tu cammini e il cerchio avanza e scopre altre cose, mentre quelle di prima ridiventano scure. Quando ci hanno messi a letto non c'avevamo sonno, così ci siamo messi a giocare con le pile, a fare le ombre cinesi. A un certo punto Emidio se l'è puntata in faccia da sotto il mento e mi ha fatto proprio paura: gli occhi erano tutti neri, sembrava un morto. Glielo stavo per dire, poi però mi era venuto in mente che gli potevo fare uno scherzo.

"Una volta a Emidio gli ho fatto uno scherzo," ho detto a babbo.

"Che scherzo?"

"L'ho svegliato di notte e quando si è girato c'ero io con la pila, così", e gliel'ho fatto vedere, "che sembravo uno zombie. Si è messo proprio paura ed è zompato dal letto."

Mi ha sorriso. Ho pensato che era contento di sapere che facevo questi scherzi. A mamma li facevo sempre, ma erano un po' diversi: m'inventavo di aver fatto delle cose e gliele dicevo, tipo che la maestra mi aveva cacciato fuori perché le avevo messo il pongo sulla sedia e le si era attaccato alla gonna. Oppure che a scuola facevamo a gara a chi si affacciava alla finestra, sollevava i piedi da terra e rimaneva appoggiato solo sulla pancia, in equilibrio tra dentro e fuori. Mamma si spaventava: "Ma che dici, davvero?!" e io scoppiavo a ridere e confessavo che era tutto uno scherzo.

"Ma perché mi vuoi far mettere paura? La devi smettere di dire le bugie."

Mica erano bugie, erano scherzi. La bugia è l'esatto contrario, è quando fai una cosa e dici che non l'hai fatta. Ripensandoci ora, secondo me volevo vedere la sua reazione, per capire se erano cose che si potevano fare oppure no. Meglio chiedere prima, insomma.

Papà è rimasto un po' in silenzio, pensieroso.

"Ma con Emidio vai d'accordo?"

"Adesso sì."

Mi ha fatto piacere che s'interessava.

"Ok, illumina la botola, vedo se riesco ad aprirla."

Ha cominciato a saltare cercando di afferrare la maniglia. Quando finalmente c'è riuscito, è rimasto appeso per qualche secondo e poi stac!, la serratura s'è spaccata e lui è caduto giù portandosi appresso la botola. Si è rialzato subito, per far vedere che non si era fatto niente. Sembrava me, che non rimango mai a terra, pure se mi sono stroppiato.

"Tutto a posto," ha detto infatti per rassicurarmi.

Invece a me è venuto da ridere, perché si vedeva che si era fatto male. Lui mi ha guardato storto.

"Che ti ridi?"

"Vincenzino Passaguai..."

Ha fatto una faccia che a me è venuto da ridere ancora di più, non se l'aspettava.

"Vieni qua, facciamo il tocco per chi sale per primo... pari o dispari?"

"Pari."

"Uno, due e... tre!"

Io ho buttato uno e lui tre: quattro, pari. Ma non era valido. L'ho guardato storto, ma lui faceva finta di niente.

"Pari, tocca a te... sali sulle mie spalle, una volta dentro mi apri una finestra, ok?"

Mi ha preso la torcia dalla mano e l'ha ficcata nella sabbia, puntandola verso l'apertura. Si è messo in posizione, con le mani unite per farmici appoggiare il piede e sollevarmi. Ma come ho detto il tocco non era valido. E non mi sono mosso.

"Che c'è?"

"Come che c'è?! Hai fatto scaletta, hai tirato dopo."

“E certo, e che facevo, tiravo prima? Se usciva dispari come facevamo, mi caricavi tu a me?”

Ma tu vedi a questo, ho pensato.

“Mica hai paura?”

Le sfide tra me e Emidio cominciavano tutte con questa domanda, dal salto dal decimo scalino per atterrare sul pianerottolo a quando ci siamo mangiati per scommessa mezzo dado Knorr a testa (e poi ci siamo dovuti bere un litro d’acqua per toglierci il sale di bocca). Adesso invece avevo di fronte Vincenzino Passaguai, uno così scorretto che bara già al momento del tocco. Però dopo che aveva fatto “la domanda”, come facevo a rifiutare? Ho guardato in alto, attraverso il buco si vedeva solo un angolo di soffitto, con le sue travi massicce e un lampadario che penzolava. Siamo noi gli animali feroci, ho pensato. E ho fatto segno di no, che non avevo paura. Gli ho messo le mani sulle spalle come nel tuffo del pomeriggio, poi ho appoggiato il piede sulle sue mani e lui mi ha sollevato fino al petto. Mancava l’ultimo passo, montare in piedi sulle sue spalle. Uno, due, e... bambini venite, è arrivata la famiglia De Benedittis, padre e figlio, equilibristi acrobatici! Ormai ero già con la testa dentro, quindi con un ultimo sforzo delle braccia mi sono tirato su. Della casa non vedevo niente, era tutto buio. Vincenzino mi ha lanciato la torcia e io l’ho presa al volo.

“Io vado di sopra e tu mi apri una finestra... uè, stai attento se ci stanno cose arrugginite.”

E si è allontanato.

Ero solo. Avevo un po’ di paura, ma non tanta. Se scommettevo con Emidio sicuro vincevo perché lui su queste cose è più fifone di me. Vabbè, coraggio. Mi sono rimesso in piedi e con la torcia ho illuminato tutto quello che c’era attorno: le finestre tappate, i mobili con sopra tre dita di polvere, e tanti rettangoli chiari sulle pareti, dove probabilmente una volta c’erano dei quadri. Tenendo la luce bassa sono andato verso il corridoio che conduceva alla porta d'ingresso. Il pavimento di legno cigolava tutto, speriamo che regge. Il cerchio di luce era sempre un metro davanti a me e scopriva le cose che c'erano per terra: un tappeto brutto e sporco, una bottiglia vuota che ci potevo scivolare sopra, una busta di plastica con dentro dei vestiti e... un paio di piedi! C'erano un paio di piedi nel cerchio, ho alzato subito la luce e... mamma mia, il mostro!

"AHHHH!!!"

Sono scappato via urlando, ma dove potevo andare? La torcia mi era caduta, non vedevo niente.

"Salvo, Salvo!!!" gridava mio padre da fuori.

Io correvo nel buio come un pazzo, sentivo che mi stava inseguendo, mi voleva uccidere perché ero entrato in casa sua. Ho messo il piede sulla bottiglia e patapam!, sono caduto a terra. Adesso il ginocchio mi faceva malissimo, non ce la facevo a rialzarmi. Ho visto la luce che si avvicinava, il mostro aveva preso la torcia e avanzava verso di me, mi sono messo a strisciare per terra per non farmi prendere, ma il cerchio di luce mi ha raggiunto e lui si è chinato su di me, puzzava di morto e mormorava cose strane: era uno stregone cattivo, mi voleva squartare e mangiare il cervello. Poi ho sentito il rumore del vetro che si rompeva e babbo che cercava di aprire la maniglia della finestra.

"Salvo!!!"

Ma in quel momento il mostro mi ha afferrato la spalla, io mi sono girato e l'ho visto in faccia perché aveva la luce sotto il mento: era tutto coperto di peli e aveva le fauci spalancate pronte ad azzannarmi e gli occhi feroci di una belva. Era proprio lui, il fantasma del pescatore preistorico! E sono svenuto.

Quando mi sono svegliato, ero steso su qualcosa di morbido. Sentivo delle gocce colpirmi il viso. Ho aperto gli occhi: era mio padre che mi spruzzava addosso un po' d'acqua da un bicchiere . C'era una candela accesa sul comodino. Ero su un letto.

"Bevi, su... stai tranquillo, ci sono io."

"Pa', c'era un mostr... AH!"

Il mostro era lì, seduto dietro di lui. Volevo scappare, ma papà mi ha afferrato il braccio.

"Tranquillo, il signore dorme qua. È buono, non ti fa niente."

La sua voce era rassicurante, ma ci ho messo un po' a calmarmi. Ho guardato meglio il signore: aveva un sacco di capelli tutti arruffati, la barba lunga, una vestaglia marrone piena di macchie incrostate. E beveva da una bottiglia, sembrava vino rosso.

"S'a pegghiàte paùre 'u criature... e ppure jìe!"

Un po' la capivo quella lingua, anche se non la sentivo da tanto tempo. Assomigliava a quella che parlavano i vecchi di Ruvo.

"Che ha detto?" ho chiesto a mio padre.

"Ha detto che tu ti sei messo paura, ma pure lui si è spaventato."

Anche se stava a qualche metro di distanza mi arrivava sempre quella puzza, però adesso si capiva che era perché non si lavava da tempo e si ubriacava, non perché era un morto vivente. Ho fatto una smorfia tipo bleah! e papà mi ha fatto l'occhiolino, pure lui la sentiva.

"Possiamo dormire qui stanotte?" gli ha chiesto.

"Magari, sempre solo sto."

Il barbone si è alzato dalla sedia e si è messo a zompettare per la stanza. Era tutto emozionato mentre tirava fuori le lenzuola dall'armadio. Babbo si è alzato per aiutarlo, ma quello non ne voleva sapere.

"L'ospite è patrùne."

Papà si è messo a puntare la torcia tutt'attorno, per vedere com'era fatta la casa.

"È parecchio che stai qua?"

Il barbone ha fatto un gesto come a dire "tanto tempo".

"E il padrone di casa che fine ha fatto?"

"Ci l'à mà vìste?!"

A quel punto babbo ha illuminato il muro dove mancavano i quadri. "Te ne sei fatti di soldi con tutti questi quadri, eh?"

"Non le ho vendute io le fèmene... Jie na ssò làtre," ha risposto il barbone tutto offeso.

"I fèmene? E che ne sai tu ca so' quàdre de fèmene? Allora l'hai viste." Il barbone si è bloccato, come se aveva detto qualcosa che non doveva dire. E guardava babbo con sorpresa, come capita a me quando finalmente metto a fuoco una persona lontana e mi accorgo di conoscerla. Solo che non sembrava affatto contento di averla incontrata.

Io non avevo capito niente di quello che si erano detti e manco mi importava.

"C'ho sonno," ho detto.

"Adesso andiamo a dormire, il signore ha *finito* ormai..."

Papà gli ha tolto di mano le lenzuola, però con un gesto forte, gliel'ha quasi strappate. Poi mi ha fatto segno di seguirlo nell'altra stanza. Mi sono girato solo un attimo a guardare il barbone che si lasciava cadere sulla sedia e buttava giù un lungo sorso di vino. Non so perché ma mi ha fatto pena. Sembrava spaventato.

Mi sono svegliato che era ancora notte, tutto sudato. Che brutto sogno che avevo fatto! Era il primo giorno di scuola media e la nuova insegnante faceva l'appello e, quando toccava a me, la bocca non mi funzionava e non riuscivo a dire il mio cognome. Allora tutti si giravano verso di me e si mettevano a ridere ogni volta che provavo a parlare. Quando ho aperto gli occhi ho scoperto che mi bruciava la gola, forse era per quello che ero finito in quell'incubo. Mi sono girato per dirlo a papà, magari mi prendeva un bicchiere d'acqua, ma non c'era. Dovevo cercarmelo da solo. Mi sono infilato le scarpe e sono andato verso la cucina. Man mano che mi avvicinavo, sentivo le voci di mio padre e del barbone: litigavano.

"Na ssò nu làtre, non me li sono venduti i quadri."

Il barbone si difendeva, diceva che non si era venduto i quadri, ma che gliene importava a papà? Mica erano suoi. Sono arrivato fino alla porta e l'ho visto che teneva schiacciato il vecchio sopra al divano e con una mano gli puntava la torcia in faccia, come negli interrogatori nei film di polizia. Ma perché?

"E chi l'ha pegghiàte?"

"'U patrùne de càse. È venuto qui una notte, tanti anni fa."

"E ha preso i quadri e se n'a sciùte?"

"Apprìme m'av'accìse de mazzàte e po' se n'a sciùte, cudde bastàrde. E mi disse che dovevo stare muto."

Ma perché gli faceva tutte quelle domande?

D'un tratto tutto mi è diventato chiaro: mica mi aveva portato alla casa bacarozzo per farmi dormire sotto un tetto, stavamo lì perché lui voleva scoprire qualcosa! E io l'avevo pure perdonato che mi aveva mandato a restituire i soldi al custode! Lui invece mi aveva preso in giro un'altra volta!

Stavo per farmi avanti e dirgli quanto era cattivo, che la doveva smettere di usarmi, quando è scattato come un pazzo. "Pìzze de mmèerde, mi prendi per fesso? Addò càzze stà 'u Raggioniìre?! Parla, o t' fazz cecate!!!"

È stato allora che ho visto la lama che teneva in mano, a un millimetro dagli occhi del vecchio. Perché voleva fargli male? Era solo un povero barbone!

"Pa'!"

Sono sbucato fuori, lui è scattato in piedi e mi ha visto. Quanto era grande quel coltellaccio, non riuscivo a staccare gli occhi. Lui se n'è accorto e l'ha gettato per terra. Ma tanto ormai l'avevo messo a fuoco: era lui la bestia feroce, quella con le zanne lunghe, quella che ti devi nascondere in una casa sull'acqua per non farti sbranare. E l'avevo chiamato pure papà, e stavolta mi aveva sentito. Mi sono coperto la bocca con la mano, le fiamme mi sono salite alle guance e le hanno bruciate come i manici del pentolino che ero. E sono scappato.

"Salvo!"

Ho fatto di corsa il giro della casa e, quando sono arrivato alla spiaggia, mi sono nascosto in mezzo ai cespugli tra le dune. Da lì vedevo papà che mi cercava, puntava la torcia dappertutto per trovarmi, ma io non volevo farmi vedere, volevo stare da solo.

Avevo detto: "Pa'".

Era da tanto tempo che non lo chiamavo più così. Un po' è come con la parola "palafitta", che non la usi perché non ti serve: io non potevo dire "papà" perché lui non c'era. Mi ci ero abituato e non ne avevo più bisogno, invece quella mi era uscita da sola. Mi sentivo come quando ero rimasto bloccato sulla piattaforma da dieci metri. Non c'è niente di male ad avere paura di saltare da quell'altezza, solo che non doveva succedere davanti a tutti. E adesso era la stessa cosa, perché lui mi aveva sentito ed era come se mi avesse visto debole. Ero arrabbiatissimo con me, ma la colpa era tutta sua. E così sono uscito fuori dai cespugli. Camminavo verso di lui con i pugni stretti stretti, che ti lasci i segni delle unghie nel palmo. Quando ha girato la torcia su di me ha fatto un salto all'indietro. Io manco lo vedevo perché avevo la luce puntata in faccia. Meglio, così potevo dirgli le cose come volevo.

"La devi smettere! Hai capito?" ho urlato.

"Di fare cosa?"

"Di fare male alle persone. E di prendermi in giro."

"Io non ti sto prendendo..."

"E invece sì! Perché mi hai portato qua?"

Avevo quasi le lacrime agli occhi.

"Tu non capisci."

“Io non capisco niente perché sono un bambino, ma tu la devi smettere!”

Si è stato zitto. Quando mi arrabbio non ho più paura di niente. E lui ha abbassato la torcia.

“Va bene,” ha detto. Mi ha guardato negli occhi. “Va bene, Salvo.”

Che mi chiamava per nome mi ha fatto sentire meglio, come se non ero solo un figlio piccolo, ma una persona intera.

“Andiamo dai... prendiamo freddo.”

Ha detto “prendiamo”, non “prendi”. Anche questo mi ha fatto piacere. Tutti e due prendiamo freddo, non solo il bambino.

23.

Anche stavolta, quando mi sono svegliato, babbo non era in macchina, poi dice che uno si lamenta. Era tutto buio, non si vedeva niente attorno. Però si sentiva un odore fortissimo di erba e di alberi. Volevo sapere che ore erano e per quanto avevamo viaggiato, ma al mio fidato Casio si erano scaricate le batterie. Però avevo ancora in tasca la penna con l'orologio: erano le due e mezza di notte, babbo aveva guidato per tre ore. A un certo punto ho visto una lucetta rossa che saliva e scendeva nell'oscurità, era papà che stava fumando una sigaretta appoggiato al cofano. Ho abbassato il finestrino e gli ho detto che c'avevo freddo. Ha buttato subito la cicca e quando è rientrato si è tolto la giacca e me l'ha messa addosso.

Si è steso anche lui sul sedile per dormire, ma passati cinque minuti io continuavo a fissare il tettuccio della Maserati e non chiudevo gli occhi.

"Prendo *L'isola del tesoro* nel bagagliaio e ti leggo qualche pagina, che dici?"

"No, quello lo devo leggere io," ho risposto. Io sono fatto così, quando comincio un libro lo devo leggere tutto da solo, sono un po' fissato. E non salto mai una riga, anche le descrizioni pallose tipo che fiori abbelliscono il giardino o che soprammobili ci stanno in salotto. Sennò non è completo. E poi perché deve leggere lui? Mica ho cinque anni che mi racconti le favole. Mi sembrava come quando mi voleva imboccare gli spaghetti.

"Aspetta."

Ha allungato la mano, ha aperto il cruscotto e ha preso un libricino. Si vedeva che ci teneva proprio tanto a fare questa cosa. Vabbè, io un po' di sonno ce l'avevo, quindi l'ho lasciato fare. Ha scelto la pagina e ha cominciato a leggere:

"Questa è una storia bellissima, senti qua: la regolazione della pressione dei pneumatici varia a seconda del carico della vettura. Come descritto nella tabella di fianco, i pneumatici anteriori...".

Comunque ha funzionato, un po' alla volta mi sono addormentato.

Mi sono svegliato che dovevo fare pipì, come gli indiani. Non mi ricordo più dove l'ho letto, ma pare che loro bevevano un sacco d'acqua la notte prima della battaglia, così si svegliavano prima dell'alba e attaccavano mentre i nemici ancora dormivano, o stavano in bagno a lavarsi i denti. All'epoca infatti non c'erano gli orologi con la sveglia, o almeno loro non ce li avevano.

Quando io ho aperto gli occhi invece il sole era già così alto che in macchina non si respirava. Affianco a me babbo aveva adottato un'altra strategia, russava così forte che gli indiani sarebbero scappati via in preda al panico. E pure io. Ho aperto lo sportello piano piano e sono uscito. Mentre mi stiracchiavo, mi sono guardato attorno perché la notte prima non si vedeva niente. Era un bosco di querce. Lo so perché c'erano le ghiande a terra. Le querce sono gli alberi con il legno più duro e anche quelli più antichi, così c'è scritto sul nostro sussidiario. C'è pure la foto di un albero che sta in Italia e che ha più di mille anni, la Quercia delle streghe. La signorina Silvia ci ha spiegato che la chiamano così perché, quando volevano cacciarle, le streghe si sono rifugiate là sopra e col loro peso hanno piegato quei rami enormi fino a terra. Il giorno che ce l'ha detto mi ricordo che eravamo in tre in classe, perché gli altri stavano tutti a casa o con i pidocchi o per evitare di prenderli, mentre a me, Fulvio e Carmine ci avevano già fatto lo shampoo che brucia e poi rasati a zero.

Ho guardato babbo, lui non lo sapeva che mi avevano dato la coccarda. Prima o poi glielo dico, magari gli fa piacere. Gli zii sono contenti che vado bene a scuola. All'inizio, quando sono arrivato a Trento, andavo malissimo. Poi ho capito che dovevo mettermi a studiare sennò gli zii mi mettevano in collegio oppure mi abbandonavano in un bosco come quello, pieno zeppo di querce e streghe. Mica era vero, però io ero convinto che era così. I miei genitori non c'erano più, mi restavano soltanto loro, per questo dovevo essere bravo.

Quando ho cominciato a prendere bei voti, zia era proprio contenta. Ma mi sa che con Vincenzino Passaguai è diverso, lui manco ci andava a scuola. Uno così magari ti vuole bene pure se prendi brutti voti. E non gliene frega niente se rubi le cose, anzi. Ma io non l'ho ancora capito se è tornato per stare con me veramente o per qualche altro motivo che sa solo lui. Vorrei qualcuno che mi vuole bene per come sono, pure se non faccio niente, giusto o sbagliato che sia. Com'era con mamma.

Tutte queste cose le pensavo mentre cercavo un posto dove fare pipì. Avevo raccolto un ramo tipo bastone del comando e spazzavo le erbacce, per spaventare i serpenti e i super ragni. Ho trovato una quercia grandissima, altro che vespasiano. Ci ho fatto una zeta sopra con la pipì, il segno di Zorro. Poi però ho alzato la testa e ho visto due ragazzi che correvano verso di me, stavano facendo footing. Ho fatto uno scatto indietro per non farmi vedere e, mannaggia alla miseria, sono inciampato su un ramo. Quando mi sono rialzato ho scoperto il guaio: mi ero bagnato i pantaloni di pipì, un'altra volta. "E che Madonna!" Mi sono fatto subito il segno della croce per cancellare la bestemmia. Dovevo cambiarmi prima che papà si svegliava.

Sono arrivato di corsa alla macchina. Passaguai dormiva ancora, per fortuna. Zitto zitto ho preso le chiavi da sotto al volante e ho aperto il bagagliaio. La mia valigia stava in fondo, ma non riuscivo a tirarla fuori perché s'era incastrata da qualche parte. Ho tirato e ho tirato e alla fine si è liberata, solo che assieme a lei se n'è venuta via pure la moquette su cui era appoggiata, mannaggia. La macchina era nuova, se papà se ne accorgeva si arrabbiava di sicuro. Che fare? Magari bastava schiacciarla un po' e si attaccava di nuovo. Ma non ci riuscivo. Allora l'ho sollevata tutta per vedere se c'era ancora la colla. E ho visto quello che c'era sotto.

"Che stai facendo?!"

Bum! Che capocciata!

Avevo dato una botta contro il portellone del bagagliaio. Uno dovrebbe bussare prima di dire: "Che stai facendo?!" col punto esclamativo.

"Ti sei fatto male?"

"Un po'..."

Io mi massaggiavo dove avevo preso la botta, lui guardava la moquette che avevo alzato.

"Volevo prendere la valigia, ma s'è staccato qui... stavo aggiustando."

"Ci penso io," ha detto antipatico.

Ha premuto un po' con le mani per farla attaccare, ma non c'era verso. Alla fine ci ha rinunciato e ci ha messo sopra la mia borsa.

"Cosa ti serviva in valigia?" mi ha chiesto aprendo la cerniera.

"Una cosa."

"Come una cosa?"

Si è girato verso di me e mi sono messo un po' di lato per non fargli vedere che mi ero bagnato, ma non ha funzionato molto. "Un'altra volta?" mi aspettavo. Invece è stato peggio che non l'ha detto, significava che gli facevo proprio pena.

"È acqua..."

Ci ho provato, ma dalla sua faccia si vedeva che non ci credeva manco per niente. L'ho odiato proprio. Però pure lui c'aveva qualcosa da nascondere.

"Cosa c'è sotto la moquette?"

"Non c'è niente sotto la moquette."

Bugiardo.

Ha preso un paio di pantaloni dalla valigia e me li ha dati.

"Quando ti serve la valigia me lo dici, va bene?"

"Cosa c'è in quelle buste?"

"Farina," ha detto tutto scocciato.

Sì vabbè, e io sono Batman. Che ti credi che non lo so cos'è? Con tutte le volte che zia ci ha detto di stare attenti alle siringhe per terra? Una volta, a me e Emidio si sono avvicinati due ragazzi per chiederci mille lire, sembrava che portavano duecento chili sulle spalle, erano magrissimi e tutti sudati. Emidio è scappato subito e mi ha lasciato lì come un cretino. Quelli mi hanno guardato, io ho detto: "Scusate, è mio cugino", come a dire che non potevo lasciarlo scappare da solo. E me la sono data a gambe pure io.

"Se è farina, allora perché la tieni nascosta sotto la moquette?"

Il vecchio John McCoy contro Little Jack, chi vincerà il duello? Era per dire che stavamo tutti e due in piedi uno di fronte all'altro come nei film western. Il più veloce a tirare fuori la pistola vince. L'altro muore. È così che va la vita a Preston Town.

Invece John McCoy ha fatto un mezzo sorriso, quello furbo che usa per i suoi loschi affari.

"Facciamo una cosa: se quella sui tuoi pantaloni è acqua, allora quella sotto la moquette è farina... ok?"

All'inizio non ho capito, poi ho capito. Era un patto. Io difendevo lui e lui difendeva me.

Ci siamo stretti la mano, quella mattina nessuno sarebbe morto a Preston Town.

Anzi, con farina e acqua avevamo fatto proprio una bella pagnotta.

24.

Quando vado a dormire recito tre preghiere: prima il *Padre nostro* che è la più lunga, poi l'*Ave Maria* che è media e per finire l'Angelo custode che è la più corta ed è quella che mi piace di più. "Angelo di Dio che sei il mio custode, illumina, custodisci, reggi e governa me, che ti fui affidato dalla pietà celeste, amen." In genere lo faccio quando sto già sotto le coperte, a bassa voce. Non è che sono obbligato, però mi sento in colpa se me lo dimentico. Anche perché alla fine delle preghiere devo pensare alle persone a cui voglio bene, così ci hanno insegnato. E io mi concentro e vedo le loro facce, una dopo l'altra, come quando zio ci fa vedere le diapositive col proiettore. Così penso a mamma sul divano, poi agli zii che guardano la televisione, a Emidio che mi giro proprio a guardarlo perché dorme affianco a me, a Fulvio, Carmine e alla signorina Silvia. Da quest'anno c'è anche Noemi, che metto prima o dopo Emidio a seconda se in classe mi ha rivolto la parola o no. Molti anni fa pensavo pure a babbo, veniva assieme a mamma, erano un'unica cosa. Poi l'ho spostato dopo gli zii, poi dopo Emidio. E niente, poi è uscito dal proiettore. Ma non perché non gli volevo più bene, semplicemente perché farsi venire in mente la sua faccia era troppo difficile. Questo succedeva un po' di anni fa. Adesso invece lo sapevo come era fatto, ce l'avevo davanti. Solo che non sapevo se dovevo pregare anche per lui, ora che forse avevo capito perché mi era venuto a riprendere. Di sicuro c'entravano i sacchi di "farina" nascosti nella Maserati che gli aveva consegnato Braccia Lunghe.

"Bella fregatura," ho pensato mentre lo guardavo chiuso in quella cabina telefonica.

Attorno non c'era niente, solo la scogliera con le onde che sbattevano forte. Il cielo era pieno di nuvole che volevano solo piovere, come quando uno deve starnutire e non ce la fa più. Insomma era tutto grigio come nei quadri tristi che vendono alle bancarelle sul lungomare di Santa Caterina. C'è sempre la spiaggia, una barca mezza sfasciata che nessuno sa di chi è, e poi il mare e il cielo che sembrano una cosa sola. Devi essere proprio triste per fare un disegno così. Io invece, quando sono triste, mi metto a disegnare alberi. Faccio solo gli alberi perché sono facili. Basta che ogni tanto aggiungi un ramo, ci attacchi le foglie ed ecco l'albero. Pure se è tutto storto. Anzi, è pure meglio se è storto. Sembra più albero. Dopo mi sento meglio, non sono più triste. La tristezza sta tutta nell'albero.

Mentre aspettavo babbo che telefonava, avrei voluto foglio e matita per disegnare, ma non ce l'avevo. Allora ho pensato che dovevo fare una cosa stupida, così almeno ridevo un po'. Ho preso Mercoledì e l'ho messo dentro alla graffa che non avevo ancora mangiato. Poi l'ho appoggiato sul cruscotto. Era proprio scemo con le braccia alzate e quel ciambellone attorno tipo salvagente. In quel momento papà è rientrato in macchina, c'aveva una faccia proprio brutta, ci volevano un foglio e una matita pure per lui. Per fortuna ha visto Mercoledì e mi ha fatto un sorriso. Mezzo, senza esagerare.

"Devi mangiare fuori dalla macchina, guarda che hai combinato."

Ha cominciato a smanacciare il sedile che era pieno di

zucchero e poi pure a me e mi ha fatto ridere. Però si vedeva che stava giù.

"Con chi parlavi?"

"Un amico... non sta bene, lo andiamo a trovare. Cercavo di capire dove."

"Un migliore amico?"

"Eh?... migliore di altri."

Pure lui c'aveva un migliore amico allora, come io con Fulvio.

Ho preso Mercoledì in mano e gli ho parlato come se era vivo.

"Hai capito, adesso andiamo a trovare il migliore amico di papà..."

Lui mi ha guardato e mi ha detto: "Sei sicuro che alla tua età...".

Io mi sono nascosto Mercoledì sotto il braccio, come se qualcuno me lo voleva rubare. Tanto già l'avevo buttato in autostrada, si capiva che stavo scherzando, che facevo solo finta di avere cinque anni. È che secondo me gli faceva piacere se ogni tanto sembravo più piccolo, come quando stavamo insieme e lo ero veramente. In fondo, non è colpa sua se si ricorda di me quando ero bambino, ho pensato. Di quando stava anche lui nel proiettore.

E infatti si è messo un poco a ridere. Vincenzino ride sempre un poco, no tutto quanto.

Abbiamo viaggiato per quasi un'ora, tenendo sempre il mare a destra, dal lato mio. Dal finestrino vedevo lo strapiombo, altissimo. A un certo punto ho visto pure una macchina che doveva essere precipitata giù, tutta avvolta dalle erbacce. Si era fatta proprio male.

"Laggiù c'è una macchina", e l'ho indicata. Ma lui non ha fatto nemmeno la mossa di girarsi. Allora l'ho guardato meglio: aveva le mani strette strette sul volante ed era tutto sudato. Mi è sembrato strano. Faceva caldo, però non così tanto. E poi mi sono accorto che stavamo andando a due all'ora.

"Perché andiamo così pia...?"

Manco avevo finito che ha inchiodato.

"Scusa un attimo."

Ha aperto lo sportello ed è sceso in un attimo. Si è messo a camminare respirando forte, alzando le braccia per riempire i polmoni e poi a saltellare sul posto. Si è fermato solo quando è arrivato al parapetto. Ha guardato giù, i pugni stretti contro i fianchi. Mi stavo preoccupando perché non capivo cosa avesse. È rimasto lì un minuto, poi ha alzato la testa verso il mare. Quando è tornato in macchina e si è seduto ha fatto un sospiro lunghissimo e ha sputato fuori tutta l'aria, come uno che è pronto.

"Ma che hai?"

"Eh? È che non sono più abituato. Una volta la facevo a occhi chiusi 'sta strada, adesso non lo so, mi... agita se guardo giù, ma solo se guido."

Ho pensato alla piattaforma da dieci metri, alle gambe che mi tremavano lassù.

"Pure io ho paura dell'altezza... quando mi tuffo," gli ho detto, così eravamo più uguali.

"Ah sì? Ti tuffi ancora?" Sembrava contento.

"Ogni tanto..." ho risposto, ancora non mi andava di raccontargli che avevo continuato ad allenarmi per anni, ma che ormai mi ero bloccato.

"Allora magari, se troviamo un bel posto, ti faccio vedere un po' di cose. Adesso però mi puoi fare un piacere? Puoi coprire il tuo finestrino con il mio giubbino?" Se l'è tolto e me l'ha passato.

"Perché?"

"Non voglio vedere lo strapiombo. Forse così riesco a guidare un po' più veloce."

Ho fatto come mi chiedeva, ho infilato la giacca tra il finestrino e il tettuccio.

"Grazie. Ma stai tranquillo, è solo 'sto tratto, fra poco finisce."

Siamo ripartiti, sempre piano però. Ogni tanto gli buttavo un occhio, teneva sempre le mani strette al volante però sembrava più calmo. Mi è venuto in mente quello che ci aveva detto una volta mister Klaus. Il primo giorno di corso fa sempre un discorso dei suoi, di quelli un po' strani. E parte sempre come se fosse arrabbiato, così nessuno si distrae.

"Quest'anno ad alcuni di voi chiederò di tuffarsi dalla piattaforma da dieci metri. Soltanto quelli che sceglierò io e soltanto quando penserò che sono pronti. Chi di voi ha paura di lanciarsi da lassù?"

Tutti abbiamo guardato verso la piattaforma. Io non avevo avuto nessun problema a passare dal trampolino da tre metri a quello da cinque, però non era la stessa cosa. A vedere le facce dei miei compagni mi sa che stavamo pensando tutti la stessa cosa, cioè che dieci è il doppio di cinque, non due metri in più. Però la nostra squadra in piscina si chiamava "Orca assassina" proprio perché ci allenava mister Klaus. E quindi sapevamo che nessuno doveva alzare la mano. Ma ci eravamo sbagliati.

"E siete dei bugiardi! Io lo so che avete paura. E fate bene. Voi *dovete* avere paura. Anzi, i più fortunati tra voi saranno quelli che un giorno sbaglieranno a tuffarsi e si faranno malissimo. Da quel momento in poi, ogni volta che si affacceranno da là sopra, avranno il terrore di sbagliare di nuovo. E sarà quella paura a farli diventare dei campioni."

Era partito proprio in quarta. Dopo si era creato il solito silenzio che significava che si potevano fare domande. Teoricamente, perché poi mister Klaus distruggeva chiunque si azzardava. Però io ci ho provato lo stesso, sono fatto così.

"Mister, ma uno si deve per forza fare male per diventare bravo?"

Tutti si sono messi a ridere, perché sembrava che avevo fatto una battuta, ma per me non era così. E nemmeno per mister Klaus, che infatti è diventato ancora più serio.

"No, Salvo, 'bravi' lo possono diventare anche i furbi, quelli che chiudono gli occhi prima di lanciarsi, così da non avere paura. Ma per me quelli sono solo degli incoscienti, gente che spreca la propria occasione di diventare un campione. E io qui voglio dei campioni, non dei 'bravi' tuffatori. Quelli che chiudono gli occhi quando si tuffano non li voglio nel mio corso."

Nessuno ci stava capendo niente. Ci guardavamo come se c'era un traditore in mezzo a noi. Chi è che chiude gli occhi? Io no, li tengo sempre aperti. Per fortuna il mister ha ricominciato a parlare e forse ci abbiamo capito qualcosa in più. Almeno credo.

"Quelli che chiudono gli occhi sono scorretti, la paura di farsi male deve essere affrontata e dominata, mai nascosta o aggirata. Dovete usare la paura di sbagliare per non sbagliare. Dovete diventare padroni della caduta, solo così si diventa campioni."

Silenzio.

Ci ha guardato uno a uno.

"Come dico io sempre?"

"Tuffarsi è come morire!" abbiamo risposto in coro.

"Per questo dovete tenere gli occhi aperti fino alla fine, fino alla morte."

Qualche mese dopo, quando mi sono bloccato sulla piattaforma, gli occhi li ho chiusi senza nemmeno lanciarmi. A un certo punto, a furia di guardare giù, ha cominciato a girarmi la testa, tremavo così tanto che mi sono accasciato sulla piattaforma. È dovuto venire il mister a riprendermi, abbiamo ridisceso le scalette assieme e da allora non sono più voluto andare in piscina. Magari c'aveva ragione babbo, ho pensato, meglio tappare il finestrino e non guardare sotto. Anche se vai piano, almeno vai. Per fortuna, dopo dieci minuti, la strada a picco sul mare è finita, la costa si è abbassata e siamo entrati in un paese. Babbo ha buttato fuori un sospirone e ha allentato le mani dal volante, si era tolto un peso. E ha detto questa cosa: "Mamma mia... sembrava di stare in carcere".

Come, in carcere? Gli volevo fare un sacco di domande da quando ne aveva parlato con Totò.

"Perché?"

Lui è stato zitto per qualche secondo. Mi sa che gli era scappata, come se io non fossi lì ad ascoltare. Però io c'ero, qualcosa me la doveva dire.

"Niente, quando ci entri devi solo aspettare che finisce, come 'sta cazzo di strada."

Magari adesso che aveva cominciato a parlarne, gli potevo chiedere altre cose sul carcere, tipo come si passano le giornate, se aveva qualche amico, se doveva andare a letto presto come noi bambini. Invece l'unica cosa che mi è uscita è stata: "Hai detto una parolaccia".

Era stato più forte di me. Nell'ultimo anno avevo preso troppe sgridate da zia per le parolacce. In realtà fino alla quarta elementare non ne avevo mai dette, poi però in quinta avevo trovato in classe Alfonso, il ripetente che era stato bocciato all'esame l'anno prima. La signorina Silvia l'aveva messo seduto proprio affianco a me, perché diceva che gli faceva bene stare vicino a uno bravo. E niente, quando parlavamo tra noi, Alfonso ne diceva in continuazione: "'Sta zoccola della maestra è proprio una puttana" era la sua frase preferita. "Col cazzo che m'interroga oggi. Comunque tuo cugino è proprio uno stronzo, prima o poi lo sfracello." Io facevo segno di sì con la testa e basta, che gli vuoi dire, poi però tornavo a casa e mi uscivano parolacce come aria dai palloncini bucati, a fiotti. E giù sgridate.

"Cioè? Che ho detto?"

"Quella parola che non si dice... il pisello."

"Non ho detto pisello... ho detto cazzo."

"L'hai detto di nuovo!"

Papà ridacchiava mentre guardava fuori dal finestrino. Si è girato e ha detto: "Ca... zzoooooo!" cantando come un bambino del coro dell'Antoniano. E continuava a ridere. Secondo me stava tutto allegro che era finita la strada lunga come il carcere.

"Ma lo posso dire pure io?" Se mi rispondeva di sì era una svolta, diventavo grande in un battibaleno perché i grandi le possono dire le parolacce, anzi è proprio una delle loro facoltà principali.

"Tu no, io sì," mi ha risposto lui invece.

"E perché?"

Ci ero rimasto male.

"Perché, perché, perché... allora, tu puoi dire pisello perché sei piccolo e hai ancora il pisello, poi quando cresci il pisello diventa cazzo e anche tu puoi dire cazzo... capito?"

"Il pisello mi diventa ca... ca... zzo? E quando?"

"Eh... prima o poi... ma che cazzo di appuntamento è 'ci vediamo sul lungomare'! Come cazzo lo trovo adess...?"

Papà ha frenato di botto, che quasi davo una capocciata nel cruscotto. Una signora che portava a spasso il cane è saltata dalla paura. Babbo invece guardava dall'altra parte della strada, dove c'era un tizio appollaiato su un muretto. Stava con la testa così bassa che un altro po' gli rotolava a terra. E si dondolava avanti e indietro, come se teneva mal di pancia. Era quello il suo migliore amico?

Papà è sceso dalla macchina e ha gridato: "Vito!" e quello finalmente ha alzato lo sguardo. È schizzato subito in piedi, come una molla.

C'aveva addosso una tuta e sopra un giaccone largo largo. Si è buttato in mezzo alla strada e quasi finiva sotto le macchine, non le calcolava proprio. Zoppicava pure un po'. Quando ci ha raggiunto, quasi piangeva tanto era contento. Non aveva nemmeno un capello in testa e mamma mia quanto era magro, come un malato. Però la cosa più strana erano gli occhi: mi ricordavano quelli dei vecchi quando non vedono più bene, che sembrano incartati nella pellicola Domopak. Papà lo ha abbracciato, ma l'altro lo stringeva di più, lo stritolava proprio.

Poi d'improvviso si è sganciato e si è aperto in un bel sorriso, solo che gli mancava un dente davanti, un canino.

"Enzù, Enzù, Enzù," non la smetteva di ripetere. "L'ho trovata, hai capito? Sta qua, l'ho trovata!"

"Ma chi?"

"La puttana del Ragioniere!"

Mio padre ha cambiato completamente faccia. Io invece ho pensato che Alfonso era un dilettante a livello di parolacce rispetto a babbo e al suo amico.

"Il Ragioniere?!"

"Sì Enzù, la modella del quadro! Te la ricordi la foto, quella che il Ragioniere usava per dipingere i suoi quadri, quella che mi sono preso quando siamo stati a casa sua? L'ho tenuta sempre conservata!"

Babbo sembrava imbarazzato, però non capivo se era per l'amico che si comportava proprio da pazzo o per quello che gli stava dicendo. Vito si è messo a cercare nelle tasche, ha tirato fuori di tutto, fazzolettini sporchi, accendini, chiavi e la metà gli cadeva per terra. Poi finalmente ha trovato la foto e l'ha data a mio padre come se fosse una cosa preziosa, un regalo. Ritraeva una donna nuda stesa su un letto.

Babbo l'ha fissata per un po', ma dalla faccia si capiva che non si ricordava, era passato troppo tempo.

"Vince', ma hai capito dove siamo?"

Mio padre si è guardato attorno e dopo qualche secondo ha cambiato completamente faccia, come se avesse avuto una rivelazione: "Qui non è dove hanno ritrovato la macchina?".

"Sì, Vince'! Io non sapevo dove trovarla 'sta puttana, finché ho capito che la dovevo cercare qua e infatti quella è casa sua, abita là!" ha detto Vito tutto emozionato, indicando le palazzine dall'altro lato della strada.

"Torna sempre a quest'ora. Però aspettavo te, io da solo non ce la faccio."

"Non ce la fai a fare cosa, Vito?" ha chiesto mio padre stranito.

"Come cosa? Ci facciamo dire dove sta quel pezzo di merda! Aspetta..."

Ha infilato la mano nella tasca della tuta e ha tirato fuori una pistola. Vera, non come quella giocattolo di Emidio quando si veste da cowboy a Carnevale. Cioè, pure questa c'aveva la rotella con i colpi che gira, solo che era il doppio. E non era di plastica, ma di ferro. E loro non erano piccoli come me e Emidio, loro erano grandi. E pure Carnevale era passato. Babbo ci è rimasto secco e io c'ho avuto paura, perché lo so che uno può morire se ti sparano.

"Tienila tu, che a me mi trema la mano", e gliel'ha passata a babbo, come se fosse bollente.

"Vito, stai spaventando mio figlio. E pure me."

Ma l'amico suo manco lo ascoltava, si era acquattato dietro a un albero e spiava il palazzo di fronte. Ho guardato babbo, non sapevo cosa pensare. Lui mi ha fatto l'occhiolino, come per dire che era tutto sotto controllo. Io invece non riuscivo a staccare gli occhi da quella pistola.

"Eccola là, eccola là quella puttana!"

È scattato e si è messo a correre come un dannato buttando avanti la gamba azzoppata. Da un vicolo era appena uscita una donna con una busta della spesa in mano.

"Ma che cazz'... Aspettami qua!" mi ha detto babbo.

Ha nascosto la pistola in tasca e gli è corso appresso. Io non ci capivo niente, tra puttane, quadri e ragionieri, ma una cosa era sicura, che non volevo rimanere lì mentre mio padre inseguiva quel pazzo furioso del suo amico. Allora mi sono messo a correre pure io. Da lontano ho visto Vito che stava per saltare addosso alla signora, ferma davanti a un portone. Babbo lo ha bloccato giusto in tempo e l'ha schiacciato contro il muro. Quella si è girata impaurita e Vito le ha gridato contro: "Puttana, dove sta quel pezzo di merda?!".

Ci provava in tutti i modi a liberarsi dalla presa, ma babbo lo teneva stretto.

"Lasciami Vince', lasciami, l'ammazzo a 'sta puttana!!!"

Quella poverina era diventata di pietra, la mano sulla bocca e le guance rosse come il vestito che portava.

"Entra dentro!" le ha detto babbo, che non ce la faceva più a trattenere il suo amico impazzito di rabbia.

"Ma che vuole da me?!" ha chiesto lei tutta impaurita.

Ora che ce l'avevo davanti, si vedeva che era molto giovane. Da lontano sembrava più vecchia, invece doveva avere la stessa età della signorina Silvia. Ma era più bella di lei. Aveva i capelli lunghi e neri. Assomigliava a mamma, almeno per come me la ricordo.

"Ti ammazzo, puttana!" Vito ha caricato a testa bassa, come fanno i tori. Babbo è scivolato, però è riuscito a portarselo appresso e sono caduti a terra tutti e due.

"Entra, Cristo!!!"

E lei si è svegliata, è entrata di corsa nel palazzo e si è chiusa dentro.

Povero Vito, sembrava che l'aveva sbattuto in faccia a lui quel portone, ha fatto un verso stranissimo, tipo un cane che ha preso le botte e piange. Poi, dopo un po' che lo ripeteva, ho capito cosa stava dicendo...

"Perché... perché... perché..."

Non si agitava più, si lamentava solamente. Allora papà lo

ha abbracciato stretto stretto. Faceva pena anche a me il suo amico, così sfortunato. Che brutta cosa le malattie della testa, ho pensato, non ci sono cerotti per ripararle.

"Shhh... non così, Vito. Non così... calmati..."

Babbo gli ha preso il viso tra le mani, voleva essere sicuro che lo ascoltava.

"Non la devi cercare più, hai capito? Stai tranquillo, adesso ci penso io."

"Promettimelo che ci pensi tu, promettimelo," piagnucolava Vito. Stava proprio male, manco si accorgeva che gli colava il naso.

Babbo l'ha guardato dritto in faccia e gli ha detto: "Te lo prometto".

E nel dire questa cosa Vincenzo si è accorto che c'ero pure io lì. Anche a lui gli occhi erano diventati vecchi. Come se non mi vedeva veramente, come se era troppo lontano per vedermi.

25.

Dopo aver pianto un po', Vito era salito in macchina con noi e dopo una mezz'ora eravamo arrivati in questo paesino arroccato, fatto di case tutte bianche. Con uno così affianco, che non dice una parola e sospira, il viaggio era stato infinito.

Mentre io aspettavo in macchina, papà aveva bussato a un portoncino da cui era sbucata una donna molto anziana, tutta vestita di nero. Doveva essere la mamma di Vito perché se l'è preso sotto braccio e se l'è portato in casa. Tra i due, il più vecchio sembrava il figlio.

Quando papà è tornato in macchina, si è acceso una sigaretta e non diceva niente. Sembrava molto triste.

"Che cazzo..." mi è uscito.

"Mh..." ha risposto papà.

Poi ha tirato fuori la pistola e l'ha messa nel cassetto davanti a me. Io zitto, che volevi dire. Mi ha guardato di nuovo con gli occhi lontani, gli occhi da vecchio. Ha messo in moto e siamo partiti.

Siamo rimasti in silenzio un bel po'. Ogni tanto fissavo il cassetto: adesso c'era veramente una pistola dentro. Questa volta non l'aveva rifiutata come due giorni prima con Braccia Lunghe. Cosa era cambiato? Adesso un bambino di undici anni non bastava più?

"Ti posso fare una domanda... pa'?"

Non volevo farlo ripensare al povero Vito, però dovevo capire. Ha annuito.

"Ma tu che cosa gli hai promesso al tuo amico?"

Si è girato di scatto come se gli avevo dato un pizzico.

"Niente, l'ho detto solo per calmarlo..."

"Non è vero. Ieri hai detto che non mi prendevi più in giro. Perché non stiamo andando più a Bari?"

"Volevo andare a trovare i miei amici."

"Stavi con loro quando hai sparato al poliziotto?"

Mi ha guardato stupito: avevo collegato tutto.

"Chi è questo Ragioniere che dovete trovare?" ho insistito.

Niente, non parlava, pensava di poter stare sempre zitto.

"Io non c'ho più cinque anni, me le devi dire le cose adesso."

Ha tirato un sospirone e mi ha guardato sconsolato. "Hai ragione. Facciamo una cosa, adesso ci fermiamo a un autogrill e ti racconto tutto, va bene? A proposito, ti ricordi l'indirizzo di casa di zia?"

"Via Luca Giordano 27, scala B... perché?"

"Le mandiamo una cartolina, che dici? Sarà contenta... la scegli tu mentre io faccio benzina?"

L'idea mi piaceva tanto, sia la cartolina, sia che finalmente mi raccontava tutto quello che prima mamma e poi gli zii mi avevano sempre impedito di capire. Finalmente ero diventato grande.

C'ho messo un po' a decidere, alla fine ho preso una cartolina dove si vedeva una spiaggia attraverso un arco di roccia, come fosse una porta gigante.

Che faccio, la rubo? Meglio di no, ho pensato, non è che devo fare sempre tutto quello che fa lui.

Mi è venuta in mente la storia della guerra di Troia che la signorina Silvia ci ha raccontato quest'anno. Il personaggio che mi piaceva di più era Achille perché era il più forte di tutti, tipo Superman. L'unico problema che aveva era il tallone, se lo beccavi là era fregato. E infatti muore perché Paride lo colpisce proprio lì con una freccia. Però a me sembrava assurdo, perché una volta Emidio stava con i sandali di plastica e gli è entrato un chiodo nel piede e mica è morto. Così, quando ho detto alla signorina Silvia che era strano sia che era così invincibile, sia che aveva un punto così debole, lei ci ha spiegato che Achille era stato immerso da piccolo in un fiume che rendeva invulnerabili, lo Stige. Solo che la madre Teti lo aveva inzuppato tenendolo a testa in giù per un tallone, tipo biscotto nel latte a colazione. Per questo era ancora mortale, perché quel pezzettino era rimasto fuori e non si era bagnato. Però pure così mi sembrava impossibile. Cioè, doveva essere proprio sbadata questa mamma per scordarsi una cosa del genere. Allora ho preso l'enciclopedia di famiglia, quella che zio tiene in camera nostra, e mi sono andato a leggere tutta la storia. E ho scoperto una cosa che non sapeva nemmeno la signorina Silvia, che il vero scombinato era il padre di Achille! Questo signore si chiamava Peleo ed era uno che infilava un guaio appresso all'altro: aveva ucciso il fratello durante i giochi olimpici lanciandogli in testa il disco che allora era una pietra bella pesante. Per evitare la punizione se ne era dovuto scappare e si era rifugiato in un'altra città. Però pure lì, un giorno che stava a caccia, aveva colpito per sbaglio uno col giavellotto e l'aveva ammazzato. Non era miope 'sto Peleo, era proprio cecato. E poi c'era il guaio più grosso di tutti: era stato lui a fermare la moglie che stava per bagnare il tallone al figlio! Adesso si spiegava tutto: le mamme trovano il fiume magico per proteggerti e poi arrivano i papà a rovinare tutto. E per giunta Achille di cognome faceva il Pelide, cioè il figlio di Peleo, perché nell'antica Grecia per indicarti usavano il nome di tuo padre. Quindi la cartolina me la potevo pure rubare, ma non mi andava di essere il Vincenzide Salvo, Salvo figlio di Vincenzo, inarrestabile nel furto tranne quando lo beccano al tallone per una cartolina da cento lire. Quindi ho pagato e sono uscito.

Pensavo di trovare papà ad aspettarmi in macchina, ma tanto per cambiare non lo vedevo da nessuna parte. Non stava nemmeno vicino alla pompa di benzina, né al parcheggio di fronte. Forse era andato in bagno pure lui? Poi però ho visto la mia borsa sulle scalette che portavano al parcheggio. Mi sono avvicinato e sopra c'era poggiato Mercoledì.

E ho capito.

"La forza di gravità è una legge per cui le cose più sono pesanti, più si attraggono. E la cosa più pesante che c'è è la Terra, per questo ci stiamo tutti coi piedi sopra, sennò voleremmo nello spazio, tipo palloncini."

Così avevo risposto una settimana prima all'esame e le maestre si erano messe a ridere. Poi avevo raccontato dell'esperimento di Galileo, che aveva buttato un sasso e una piuma da una torre per vedere quale arrivava a terra per prima. Il sasso aveva vinto. Ecco, fino a un attimo prima svolazzavo nell'autogrill come una piuma, poi, appena ho visto Mercoledì poggiato sulla borsa, sono finito giù come un sasso e mi sono seduto sulle scalette, pure se era sporco.

Era per quello che c'aveva gli occhi vecchi, perché mi voleva abbandonare. L'aveva deciso mentre abbracciava il suo migliore amico che piangeva steso a terra. E poi quando gli avevo fatto tutte quelle domande, si era convinto che era meglio lasciarmi lì che rispondermi. Che ero ancora piccolo per sapere la verità. Mi veniva da piangere, solo che non volevo.

E adesso che facevo, telefonavo a zia e mi facevo venire a prendere? Stava a millemila chilometri. Poi ho visto la macchina della polizia. Sicuro li aveva visti anche lui e aveva pensato che potevo andare da loro come avevo fatto al primo autogrill. Sono rimasto fermo, col cavolo che facevo quello che voleva lui.

Ho preso in mano Mercoledì. Se ero più piccolo e ancora

scemo, potevo mettermi a parlare con lui: “Dimmelo tu, zoppetto, che ho fatto di male? Non dovevo fare domande? Io volevo solo sapere perché è tornato, se per me o per qualche altro motivo che sa solo lui. Ma soprattutto se gli sembro ancora suo figlio, anche se c’ho undici anni e non sono più piccoletto. Manco lui è uguale al babbo di prima, però che c’entra, ormai avevamo fatto pace. Cioè, non proprio pace, però parlavamo di un sacco di cose. Invece adesso è cambiato di nuovo tutto, lui si è messo gli occhi di vetro e non mi vede più, ma perché? Perché non può portarmi con lui? Rispondi, maledetto zoppetto!”.

Un grosso camion ha fatto un rumorissimo per spostarsi. E dietro c’era lui.

Seduto in macchina, la sigaretta accesa, mi guardava. Controllava che andavo dai poliziotti, così mi abbandonava tranquillo che non mi succedeva niente. Proprio un bravo papà. Più lo guardavo, più mi arrabbiavo, più stritolavo Mercoledì. Pure lui era diventato un brutto ricordo adesso. E mi è venuto da piangere. Ma non gliela potevo dare vinta, io non piangevo da almeno tre anni, dalla caviglia storta e dal topino morto di freddo. Allora ho abbassato la testa, che se mi uscivano le lacrime almeno nessuno le vedeva. E sono rimasto così per un sacco di tempo.

“Dimmi che ho fatto di male?! Faccio sempre quello che vuoi tu. Anche da piccolo facevo sempre quello che volevi tu. Allora sai che c’è, sono io che non ti voglio più vedere!” Però non aveva senso dirlo a zoppetto. Così ho rialzato la testa che glielo volevo gridare in faccia a papà, da una parte all’altra del parcheggio: pure io non c’ho bisogno di te!

Ma la macchina non c’era più.

Se n’era andato.

Finito.

Ho spezzato la gamba a Mercoledì. L’ultima rimasta.

Ora potevo piangere, lui non mi avrebbe visto. Mai più.

"Salvo..."

Ho alzato lo sguardo: la Maserati era ferma davanti a me.

Mi sono passato una mano sulle guance per asciugarmi le lacrime, ma in realtà non avevo pianto, mi ero fatto solo rosso rosso. Ero stato bravo.

Ho preso lo zaino e sono entrato in macchina. Ho lanciato Mercoledì sul cruscotto assieme alla sua gamba spezzata. Papà l'ha visto, non ha detto niente e siamo partiti.

26.

Il vento non esiste, è un'invenzione. Se stai fermo, non esiste. Se corri, esiste. Babbo stava correndo come un pazzo in autostrada, in macchina c'era vento dappertutto.

"Perché te ne sei andato?"

Doveva rispondermi. Ha rallentato un po'.

"Non me ne sono andato."

"Non adesso, quando stavamo con mamma."

Non se l'aspettava, ha frenato di colpo. Il vento è finito.

Piano piano ha accostato a destra.

"Ma io non volevo andare via, è che..."

"Mamma piangeva sempre dopo che te ne sei andato. E pure io."

Doveva saperlo. Non ce la facevo più a tenermi tutto dentro. Mi aveva lasciato da solo. Si è avvicinato per abbracciarmi, ma io non volevo, non era giusto. Poi però tutte le lacrime che avevo conservato per anni hanno deciso che era il momento di uscire fuori. Stavano là da troppo tempo, era impossibile fermarle. C'erano le lacrime di quando ho preso troppa velocità sulla discesa e ci siamo distrutti io e la bicicletta. Quelle di quando Gerardo il barista mi ha cacciato a calci dalla sala giochi dove rubacchiavo le partite. Erano tutte lacrime perse, dove lui non c'era né a insegnarmi, né a difendermi.

E poi c'erano le lacrime più antiche ancora, di quando mamma non voleva più alzarsi dal letto. C'era lei che guardava fuori dalla finestra e chissà cosa vedeva, la mia mano nella sua.

A quel punto lui mi ha preso.

E io mi sono fatto abbracciare.

Piangevo e pensavo che i bambini grandi non piangono. Voleva dire che ero ancora piccolo, come diceva lui.

"Non è stata colpa mia..." mi ha detto nell'orecchio.

Mi sono allontanato un po'. Volevo guardarlo in faccia, vedere se mi diceva ancora bugie, se aveva ancora gli occhi vecchi.

"E allora chi è stato?"

"Quella persona che stiamo cercando..."

Toc-toc.

C'era un poliziotto fuori dal finestrino, alle spalle di papà. E la luce blu della volante che si era fermata dietro la nostra macchina.

"Cosa stiamo facendo qua, fermi sulla corsia d'emergenza?" ha chiesto l'agente, con la stessa voce che fanno le maestre se non hai studiato.

"Niente, sto parlando con mio figlio."

Babbo era arrabbiato. E pure io. Perché non si facevano i fatti loro? Mi sono asciugato un po' le lacrime che mi vergognavo a farmi vedere così da un estraneo. Ma quello se n'è accorto lo stesso.

"Perché il bambino piange? È successo qualcosa?"

"Ma qual è il problema?" ha risposto babbo. C'aveva ragione a stare scocciato, ma è stato peggio: il poliziotto ha passato un dito sul parabrezza dove c'era la spaccatura.

"Lei non può circolare così. Patente e libretto. Scendete dalla macchina. Anche il bambino."

Poi si è girato verso il collega che aspettava in macchina.

"Petriccione, vieni a darmi una mano."

Mi sono voltato: l'altro poliziotto era sceso dalla volante e veniva verso di noi. Aveva la mano attaccata alla cinta, sulla pistola.

"Un momento," ha detto papà. Si è allungato verso il cassetto e l'ha aperto poco poco, giusto lo spazio per infilarci la mano. Ma io vedevo comunque quello che c'era dentro: la busta di plastica con i documenti e il libretto con i racconti sugli pneumatici, quelli che mi fanno dormire. E sopra la pistola di Vito. Papà ha afferrato i documenti.

"Apra il bagagliaio."

Lì è cambiato tutto. E solo io potevo vederlo, i poliziotti no: papà ha chiuso gli occhi un attimo e ha posato i documenti. Quando li ha riaperti impugnava la pistola.

"Scendi dalla macchina e sdraiati a terra," mi ha detto a bassissima voce.

Oddio, che voleva fare? Ho cominciato a tremare.

"Arrivano questi documenti?"

"Lo apriamo questo bagagliaio?"

Non ci davano tregua.

"Fai come ti dico, scendi dalla macchina e sdraiati a terra," mi ha bisbigliato papà. Era un ordine.

Gesù pensaci tu, ti prego, sennò...

Sennò ci penso io.

Ho chiuso gli occhi e sono sceso dalla macchina.

Ma non come voleva lui.

Sono saltato fuori e ho urlato con tutta la forza che avevo.

"Ma che volete da noi?!"

I due poliziotti sono rimasti di sasso: c'avevo le lacrime agli occhi.

"Ci hanno tirato una pietra sul vetro e mi sono messo paura!!! Ma che abbiamo fatto di male?!"

Mi sa che ero tutto rosso, perché il poliziotto ha cambiato subito faccia.

"Perché non ce l'ha detto subito?" ha chiesto a papà, adesso si sentiva un po' in colpa.

"Stavo per dirvelo." Papà mi guardava fisso e ha tirato fuori dal cassetto i documenti. Aveva posato la pistola.

"Non c'è bisogno, è tutto a posto... Piccolo, non ti preoccupare, risali in macchina... dove è successo?"

"L'hanno gettata dall'ultimo cavalcavia... ho sbandato, lui si è messo paura... che dovevo fare?"

"Certo, certo... volete fare la denuncia?"

"Guardi, prima ce ne andiamo..."

"Va bene, va bene... arrivederci..."

I poliziotti si sono allontanati e io sono risalito. Papà ha aspettato che la volante partisse, poi si è voltato verso di me. Io mi stavo strofinando gli occhi, mi bruciavano tanto. Dentro le lacrime c'è il sale, come nel mare. E sulle ferite fa male. Però adesso vedevo tutto chiaro: avevi ragione, papà, hai fatto bene a portarti dietro tuo figlio, se c'è Salvo i poliziotti ti lasciano andare. E tu non devi sparare a nessuno.

"Avevi ragione... sono meglio di una pistola."

Quella faccia non me la potrò mai dimenticare. Adesso sapeva che io sapevo.

Io lo guardavo dritto negli occhi.

Ha abbassato lo sguardo.

Ora era lui quello piccolo.

Dopo un po', quando ha rialzato la testa, aveva due occhi che non gli avevo mai visto prima. Non erano quelli vecchi, né quelli che aveva quando ero piccolo. Era come se lui era uguale a me adesso, che non c'erano più uno grande e uno piccolo.

"Mi dispiace," ha detto alla fine.

Ho tirato su col naso.

Io gli volevo bene lo stesso.

Ora era lui che mi doveva volere bene.

27.

"Sì, sì, sto bene zia, ci stiamo divertendo. Prima siamo andati..."

Che bello, ero al telefono con zia. Quest'inverno per la prima volta non l'avevo vista per una settimana intera, quando ero andato sulla neve con Fulvio e la famiglia, però lei mi chiamava tutte le sere per sapere se stavo bene e farsi raccontare cosa avevamo fatto. Adesso non era la stessa cosa, mica le potevo dire tutta la verità, sennò arrestavano di nuovo papà. Lui stava appoggiato alla macchina a fumare una sigaretta. Si stava pure pulendo gli stivali con un fazzolettino di carta, ci teneva proprio a quei cosi. Era stato lui a dirmi che potevo chiamare zia dopo che ci avevano fermato i poliziotti, ha capito che lei è come la mia mamma adesso. E niente, alla fine zia mi ha passato Emidio perché era lui che mi voleva dare la notizia. Ci siamo detti ciao ciao e sono uscito dalla cabina saltellando.

"Ho preso ottimo, ho preso ottimo!" e ho abbracciato papà. E lui pure a me.

"Bravo! Dobbiamo festeggiare allora! Dove vuoi andare?"

Sembrava veramente contento. Oppure era contento che io ero contento, che è quasi la stessa cosa.

"Al mare!"

"Eh, è uscito pure il sole... e stasera ce ne andiamo in un bel ristorante, va bene?"

"Niente vongole però, voglio le patatine fritte."

Era un po' come il mio compleanno, dovevo decidere io insomma. Mi erano piaciute le vongole, ma le patatine sono le patatine.

"Ok. Tieni, tocca a te offrire."

Mi ha dato le centomila lire di zia che mi aveva fregato, le aveva conservate. Un regalone, visto che erano già mie. Ma andava bene così, anche perché mi sa che erano gli ultimi soldi che avevamo. Stavo per infilarmele in tasca quando mi sono ricordato che c'era ancora sopra quella scritta. Ho preso la penna con l'orologio e l'ho cancellata. Papà mi ha fatto un bel sorriso. Stava andando di nuovo tutto bene. Meno male. Allora gliel'ho detto.

"Ho detto alla zia..."

Subito si è cominciato a preoccupare che chissà cosa le avevo raccontato.

"...che volevo rimanere un altro paio di giorni con te!"

Il sorriso che ha fatto era ancora più bello di quello di prima, come se pure lui aveva preso un ottimo.

Mezz'ora dopo dalla macchina ho visto il cartello "Benvenuti a Scarpelli", dove papà diceva che era pieno di spiagge bellissime. E infatti s'intravedevano un sacco di viottoli in mezzo alla pineta che portavano al mare.

"Guarda chi c'è!"

Le ho riconosciute pure io: erano Marica e Valentina che passeggiavano sul bordo della strada, con l'asciugamani da mare appoggiato su una spalla. Babbo ha accostato.

"Siete rimaste di nuovo a piedi?"

Sembravano contente di vederci.

"Ciao! È carino questo posto, avevi ragione," ha detto Valentina.

“Noi stiamo andando al mare, volete un passaggio?”

Si sono guardate un attimo e poi hanno detto insieme: “Ok”.

Mentre salivano in macchina ho fatto in tempo a dire a babbo: “Non glielo dire che ho preso ottimo… è un fatto mio”.

Papà ha annuito, ma non sembrava molto convinto. Zia mi dice sempre che sono troppo diffidente, che ci metto un sacco a dare confidenza alle persone. Però con quelle due non mi sbagliavo, perché prima di andare in spiaggia, siamo andati in un negozio di costumi e le ho sentite parlare nel camerino affianco al mio. Valentina era appena rientrata dopo aver fatto la smorfiosa con mio padre: “Che ne dici, non è che mi sta troppo stretto, non è che si vede troppo il…” e aveva fatto una giravolta per fargli vedere il sedere, mica il bikini che si stava provando. Quel cretino di babbo aveva abboccato come un mammalucco, “stai benissimo, sembri una modella”, non se ne accorgeva proprio che Valentina lo stava prendendo in giro. Infatti, non appena è rientrata nel camerino, lei e l’amica si sono messe a ridere.

“Mado’, che faccia che ha fatto, stava proprio con la lingua di fuori.”

“È carino, dai…”

“Sì, ma è troppo rozzo.”

“E allora perché glielo fai credere?”

“Io? Non sto facendo proprio niente.”

A fare il latin lover era pure scarso se Valentina aveva detto quella cosa su di lui, cioè che era rozzo. Io le avrei dato un calcio nel culo invece di guardarglielo. Invece ho fatto anche io una brutta figura, perché la tenda che ci separava stava un po’ scostata e nel riflesso del loro specchio ho visto Marica che si toglieva il reggiseno. Che zizze che aveva!

Anche Valentina era d’accordo: “Che invidia, continuano a crescerti,” le ha detto toccandogliene una.

"È il ciclo."
"Se, vabbè, ce le avessi io così."
Poi però Valentina mi ha intravisto nello specchio e anche se mi sono nascosto di corsa, ormai era troppo tardi, mi aveva sgamato. Ho sentito che ridacchiavano e poi hanno cominciato...
"Che belle tette grandi che hai, Marica..."
"Sì... toccami..."
Quelle due sceme lo facevano apposta per farmi sentire, allora sono uscito tutto scocciato dal camerino e ho detto a papà che il costume mi stava stretto e che non mi piaceva nemmeno.
"Vabbè, prenditelo lo stesso, sennò come te lo fai il bagno?"
"Ho detto che non mi piace!"
"E allora te lo fai in mutande!"
"Va bene!"
Mi è dispiaciuto che me l'ero presa con babbo, però era pure un po' colpa sua. Mi sono messo in un angolo ad aspettare e nessuno ha più pensato a me.
Nel frattempo ragionavo: certo che Marica ce le ha proprio enormi. Non era bellissima, perché aveva un naso molto grande ed era pure un po' chiattoncella, però mi piaceva più dell'altra, forse perché era più simpatica, non lo so. A volte, se una persona ti sta simpatica, ti piace di più di una che è bellissima.
Per esempio, con Maura era così, che scherzavamo sempre in classe e io mi ero innamorato di lei e pure lei di me. Solo che ero troppo timido per dirglielo e allora è stata lei a farlo per prima, alla pizza di compleanno di Carmine, che in quarta elementare era il mio compagno di banco. C'era tutta la classe attorno, Maura mi ha preso per la camicia, mi ha sbattuto contro il muro e mi ha chiesto: "Ti vuoi mettere con me, sì o no?". Tutti ci guardavano. Che potevo dire, ho rispo-

sto di sì, anche perché mi piaceva un sacco. E mi ha baciato. Proprio sulla bocca, che per me era la prima volta. Così ci siamo messi insieme, il che significava che Carmine ha cambiato posto e lei è venuta a sedersi vicino a me così ci potevamo tenere per mano e dare i baci quando nessuno ci vedeva. Uno al giorno sennò era peccato, avevamo fatto un patto con Gesù.

Siamo stati fidanzati due mesi e cinque giorni, poi però, dato che non andavo al doposcuola e lei invece sì, alla fine si è innamorata di uno della IV G con cui faceva i compiti il pomeriggio. Era proprio una fregatura non fare il doposcuola, però zia diceva che costava troppo. Comunque, quando Maura me l'ha detto, io ho risposto va bene, come se ero tranquillo proprio, invece stavo malissimo. Sognavo di avere degli scarponi supertecnologici con degli ammortizzatori potentissimi per saltare il cancello della sua villa, entrare nella sua stanza, svegliarla e dirle quanto le volevo bene, così lei si faceva portare via, sempre saltando. Per fortuna è venuta l'estate e non ci ho pensato più.

Poi però, il primo giorno di quinta, stavo lo stesso tutto emozionato che la rivedevo: le avrei raccontato del viaggio con Emidio e gli zii, che eravamo arrivati in macchina fino a Capo Nord, che faceva notte tardissimo, che c'erano dei laghi che sembravano specchi e tutte le altre cose che avevo visto. E già m'immaginavo lei che stava lì incantata ad ascoltarmi. Invece Maura aveva cambiato scuola: si era trasferita perché il papà doveva andare a lavorare in un'altra città e al posto suo adesso c'era Alfonso, il ripetente.

Mi giravo per vedere lei e invece c'era lui: "puttana-cazzo-zoccola-domani porto una bomba in classe". Aveva quasi dodici anni e gli erano già spuntati i baffetti, in classe era l'unico. Poteva pure cominciare a tagliarseli come fanno i grandi, invece se li teneva così, che sembrava un pesce gatto. All'inizio mi diceva tutto quello che gli veniva in mente ed era sempre arrabbiato per qualcosa. Io rispondevo sempre “sì, sì, hai ragione tu”, che altro potevo fare? Poi però si è accorto che non lo stavo a sentire veramente e che, pure se la maestra ci aveva messo vicini per farci diventare amici, era impossibile. E abbiamo cominciato a fare finta di niente, ciao ciao ogni mattina e basta. Mi sa che c’era rimasto male, come se l’avevo bocciato pure io.

Siamo andati avanti così per un po’, fino a quando un giorno mi ha detto: “Ti faccio vedere una cosa, non lo dire a nessuno” e ha tirato fuori una foto: era la donna più bella del mondo, lo giuro. Aveva i capelli biondi e lunghi. E aveva solo il reggiseno e le mutandine nere.

“Ma dove l’hai presa?”

“L’ho ritagliata da un giornale di mia mamma. La vuoi? Tanto io ce ne ho un sacco.”

È così che è cominciato tutto.

Le riviste di zia le facevo praticamente a pezzi, tagliavo tutte le pubblicità che c’erano. Usavo solo quelle da buttare che lasciava sulla lavatrice del bagno piccolo, così non mi scopriva. Poi salivo sul pulmino della scuola e le facevo vedere agli altri. Nessuno se ne accorgeva, le bambine pensavano che erano figurine dei calciatori. Un po’ alla volta tutti hanno cominciato a ritagliare ed è partito il traffico di foto. Ormai non parlavamo d’altro, praticamente andavamo a scuola solo per quello. E tutti le portavano da me perché ero io che avevo inventato il gioco e decidevo il prezzo per scambiarle: questa che ha le mutandine più trasparenti che s’intravedono i peli vale tre foto, questa con i seni grandi almeno cinque. Ognuno c’aveva la sua preferita che non faceva vedere a nessuno, o al massimo al migliore amico e solo per un attimo. Come una fidanzata. La mia si chiamava Perla, ma non gliel’avevo dato io il nome, c’era scritto sotto la foto. Ci ho messo un po’ a capire che era la marca del reggiseno, ero troppo distratto da quello che conteneva.

E poi, come tutte le cose belle, anche quella è finita, il giorno che la signorina Silvia si è avvicinata al mio banco e ha detto che doveva controllare una cosa nella mia cartella. Non ci ha messo niente a trovare la mia mazzetta di figurine non di calciatori, erano almeno trenta.

"Cosa sono queste?" ha detto tenendole in alto, così tutti potevano vederle.

Mi sono fatto rosso rosso perché si erano girati tutti verso di me. I maschi erano contenti che era toccato a me prendermi la colpa, san Salvo si era sacrificato per togliere i loro peccati. Le femmine invece c'avevano la faccia come quando bevi la limonata dove si sono scordati di metterci lo zucchero: bleah! Per fortuna quel giorno Noemi era assente, sennò mi sarei crocifisso da solo sopra la lavagna, affianco a Gesù. Anche se ero sicuro che suo cugino Tommaso gliel'avrebbe detto, come se non avesse pure lui la sua mazzetta nascosta in cartella. Magari era stato proprio lui a fare la spia, per farmi fare brutta figura visto che ci schifiamo. E infatti, nel giro di pochi giorni, a scuola lo sapevano tutti. All'uscita e all'entrata, quando stavamo in fila per due, c'era sempre qualcuno che mormorava all'orecchio di qualcun altro indicandomi. Ero diventato famoso, però non proprio nel modo che volevo io.

Un giorno mi si è avvicinato uno e mi ha detto: "Sei tu Salvo di V B? Ti do cinquecento lire se mi vendi la 'Perla'". Per fortuna quelle sequestrate dalla maestra erano solo scartini, le foto migliori ce le avevo a casa dentro un libro, una per pagina, mentre a lei la tengo ancora nascosta dietro al cassetto del comò. L'avevo fatta vedere solo a Fulvio una volta e non se l'era scordata più. Per forza, aveva proprio delle super-tette. Non aveva prezzo, manco per diecimila lire l'avrei venduta. Ed è stato con lei che è successo. Stavo steso sul letto a pancia sotto, con la testa che sporgeva fuori. Avevo poggiato la foto per terra così se entrava zia ero pronto a nasconderla sotto il letto per non farmi scoprire. Ho cominciato a strusciarmi contro il materasso e alla fine ho provato una sensazione incredibile. Non ci potevo credere, mi sembrava che ero caduto dal letto, girava tutto. Quando ho detto alla banda dei ritagliatori che avevo fatto l'amore con la Perla, nessuno mi credeva, solo Alfonso già sapeva cosa mi era successo, diceva che mi ero fatto una "pippa". Insomma, in breve tempo in classe si è sparsa la voce e ci sono riusciti tutti. A Peppe è capitato mentre si strofinava su una colonna al centro del salotto di casa sua, a Dario con un armadio a due ante. Poi un giorno a scuola è arrivato Matteo, stavamo in palestra e ci ha detto che il figlio del portiere del palazzo dove abitava un suo cugino di terzo grado gli aveva detto che ognuno di noi aveva a disposizione massimo cento pippe nella vita. Si è scatenato il panico. Tutti a farsi i conti: io sto a trentatré, olé! Porca miseria sto già a cinquantasette, me ne rimangono meno della metà! Sto a ottantaquattro, la prossima aspetto il compleanno, non le posso sprecare! Ma il più disperato di tutti era Carmine che diceva che stava già a centotrentatré! Era così cretino che non si rendeva conto che quello che aveva detto ci aveva salvato tutti. Vabbè, comunque tutta questa storia era per dire che non ci posso fare niente se guardo i seni di Marica e ci rimango secco. Non erano grandi come quella della mia Perla però erano veri, che uno li poteva pure toccare insomma.

Infatti, quando è uscita dal camerino, stavo con la testa bassa in un angolo e cercavo di non guardarla. A volte ho paura che la gente capisce quello che penso, tipo che compare un fumetto di fianco alla testa che tutti possono leggere. In quel caso c'era scritto: "Wow che super-tette, ti posso fare popi-popi?", che è il suono che faceva Emidio con la bocca quando toccava il seno a una ragazza prima di scappare. Io non c'ho mai avuto il coraggio.

Mentre papà contava gli spiccioli che teneva in tasca per comprarsi il costume, quella scema coi capelli blu mi ha notato nell'angolo.

"Piccolo, come mai non prendi niente?"

Lo sapeva benissimo perché. E poi sarà stata la quindicesima volta che mi chiamava piccolo da quando le avevamo incontrate. Era proprio antipatica Valentina. E pure piatta.

"Io aspetto in macchina," e me ne sono andato.

Era dura combattere da solo, con Vincenzino prigioniero del nemico e che manco se ne accorgeva. Pure dopo, in spiaggia, erano sempre loro che gli lanciavano l'osso e lui a corrergli dietro con la lingua penzoloni. Tra l'altro non c'è cosa più sbagliata che fare il cane ammaestrato se vuoi piacere a qualcuno, penso io. Se proprio devi imitare un animale, allora fai il gabbiano, come mi ha insegnato Alfonso.

La prima volta che gliel'ho visto fare è stato alla festa di compleanno di Fabiana, a inizio anno. Se ne stava rintanato in un angolo, senza parlare con nessuno. Ho pensato che, poverino, non c'aveva ancora confidenza con gli altri di classe perché era ripetente, solo un po' con me perché ero il suo compagno di banco. Allora mi sono avvicinato, mi dispiaceva che stava da solo.

"Vuoi un po' di Coca?" e ho indicato il gruppo di maschi che stavano attorno al tavolo a scolarsi la Coca-Cola ora che non c'erano più genitori in giro.

Lui mi ha guardato storto come se l'avevo interrotto e mi ha fatto pure segno di allontanarmi tutto infastidito. A quel punto l'ho mollato lì, non ci potevo fare niente se sapeva dire solo puttana-zoccola-troia. Non avevo capito niente. A un certo punto Antonella e Barbara si sono avvicinate a lui e gli sono rimaste appiccicate tutta la sera. Il giorno dopo in classe mi ha spiegato che in realtà stava facendo "il gabbiano". Gliel'aveva detto un suo cugino grande: se vuoi acchiappare alle feste, mettiti in un angolo e guarda fisso avanti come se scrutassi l'orizzonte, come fanno i gabbiani sugli scogli. Vedrai che le femmine arrivano.

Da allora ogni tanto lo faccio pure io, ma non è che mi devo sforzare molto visto che sono già timido di mio. Però solo se non c'è già Alfonso appollaiato sullo scoglio, perché il gabbiano deve essere elegante nella sua solitudine, sennò sembriamo due cornacchie sfigate. Certo, sempre meglio che sembrare un pappagallo come mio padre, che non la smetteva di ripetere quello che dicevano loro.

"L'estate scorsa siamo andate in Cilento, bellissime spiagge."

"Ah, quindi l'anno scorso siete andate in Cilento?"

Certo che sono andate in Cilento, te l'hanno appena detto. E niente, a furia di fare così è successo l'inevitabile: babbo è passato dal mondo animale a quello minerale, da pappagallo a Vincenzino Zerbino.

"Allora, ho qui un ghiacciolo, un cono-palla al cioccolato e il Maxi-stecco per Salvo," ha detto quando è tornato dal bar.

"Ah, non mi hai sentito, ho cambiato idea, mi va più una birra," ha risposto Valentina frusciandosi con un ventaglio.

"Vabbè, vado a vedere se me lo cambiano", e subito è corso indietro.

Subito.

Alfonso avrebbe detto zoccola-puttana-cazzo e poi gliel'avrebbe ficcato in un occhio il cono-palla. Fare lo zerbino è vietato proprio, c'è la maledizione sugli zerbini. E infatti, non appena babbo si è allontanato, Valentina si è fatta una risatina con l'amica. Marica si è accorta che le avevo sgamate e ha cercato di metterci una pezza, ma ha fatto peggio.

"Tuo padre è proprio gentile, sai?"

Meglio non rispondere.

"Salvo, ti vuoi fare il bagno con me e Marica?"

Era Valentina, che voleva adesso da me?

"Non ti devi preoccupare del costume. Tu sei piccolo, te lo puoi fare col pisellino di fuori," ha detto quella scema.

A babbo lo sfotteva alle spalle, a me non c'era bisogno, me lo faceva davanti.

A quel punto mi sono alzato sennò partivo come quei cani che spalano all'indietro una tonnellata di sabbia quando scavano il buco per l'osso e ce la seppellivo su quella spiaggia. Fine. Poi ci appizzavo una croce sopra con su scritto: "Qui giace Valentina, che osò prendere in giro il grande Salvo. O sfrontate ragazze, che questa duna vi sia di monito".

Sono andato in riva al mare, ho scelto un po' di sassi piatti e mi sono messo a tirarli. Uno due tre rimbalzi sul pelo dell'acqua. Ho visto Zerbino che tornava con due birre, una per Valentina e una per lui. Marica invece aveva finito il ghiacciolo e mi ha raggiunto sul bagnasciuga.

"Non mi schizzare", ma io non ci pensavo proprio. "Senti… quanti anni ha tuo padre?"

Ha fatto un paio di passi in acqua e le sono venuti i brividi per il freddo, era proprio difficile non guardarla ora che avanzava sulle punte dei piedi con il petto in fuori. Allora mi sono girato verso la spiaggia: c'era Valentina che si era slacciata il reggiseno per farsi spalmare la crema sulla schiena da papà. E lui zitto e muto a obbedire. Orrore.

"Non mi hai sentito?"

"Eh? Trentatré… mi pare…"

"Ti pare? E che lavoro fa?"

"Porta la droga in macchina" non andava bene. "Prima sparava ai poliziotti" nemmeno. Forse "M'insegna a rubare" poteva andare.

"Manco questo sai? Ma sei sicuro che è tuo padre?"

"C'ha le macchine… vende le macchine."

"Ah, avete una concessionaria?"

"Sì."

Il padre di Tommaso vende le macchine. Dev'essere un buon lavoro, lui a scuola ha sempre felpe che costano un sacco e cambia cartella ogni anno. Una volta ha fatto una festa di compleanno a casa sua e c'era pure un animatore che cantava delle canzoni divertentissime. Sì, andava bene fare il concessionario.

Nel frattempo si era avvicinata pure Valentina, manco me n'ero accorto. Si è accostata all'orecchio di Marica per dirle qualcosa di nascosto, però io ho sentito benissimo.

"Ma lo sai che sei bellissima?"

Aveva fatto la voce di un uomo, molto profonda. Stava imitando mio padre. Come fosse una specie di gorilla.

"Smettila," le diceva Marica, ma io avevo già sentito. Poi mi hanno guardato e sono state zitte, come succede a scuola quando la maestra cerca di capire chi sta ridendo, ti guarda e allora ti viene ancora più da ridere. Solo che la maestra ero io. Mi sono allontanato subito, mi stava venendo il nervoso. Mi sono buttato a pancia sotto affianco al gorilla che beveva birra e fumava. Così andava bene, con la bocca tappata da bottiglia o sigaretta. Ma tanto ormai era troppo tardi, Valentina aveva vinto.

"Che è 'sta faccia?"

"Niente."

"Dici?"

"Niente... mi stanno antipatiche... mi prendono in giro."

"Pure a te?"

Mi sono girato e lui mi ha fatto l'occhiolino: allora se n'era accorto!

"Secondo me si meritano un bello scherzo, che dici?"

Appena ha detto scherzo, ho capito che cosa intendeva. Anche se l'ultimo con don Antonio, il custode, non era andato molto bene, quelle due se lo meritavano, eccome! Ci ho pensato un secondo e poi ho detto di sì, anche se mi stava venendo la tremarella: Marica e Valentina stavano proprio a pochi metri da noi.

"Ok, alzati e mettiti davanti a me."

Ho fatto come mi diceva, papà ha preso la borsa delle ragazze e ha tirato fuori il portafogli. L'ha aperto e ha cominciato a prendere un po' di soldi alla volta.

"Allora, questi sono per il cambio ruota... poi ci stanno le birre, il gelato... il passaggio in macchina lo devono pagare, no?"

Ha rimesso dentro il portafogli e ha trovato un orologio. Io ero proprio contento, ben gli stava a quelle due.

"Ti piace quest'orologio?"

"Carino... ma è da femmina."

"Hai ragione, ma è un Cartier... lo possiamo sempre regalare a qualcuno che ci piace di più, no?"

Babbo si è infilato tutto in tasca, poi ha risistemato la borsa come se niente fosse. Si è alzato in piedi e ha gridato verso Marica e Valentina.

"Accompagno il 'piccolo' in bagno!"

Quelle due sceme hanno pure salutato. Io c'avevo il cuore che mi batteva forte, babbo mi ha preso per mano e mi ha portato verso il bar. Appena siamo scomparsi alla loro vista, abbiamo cominciato a correre verso la scalinata che portava al parcheggio. Rubare è proprio forte, ma la cosa più bella ancora è scappare dopo, che sali le scale a due a due per la paura di essere beccato. Solo quando siamo saltati in macchina mi sono sentito al sicuro, ho pensato a Lupin in fuga e all'ispettore Zenigata che si mangia il cappello.

"Quale ti piaceva delle due?" mi ha chiesto papà mettendo in moto.

"Nessuna... Marica era meno antipatica," ho risposto, e giuro che non stavo pensando a quello che avevo visto in camerino.

"Sì, eh? Era meglio l'altra... è sempre meglio l'altra."

E siamo partiti. Questa volta lo scherzo era riuscito proprio bene.

28.

La stradina era fatta di terra rossa, dal lato del mare c'erano le canne lunghe e gialle, e dall'altro i pini altissimi. Papà diceva che l'ultima estate, quando lo avevano arrestato, eravamo venuti in vacanza qui, ma anche se mi ero sforzato di ricordarlo nel tema che mi aveva fatto avere la coccarda, non mi pareva di esserci mai stato. Poi abbiamo fatto una curva e d'improvviso ho visto l'isolotto in mezzo al mare. Mamma mia, quanto tempo era passato! Stavamo veramente a Marina.

"Ti faccio vedere un tuffo a capriola, che dici?"

"Si dice salto mortale."

"Speriamo di no..."

"Cosa?"

"Che non sia mortale..." e mi ha sorriso.

Siamo arrivati fino alla scogliera, saltando su rocce che sembravano fatte di cemento e pietruzze, quelle che se cadi ti fai proprio male.

"Qua venivamo da piccoli a tuffarci. Lo chiamavamo il 'Picco della morte'. Veramente, ogni volta che scoprivamo un posto da dove buttarci diventava anche quello il Picco della morte. Questo è il più vecchio, l'originale diciamo," ha detto papà.

Mi faceva strano pensare a lui come un bambino, cioè come uno della mia età. Però era vero, pure lui era stato un bambino, per la precisione Vincenzino Passaguai.

Arrivati in cima alla scogliera, abbiamo posato gli asciugamani e mi sono affacciato per vedere giù: l'acqua sembrava abbastanza profonda per tuffarsi. Una volta mi sono buttato in una piscina che non conoscevo e ho fatto un carpiato, cioè quando ti pieghi in aria a novanta gradi e vai giù dritto, in verticale. Avevo gli occhialini quindi non c'ho fatto proprio caso che mi stavo tuffando dal lato dove l'acqua era bassa, un metro e poco più. Mi sono spaccato il labbro sbattendo col muso sul fondale. Lì quel problema non c'era, però cavolo, era altissimo.

"Ma quanto è alto?"

Papà ha fatto un passo avanti e si è messo su una specie di pedana che sembrava scavata dai piedi di tutti quelli che si erano tuffati da lì.

"E quanto sarà? Otto-nove metri," ha detto buttando giù un occhio. "Me lo ricordavo più basso... non ti aspettare chissà che, è una vita che non mi butto, vediamo che ne esce."

"Ma non c'hai più paura adesso?" Quasi ci speravo, così poi non toccava a me.

"E perché? In macchina era diverso, se sbagliavo finivamo giù tutti e due, qua mi stroppio solo io."

Mi sembrava una cosa bella questa che aveva detto, che si preoccupava per me e non per lui.

Ha fatto tutta una serie di strani movimenti per sgranchirsi, fletteva una gamba alla volta e agitava i gomiti in aria, tipo fenicottero che ha preso la scossa. Poi mi ha fatto l'occhiolino e si è lanciato, senza pensarci un attimo. Era un volo dell'angelo, senza figure, con le braccia che partono larghe e poi si uniscono lentamente fino all'impatto con l'acqua che deve essere in verticale perfetta per alzare meno schizzi possibile. Questo, in teoria. In pratica ha preso una super panzata. Voto zero e palettata in testa dal giudice, avrebbe detto mister Klaus. Però si era lanciato.

"Mamma, che panzata... buttati dai, fammi vedere tu adesso," ha gridato quando è sbucato fuori dall'acqua. Era tutto rosso, pure in faccia. Non mi sono nemmeno messo in posizione: avevo paura che mi veniva di nuovo la tremarella e finivo in ginocchio come sulla piattaforma da dieci metri.

"Non lo so... non ancora."

"Vabbè dai, mo risalgo e ci buttiamo insieme, ok?"

Si è infilato in una grotta che stava proprio sotto il picco, da cui ci si poteva arrampicare. Io mi sono seduto e niente, ho preso Mercoledì in mano e gli ho allargato le braccia, come un tuffatore pronto al salto. Se buttavo lui, non si faceva niente. Io invece... boh.

Quando papà è arrivato su, mi ha trovato ancora seduto, manco ci provavo a guardare giù.

"Su, dai, che ci vuole!" e ha cercato di prendermi la mano, ma io l'ho ritirata.

"Mi metto paura..."

Anche se era brutto dirlo, mi sentivo meglio ora che gliel'avevo detto.

"Guarda che più aspetti e meno ti butti."

Quello lo sapevo già, era inutile che me lo diceva, lo sanno tutti quelli che si tuffano. Almeno mi poteva lasciare in pace però, gliel'avevo detto che non me la sentivo.

"Non lo so, voglio stare ancora un po' qua."

Si è tuffato di nuovo, poi mi ha chiamato da giù e io non mi sono nemmeno affacciato per rispondergli sennò insisteva di nuovo. Quando è risalito, era tutto contento.

"Hai visto? Il secondo tuffo mi è venuto già meglio, basta lanciarsi la prima volta, poi si riprende subito confidenza."

La faceva facile lui. Forse pensava che dicendomi così mi passava la paura. Invece era peggio, perché mi sentivo ancora più incapace.

Si è messo di nuovo sulla punta e ha detto: “Capriola? Che dici, la proviamo?”.

Tu la provi, io che c’entro?

Ho fatto una faccia come per dire che non gli credevo, invece lui si è buttato subito. Ho fatto uno scatto in avanti per guardare giù e... cacchio, l’aveva fatta veramente!

“Hai visto?” mi ha chiesto tutto esaltato quando è riemerso.

Certo che avevo visto, era venuta una mezza schifezza. Però non ci aveva pensato un attimo a lanciarsi.

“Non è che devi fare per forza come ho fatto io... buttati a candela.”

A candela mai. Uno può pure entrare in acqua di piedi, ma almeno dopo un salto mortale con avvitamento.

“Vabbè dai, allora risalgo.”

Da lontano, vicino all’isolotto, c’era un pedalò. Quelli che stavano sopra si erano fermati tutti a guardarci e adesso aspettavano un altro tuffo del campione.

Mi sono abbassato per non farmi vedere.

Siamo rimasti lì fino al tramonto, babbo avrà fatto almeno dieci tuffi, io nemmeno uno.

Ogni volta migliorava un po’ tranne l’ultimo, quando ha riprovato a fare la capriola. Ha girato troppo ed è entrato quasi di schiena, un altro po’ e si spezzava in due. Quella è la mia paura: perdere il controllo e sfasciarmi nell’impatto.

“Devi sentire l’altezza,” dice sempre mister Klaus.

Per lui è un calcolo matematico, lo chiama il tempo di caduta. Devi sempre tenerlo a mente, così se stai cadendo male, dai un colpo di reni e aggiusti tutto.

Quando è risalito dopo la mezza schienata, babbo si è asciugato, segno che se ne voleva andare.

“Ormai sono stanco, rischio di farmi male.”

Io sentivo che mi parlava, ma continuavo a guardare giù.

Adesso che voleva andare via, speravo che mi veniva il coraggio. Ma niente, non arrivava.

"In macchina hai detto che ogni tanto ti tuffi..."

Forse pensava che gli avevo detto una bugia. Ci mancava solo che gli facevo pena. Ma sono stato zitto perché come ho detto non mi andava di raccontargli tutti i tuffi che avevo fatto in quegli anni. Soprattutto l'ultimo, quello che non avevo avuto il coraggio di fare.

"Vabbè dai, è tardi... mi fai vedere un'altra volta..." e si è messo a raccogliere le nostre cose.

Che brutto, perdere senza nemmeno gareggiare. Avevo la testa pesante, come quando ci si è appena svegliati e dondola tutto. E dondolava pure il fondale: con i suoi mille riflessi sotto le onde luccicanti, mi stava ipnotizzando, voleva farmi cadere. Mi sono tirato su prima di piombarci dentro, papà aveva appena raccolto Mercoledì.

"Tieni, il tuo robottino... eh!"

L'ha lanciato oltre me, verso il mare. L'ho seguito con gli occhi mentre volava, con la paura che finiva di sotto, ma in aria non c'era. Ho abbassato lo sguardo, ce l'aveva ancora in mano. Mi aveva fatto fesso e sorrideva tutto contento di esserci riuscito. Bello scherzo cretino. Se cadeva chi lo recuperava più? Era normale che mi fossi impressionato.

"Tieni, su, andiamo." Me l'ha lanciato giusto e io l'ho afferrato. "Magari la prossima volta ci riesci..."

Mi ha guardato con la faccia stanca dei suoi dieci tuffi di testa più due capriole. E io mi sono visto con quel robottino in mano, manco avessi cinque anni. Mi sono fatto pena da solo e c'avevo ragione. Ho guardato Mercoledì, come se era tutta colpa sua: era lui che si era fatto buttare da zia e non mi aveva più accompagnato in piscina, così mi era venuta la paura. Ma non poteva essere così, quello era solo un pezzo di plastica. Però l'avevo trovato il giorno che si erano portati via papà, per questo mi ci ero affezionato. E a me nessuno mi veniva a vedere quando facevo i tuffi, solo lui. Babbo se ne stava lì ad aspettare. Te lo faccio vedere io quello che ti sei perso, ho pensato.

E ho lanciato Mercoledì alle mie spalle.

Babbo c'è rimasto secco.

"Ma che hai fatto?!"

Dopo due secondi e mezzo ho sentito plof. Uno, due, due e mezzo, plof. Leggero come un robottino di plastica. Me lo immaginavo che cominciava ad affondare, sempre più giù.

Sono io che ti vengo a salvare adesso, non tu che mi accompagni dappertutto.

E per farlo dovevo calcolare tutto. Io sono molto più pesante, se mi lanciassi avrei soltanto un secondo e qualcosa prima di entrare in acqua. Ho chiuso gli occhi e mi sono visto: salto all'indietro, avvitamento, raccoglimento, rotazione, una, due volte, allineamento e immersione. Ce la potevo fare, anche se non l'avevo mai fatto da quell'altezza. E quindi a quella velocità di caduta. Però i calcoli erano precisi, ero sicuro. E d'improvviso la paura ha cominciato a congelarsi. Sembrava che mi ero bevuto un bicchiere di acqua gelida e il freddo mi scorreva nelle vene risvegliando tutto quello che toccava, braccia, gambe, petto, schiena e testa.

Se finisce giù, chi lo recupera più là sotto?

Io.

Perché tuffarsi è come morire.

E io sono un tuffatore.

Come caspita prudevano quei morsi di zanzara, mannaggia.

"Pa', guarda quante bolle!"

C'avevo i piedi pieni di puntini rossi.

"Sono gli insetti degli scogli, sei stato un'ora lì seduto ad aspettare... adesso con l'acqua del mare bruciano."

"Più mi gratto e più mi prudono."

"E non ti grattare allora."

"Non ci riesco..."

Forse c'aveva ragione mister Klaus: ti devi fare male per fare le cose bene. Solo che lui non immaginava mica quelle bestiacce quando l'aveva detto.

"Ben ti sta, la prossima volta ti butti prima." Però non me l'aveva detto con cattiveria, ci aveva aggiunto una carezza in testa.

"Tu non c'hai mai avuto paura?" gli ho chiesto.

"Come no, sai quante volte me ne sono tornato a casa con i piedi pieni di bolle? Per questo, o mi butto subito o non mi butto proprio."

Ho pensato alla prima volta che mi ero tuffato: papà mi aveva preso in braccio e mi aveva buttato in acqua da uno scoglio di due metri. E così, un po' alla volta, ho cominciato a parlare. Gli ho raccontato di tutti gli anni che avevo passato ad allenarmi, delle medaglie che avevo vinto, che la prima volta alle Regionali ero arrivato ultimo e l'anno dopo primo. E poi di quando mi ero bloccato sulla piattaforma e avevo smesso di andare in piscina. Di Mercoledì chiuso nella borsa no, di quello mi vergognavo, mi sembrava una cosa troppo da bambini. Chissà se pure lui c'aveva un portafortuna da piccolo. È stato tutto il tempo ad ascoltarmi in silenzio, gli doveva sembrare proprio strano che avevo fatto tutte quelle cose mentre lui non c'era.

"È bravo il tuo istruttore, eh?"

"Sì... da giovane è pure arrivato secondo agli Europei."

L'ho detto così, senza pensarci, poi però mi è venuto in mente che forse gli dispiaceva che non c'era stato più lui a insegnarmi.

"Si vede che è un campione perché tu sei molto bravo, non me l'aspettavo un tuffo così."

Non sapevo cosa rispondere perché quando mi fanno i complimenti mi imbarazzo sempre. E allora devo trovare per forza una cosa che non va bene. Solo che questa volta era vera ed era proprio grave.

"Però ho fatto una cosa che non dovevo fare."

"Cioè?"

"Ho chiuso gli occhi."

Pensavo di aver confessato la colpa più tremenda possibile per un tuffatore.

"E che c'è di male?"

"Il mister dice che non lo dobbiamo fare mai, che è scorretto. Però se non chiudevo gli occhi mi sa che non mi buttavo."

"Appunto, l'importante è che ti sei buttato. Sarà pure bravo il tuo istruttore, ma si vede che non si è mai tuffato dal Picco della morte. Dal Picco tutto è permesso, anche chiudere gli occhi." E mi ha sorriso. Certo, se avesse continuato lui ad allenarmi magari non vincevo nessuna medaglia, però mi divertivo molto di più secondo me.

Si è avvicinato e mi ha messo un braccio intorno alle spalle, gli piaceva che lo stavo ad ascoltare come una volta, che mi dava consigli e mi spiegava le cose.

"Quando ti butti devi solo pensare una cosa."

"Tuffarsi è come morire?"

Babbo mi ha guardato come se fossi un pazzo. Mica lo sapeva che il pazzo era mister Klaus, per tutte le volte che ce l'aveva fatto ripetere in coro.

"Che è 'sta stronzata? Scusa, volevo dire cazzata."

Sono scoppiato a ridere, era bello sentire le parolacce dette da lui.

"È una cosa che dice sempre il nostro istruttore. Significa che dobbiamo affrontare il salto come se stessimo per..."

Babbo si è messo a ridere.

"Mamma mia, come è pesante questo tuo istruttore. No, tu quello che devi pensare è soltanto una cosa: che tu non stai ca-den-do", e l'ha scandito come facciamo a scuola quando dividiamo le parole in sillabe, "ti stai *tuffando.*"

Si è alzato in piedi e si è messo l'asciugamano in vita per togliersi il costume. Mica l'avevo capito cosa intendeva. Ho pensato che tutti gli istruttori dicono cose che nessuno capisce, deve essere per colpa di tutti i tuffi di testa che hanno fatto. Comunque mi ha visto imbambolato a scervellarmi e mi ha spiegato meglio. Sempre a modo suo, però.

"Perché devi pensare che puoi cadere e farti male? Pensa che stai facendo una cosa che sai fare, pensa che ti stai semplicemente tuffando. E vedrai che la paura ti passa. Anzi, a un certo punto ti scatta qualcosa nella testa, e come per magia ti senti indistruttibile."

"Io indistruttibile?! E come faccio?" mi sembrava impossibile.

"Be', potresti iniziare a farti qualche muscoletto in più", e mi ha sorriso, "e comunque l'hai già fatto prima e manco te ne sei accorto. A un certo punto hai cambiato faccia, non avevi più paura. Questo significa sentirsi indistruttibili. E infatti hai fatto un vero capolavoro. Almeno credo, perché a quei livelli io non mi ci sono mai nemmeno avvicinato e magari non so giudicare."

Mica me n'ero accorto che ero diventato indistruttibile. Però era vero che a un certo punto non avevo più pensato che mi potevo fare male. E il tuffo era venuto bene pure secondo me. Praticamente mi stava dicendo il contrario di quello che ci aveva sempre insegnato mister Klaus, che dobbiamo avere paura di farci male per diventare bravi. Boh, chissà chi dei due aveva ragione. Ho fatto segno di sì, che avevo capito, anche se non ero molto convinto.

"Con le rapine era uguale", e si è acceso una sigaretta, "più o meno."

Non me l'aspettavo quella cosa e mi sa che nemmeno lui era sicuro di aver fatto bene a dirmela, come se gli era scappata. E infatti mi guardava in un modo che mi ha fatto pensare alla prima comunione, quando mi sono confessato per la prima volta in vita mia. A un certo punto, dopo aver ammesso tre parolacce e cinque disobbedienze agli zii, ho dovuto dire "atti impuri", sperando che il prete non mi chiedesse quante volte, ma che apprezzasse lo sforzo che avevo già fatto a pronunciare quelle due parole. Per questo non ho fatto più domande a papà, mi sono fatto bastare quello che mi aveva detto. Così sono ritornato a occuparmi di quei caspita di puntini rossi, che a furia di strofinarli stavano sanguinando.

A un certo punto papà se n'è accorto.

"Ma che hai combinato? Vai, alzati, su... Balla, così non ti gratti più."

Ha alzato il volume della radio, c'era una canzone tutta strana, diceva "Rock 'n' roll robot" e papà si è messo a muoversi come un robot, tutto a scatti. Mi è venuto da ridere e mi sono alzato anche io. E così abbiamo ballato il ballo di Mercoledì, che ci guardava zoppo e asciutto dopo il suo tuffo.

29.

“Fra mezz’ora ci sono i fuochi d’artificio. Non hai idea di cosa combinano qua con i fuochi, sono eccezionali,” ha detto papà dopo aver guardato l’orologio.

Era la festa del santo patrono. Sul lungomare di Marina c’era un sacco di gente che camminava allegra tra le bancarelle. Vicino a noi c’era un teatrino con le marionette e i bambini sotto ridevano a crepapelle guardando Pulcinella che scappava dai carabinieri che volevano arrestarlo. Noi eravamo seduti sul muretto di fronte, io a mangiare le patatine fritte ché avevo preso ottimo e lui un panino con la salsiccia.

Stavo là che lo guardavo: all’inizio papà mi aveva fatto paura, ma ormai era passata. Mi sono ricordato che dopo un po’ che era scomparso avevo cominciato a fare sempre lo stesso sogno, da piccolo lo chiamavo “l’incubo della busta nera”. Era un gigantesco bustone di plastica che m’inseguiva dappertutto e io scappavo perché se mi raggiungeva era finita, mi avvolgeva tutto e diventavo invisibile. Potevo gridare quanto volevo, ma nessuno sapeva dov’ero. Mi faceva correre un sacco quel caspita di bustone, e mi svegliavo sempre col fiatone e il letto bagnato. Ora volevo sapere perché mi ero fatto tutte quelle pipì a letto da piccolo.

Allora gliel’ho chiesto.

"Pa', ma questa persona che ti ha fatto andare via da me e da mamma..."

S'è bloccato col panino a mezz'aria, ma io volevo una risposta e non mi sono scoraggiato.

"...chi era?"

"Era uno che lavorava per noi, un ragioniere. Mangiafreda si chiama... o si chiamava... non so nemmeno se è ancora vivo."

Questo non lo sapevo. Cioè che all'inizio era un loro amico.

"Ma perché l'ha fatto?"

A quel punto si è girato e mi ha guardato negli occhi. Per capire cosa poteva dirmi e cosa no. Se avevo ancora cinque anni o quasi dodici.

"Non lo so," ha risposto.

Cinque anni. Non ci credevo che non sapeva perché era finito in carcere.

Papà ha dato un morso al panino, che non vedeva l'ora. Però io l'avevo sentita la promessa che aveva fatto al suo amico Vito, che ci pensava lui a vendicarsi del Ragioniere. Forse era quello il motivo per cui mi voleva lasciare all'autogrill, anche se poi ci aveva ripensato.

"Ma... se lo trovi che gli fai?"

Ha cominciato a masticare più lento, stava pensando a come rispondermi. Speravo mi concedesse una risposta da quasi dodicenne.

"Oggi ti sei divertito con me?"

Marica e Valentina, il Picco della morte, adesso le patatine fritte e fra poco pure i fuochi d'artificio.

Ho fatto segno di sì con la testa ma non c'era bisogno, si capiva che ero contento.

"Pensa a quanti giorni come questo ci ha fatto perdere, a quanto tempo ci ha rubato."

Ci ho pensato. Alla bicicletta senza ruote piccole. Ai tanti gelati cocco e nocciola. Ai viaggi in macchina senza pizzichi della zia. Invece adesso erano bastati un paio di giorni insieme e c'erano la stilografica con l'orologio, Mercoledì II sempre più zoppo e un bel Cartier da regalare, tutto quello che avevamo rubato insieme.

"È un ladro di giorni, allora," ho detto.

Mio padre ha sorriso, gli era piaciuta.

"Mh... diciamo così... e tu che gli faresti a questo ladro?"

Ha smesso di mangiare il panino e mi ha guardato in un modo che mi faceva sentire come se adesso avevo la sua stessa età, come un amico a cui puoi chiedere un consiglio.

Lì affianco i bambini sono scoppiati a ridere, i due carabinieri avevano acchiappato Pulcinella e lo stavano riempiendo di mazzate. E più i carabinieri lo picchiavano, più i bambini ridevano. Ho pensato al nostro ladro di giorni. Mi faceva pena Pulcinella, ma quei due carabinieri un motivo per dargli addosso forse lo avevano. Però quelle erano marionette, mica si facevano male veramente. Babbo ha capito che non sapevo come rispondergli e mi ha fatto una carezza sulla testa. Io l'ho alzata per guardarlo, ma c'era una cosa alle sue spalle che mi ha fatto dimenticare tutto. Una cosa meravigliosa. E l'ho indicata perché volevo andare lì sopra e basta, chissenefrega del ladro di giorni.

Babbo ha seguito il dito, ha strizzato gli occhi e mi ha detto: "Cioè? Gli daresti un calcio in culo?".

Mica stavo dicendo quello! Perché non mi capiva? Per un attimo ho fatto la stessa faccia ebete di Emidio quando gli chiedi quanto fa 8 x 7 invece di 7 x 8, che ci pensa un sacco prima di rispondere 56.

"Voglio andare lì."

"Ahhhhh..."

E me l'ha spiegato. Mica lo sapevo che quella giostra si chiamava proprio calcinculo.

È fatta così: c'è un palo alto alto al centro con sopra tipo una ruota di bicicletta enorme e dalla ruota scendono delle catene a cui sono attaccati i seggiolini dove si siedono le persone. Quando il palo comincia a girare, tutti i seggiolini si alzano in aria e cominciano a volare sempre più veloci, e ti viene da ridere perché hai paura che il tuo si stacca all'improvviso e tu vieni lanciato nello spazio. Kaput. E già così è divertente. Però in realtà mica la giostra è fatta per stare seduti e basta. Bisogna prendere un fiocco che ti fa vincere un altro giro, ma sta in altissimo e per arrivarci ci vuole qualcuno che ti spinge ancora più su. Io non lo sapevo, papà all'improvviso ha afferrato il mio seggiolino da dietro, mi ha chiesto "sei pronto?" e senza aspettare la risposta mi ha sparato in aria fortissimo. Con un calcio in culo, appunto. Peccato però che il fiocco l'avevano preso due ragazzi grandi un attimo prima di noi. Quando siamo scesi a terra, pensavo di vederli fare i salti di gioia, invece avevano le facce impassibili come se non era successo niente. Il bigliettaio ci ha detto che era da due ore che vincevano sempre loro. Boh, che vinci a fare se poi non sei contento? Lo fai solo per far perdere gli altri, allora. E manco ti accorgi che stai volando.

Quando ce ne siamo andati, mi girava così tanto la testa che mi veniva da ridere. Anche babbo rideva, però si teneva una mano sulla pancia.

"La prossima volta prima andiamo sul calcinculo e poi ci mangiamo il panino."

Mi piaceva che aveva detto la prossima volta.

"Ti fa male la pancia?"

Quando l'ho detto mi sono reso conto di tutte le volte che me l'aveva chiesto zia. Adesso invece ero io quello che si preoccupava per un altro, e non il contrario. Comunque babbo non aspettava altro che facevo zia, ha sterzato a sinistra e si è seduto sul muretto dietro a una bancarella, così nessuno lo vedeva che stava male. Solo che l'ambulante l'ha guardato storto, ha fatto un passo verso di lui e secondo me stava per dirgli che non poteva stare lì.

"Cè vue?!"

Sembrava che babbo gli aveva mollato un ceffone, perché quello è rimasto impalato davanti a noi con una faccia da fesso, tipo "ma 9 x 9 farà 81?". Pure io quando sto male divento cattivissimo.

"Vattin."

L'ambulante si è stato zitto, ha ingranato la retromarcia ed è tornato a vendere torroni. Io mi sono appoggiato sul muretto affianco a papà.

"Pa', ci sta la guardia medica qui di fronte."

Era vero, però l'avevo detto per sfotterlo. È terribile quando la pancia ti fa male. A me succede se prendo un po' di freddo dopo che ho mangiato, poi devo subito andare in bagno. Per questo mi permettevo di scherzarci su, perché c'ho esperienza.

"Eh! Digli che mi sto cacando sotto."

E si è fatto una risata. Ma è finita presto.

"Mannacc..."

Si è passato una mano in fronte che stava sudando. La sinistra, perché la destra gli serviva a riscaldare la panza.

"La tieni una fidanzata?" mi ha chiesto.

Così, all'improvviso.

"No."

"E perché?"

Mo che gli dico a questo? E infatti è passato troppo tempo e ha ricominciato lui.

"C'è una ragazza che ti piace?"

Ho fatto segno su e giù con la capoccia: sì.

"Come si chiama?"

Mi scocciavo di dirglielo. Quando l'ho raccontato a Emidio, mi ha preso in giro per una settimana, mi ripeteva il suo nome in continuazione con tutte le voci diverse che quel cretino sa fare, dalla telecronaca al cantante lirico.

"Vabbè, non me lo vuoi dire, ma perché non ti butti, che aspetti?"

"Non aspetto niente, che vuoi!"

A quel punto, seduto sul muretto, si è piegato su un lato e ha alzato una coscia.

"Prrrrr."

Pure quello della bancarella si è girato. Mi sono fatto rosso rosso di vergogna, magari pensava che ero stato io. Invece a babbo non fregava proprio, manco si guardava attorno. Anzi, sembrava piuttosto soddisfatto. Io invece volevo sprofondare e se n'è accorto.

"Sono stato in celle dove eravamo anche in dieci, dodici detenuti. Se tutti si mettevano a fare le puzze era finita. Per questo si va in bagno a farle, per rispetto agli altri. Ma qui stiamo all'aria aperta, non è maleducazione."

Era la prima cosa che mi raccontava sul carcere. Il galateo delle puzze. Forte. Glielo dovevo dire a quel puzzone di mio cugino mo che tornavo a dormire in stanza con lui.

"Le devi dire che è la più bella."

Era tornato all'attacco. Io mi vergognavo solo a pensarlo.

"Ti piace o non ti piace?"

"Sì."

"E allora diglielo. Prima però falla ridere."

"Cioè? Le faccio il solletico?"

Babbo ha capito che era una battuta.

"Scemo… fai delle battute, la prendi un po' in giro, cose così."

Quello già lo facevo, quando io e Noemi parlavamo cercavo sempre di farla ridere.

"Ma quindi se ride vuol dire che le piaccio?"

"Non è detto, però tu falla ridere lo stesso. Meglio che farla piangere, no?"

A questo ci arrivavo pure io.

"E poi, come faccio a dirglielo? Cioè, non va bene un bigliettino? In classe fanno tutti così."

"No, che sono 'sti bigliettini. La prendi in disparte, la guardi negli occhi e glielo dici, semplice: 'Bambina senza nome, tu mi piaci, mi sono innamorato di te'."

La sola idea era... agghiacciante.

"E poi che faccio? Scappo per la vergogna?"

Babbo è scoppiato a ridere. Io no.

"Buona idea. Però veloce, sennò lei poi ti acchiappa," mi ha detto sorridendo. Poi è tornato serio, più o meno, a fare la parte di quello che la sapeva lunga. "No, appena gliel'hai detto le tocchi i capelli."

"I capelli?"

Questa non la sapevo.

"Certo... se le tocchi qualsiasi altra cosa ti arriva uno schiaffo. Ma se le tocchi i capelli, poi la puoi baciare."

Era vera questa storia dei capelli? Mi sembrava una di quelle cose che i grandi dicono solo per impressionarti, per fare bella figura con te che sei piccolo. Come quando Alfonso mi ha fatto credere che le donne africane hanno la fessa di tutti i colori. Per mesi ho immaginato che avevano una specie di arcobaleno lì in mezzo. Poi un giorno l'ho detto in piscina che ci stavano pure quelli di quattordici e quindici anni. E tutti mi hanno riso appresso.

Quindi che dovevo pensare, era vera o no, 'sta cosa? Mi sono immaginato che toccavo i capelli a Noemi, dopo che le avevo detto che era la più bella di tutte. E poi lei che raccontava la scena a bassa voce alle nostre compagne di classe e finiva dicendo che come fidanzato ero improponibile, ma che mi teneva presente come parrucchiere. E giù tutte a ridere cercando di non farsi vedere da me. Vergogna infinita e vita finita nell'attesa che una malattia fulminante mi fulminasse. E poi il prete al funerale: "Qui riposa Salvuzzo, santo protettore dei timidi, che diede ascolto alle fesserie dei grandi.

Ogni anno poniamo sulla sua tomba una ciocca di capelli, a eterna memoria. Preghiamo".

E se invece c'aveva ragione lui?

"Sul balcone con tua mamma ha funzionato. Ma devi essere sicuro che ti piace. Se sei sicuro, funziona. Se non sei sicuro, lascia perdere."

Arrivati a quel punto quasi speravo di essermi sbagliato con Noemi, era troppo complicata questa cosa di fidanzarsi, con la dichiarazione e tutto il resto. Le femmine dovrebbero essere tutte come Maura che ti prendono, ti sbattono contro il muro e ti chiedono: "Ti vuoi mettere con me, sì o no?".

Babbo ha fatto un lungo sospiro, poi mi ha appoggiato un braccio sulle spalle e mi ha tirato un po' verso di lui.

"Io e tua mamma volevamo andare a vivere in Svizzera. Un amico mi aveva trovato pure un lavoro. Siamo rimasti lì un paio di mesi. Tua madre voleva restare. Io no. Non ce la facevo."

"E c'ero pure io?"

"No, tu non eri nato ancora... chissà cosa sarebbe successo..."

C'aveva di nuovo gli occhi vecchi.

Ho pensato a quello che ci dice sempre mister Klaus, che se ci facciamo male è sempre colpa nostra. Non era giusto quello che stava facendo, che mi teneva una mano sulla spalla e mi diceva che forse aveva sbagliato, che se rimaneva in Svizzera a lavorare adesso mamma non era morta e lui non era stato in prigione. Ho fatto un passo avanti e la sua mano è scivolata dalla mia spalla. Pure io so fare gli occhi vecchi, che ti credi?

Mi aspettavo che mi tirava a sé dolcemente per farmi tornare indietro. Invece mi ha afferrato la manica con forza e mi ha trascinato via di corsa.

"Andiamo, andiamo, andiamo!"

Non a destra, ma a sinistra c'erano Marica e Valentina

che camminavano tra le bancarelle assieme a due ragazzi che non riuscivo a vedere in faccia. Babbo mi teneva una mano sulla schiena per farmi correre, ma lo sapevo pure io che dovevamo scappare. Abbiamo fatto zig-zag tra la folla poi di corsa abbiamo raggiunto il campo di calcio dove tutti avevano parcheggiato la macchina, a duecento metri dal lungomare. Una volta entrati, pensavamo che era finita e invece...

"Compà, dove cazzo vai?!"

Ce li siamo ritrovati di faccia: erano loro, i campioni del calcinculo.

Marica e Valentina stavano dietro di loro, come due allenatori a bordo ring che non vedono l'ora che il loro campione stenda l'avversario.

"Caccia li sordi de fèmene!" ha detto quello più massiccio dei due, facendosi sotto sotto a babbo. Mi sono ricordato che era lui quello che dava il calcio al compagno e lo lanciava fino al fiocco. Ho pensato che andava a finire molto peggio che col custode del cimitero.

"E pure l'orologio!" ha detto l'altro.

Babbo li ha guardati come se si voleva scusare, gli ha detto se per favore potevano abbassare la voce, che faceva tutto quello che volevano loro, basta che non gli facevano male.

"Ragazzi, per favore, stiamo calmi, sistemiamo tutto... però io vi devo dire una cosa, io purtroppo l'orologio non ce l'ho più, già l'ho venduto."

Perché stava dicendo quella bugia?

"Però possiamo fare una cosa, mo vi do trecentomila lire per l'orologio. Più di quello che vale, e pure le ragazze sono contente. Basta che non dite niente in giro, mi fate questa cortesia. Sto con mio figlio."

E figurati se non mi metteva in mezzo.

I due mi hanno guardato con un po' di pena perché mi era venuta la tremarella. Si sono scambiati un'occhiata, poi il più grosso ha fatto segno di sì, che si poteva fare. Era un patto tra maschi.

Boom! In quel momento sono partiti i fuochi d'artificio, altissimi. Io sono saltato proprio, ma pure quei due si sono spaventati. Solo babbo non si è mosso, ha semplicemente alzato lo sguardo verso il cielo pieno di esplosioni e colori. Erano incredibili. Forte 'sto santo patrono, ho pensato, gli devono volere proprio bene qui. E infatti babbo mi ha toccato una spalla, io mi sono girato e l'ho trovato già pronto con l'occhiolino: promessa mantenuta, hai visto che sono belli come ti dicevo?

"Oh, li vuoi cacciare 'sti soldi?!" gli ha gridato il "calciatore" afferrandolo per il giubbino.

Babbo si è ripreso, come se l'avevano appena svegliato da un bel sogno.

"Scusami, aspetta un attimo, mo ti do i soldi."

Ha messo la mano destra dietro la schiena per prendere il portafogli e solo a quel punto ho realizzato: ma dove le prende trecentomila lire? Abbiamo finito i soldi.

In quel momento un razzo è partito altissimo, sembrava destinato a non fermarsi mai. Poi invece ha cominciato a rallentare, fino a rimanere sospeso in aria per un tempo così lungo che ho cominciato a pensare che aveva fatto cilecca. E infatti anche i due campioni stavano con gli occhi puntati verso il cielo ad aspettare. Sono saltati due volte, prima per l'esplosione, poi quando li hanno riabbassati: babbo gli puntava in faccia la pistola.

Era quella di Vito, la teneva nascosta dietro la schiena.

Quello più deboluccio è diventato bianco bianco, come un fantasma.

"Stai calmo, non ti mettere paura. Non sparo a te... sparo a lui," ha detto babbo spostando la canna della pistola in faccia a quello che si sentiva il capo.

Quello c'è rimasto, adesso toccava a lui la tremarella.

"Mettetevi a terra, in ginocchio. Le mani dietro la testa."

Hanno obbedito subito, tutti e due.

Solo a quel punto Marica e Valentina hanno capito cosa stava succedendo.

"Pure voi, giù in ginocchio," ha detto babbo, e quelle due hanno obbedito senza fiatare.

Nessuno ci poteva vedere, stavamo in mezzo a decine di macchine parcheggiate e poi tutto il paese stava con la testa per aria ad ammirare le fiammate gialle, verdi, rosse e blu.

"Tirate fuori i portafogli. Salvo, prendili."

Mi sa che gli girava la testa a tutti e due i campioni per come stavano imbambolati. Io obbedivo, cioè facevo l'aiuto-rapinatore di babbo.

"Quanto c'è?" mi ha chiesto.

"Una banconota da cinquanta e l'altra da cento... anzi centocinque."

"Metti in tasca... Tu! Levati l'orologio. Salvo, prendilo."

Quello che faceva il capo, c'ha messo un po' a sganciarlo, stava tremando proprio. Non so perché, ma la prima cosa che ho fatto è stata soppesarlo, un orologio così grosso non l'avevo mai tenuto in mano.

"Pesa," ho detto.

"E certo, è da uomo. Questo è il regalo mio per l'esame," e mi ha fatto di nuovo l'occhiolino. Poi si è rivolto a tutti e quattro i ragazzi, maschi e femmine: "Mio figlio ha fatto l'esame di quinta e ha preso ottimo..." ha annunciato tutto fiero.

Quelli manco fiatavano, non sia mai gli usciva una parola.

"Eh, bravi, zitti dovete stare, ci siamo capiti? E mo giù, a terra!" ha ordinato ancora con la voce cattiva.

E tutti si sono stesi con la faccia nel terriccio del campo di calcio, come marionette manovrate dalla sua pistola.

"Andiamo," mi ha detto alla fine avviandosi tutto tranquillo verso la nostra macchina.

"Aspetta."

Avevo ancora una cosa da fare e, se non la facevo adesso, me ne sarei pentito per sempre. Mi sono piazzato davanti a quelle due sceme che adesso riuscivano a guardare giusto i miei piedi. Loro erano spaventate, ma pure a me tremava la voce per quello che avevo da dire: "E comunque...".

Ho aspettato che alzassero lo sguardo verso di me.

"...io non c'ho il pisello..."

Adesso mi guardavano stupite, dovevo trovare il coraggio di finire.

"...io... io... io c'ho il cazzo!"

Adesso sì che potevo andarmene.

Babbo rideva come un bambino.

"Ma che cazzo hai detto?! Sei impazzito... andiamo!" e ha cominciato a scappare. E pure io.

"Non glielo dovevi dire che ho preso ottimo, però."

"E vabbè, quando uno è contento. Corri, dai!"

Solo i fuochi in cielo scappavano più veloci di noi.

30.

“Ma se non sai il cognome è impossibile.”

Stavamo sul pianerottolo, fermi davanti alla porta chiusa. Babbo aveva aspettato che qualcuno uscisse dal palazzo per intrufolarsi, poi con l’ascensore eravamo saliti all’ultimo piano e da lì avevamo cominciato a scendere. A ogni piano babbo controllava i cognomi sulle targhette, poi dava un occhio allo zerbino, annusava l’aria come se fosse capace di sentire l’odore di chi abitava in quell’appartamento, alla fine faceva sempre una faccia storta: no, non era quello. Ora stavamo al secondo piano, c’erano le solite due porte, una col portaombrelli fuori e un’altra con l’adesivo di un gatto attaccato sopra. C’era scritto “attenti alla padrona”, come se a dirlo era il gatto. Babbo ha guardato il portaombrelli e ha fatto “mhhh”, non mi convince. Ha letto la targhetta sull’altra porta, quella del gatto: c’era scritto solo Marisa, mentre a tutti gli altri c’era il cognome.

“Proviamo?” mi ha chiesto.

“E che ne so…”

L’avevo vista per un attimo, come facevo a sapere se le piacevano i gatti?

“Chi è?” si è sentito da dentro casa quando ha bussato.

Babbo mi ha guardato tutto fiero. Ci aveva azzeccato, la voce sembrava la sua.

“Tienili tu, è meglio…” e mi ha passato la scatola con i dolci che avevamo comprato. Poi mi ha aggiustato i capelli, manco fossi un paggetto. “Stai dritto e sorridi.”

La porta si è aperta, prima è arrivato il rumore della partita e poi lei, Marisa. Aveva ragione babbo: era proprio la ragazza a cui Vito stava per saltare addosso. Eravamo tornati a cercarla nel palazzo dove si era nascosta e dove abitava. Quando ci si mette è proprio furbo, perché certo non è fortuna con Vincenzino Passaguai.

“Oddio!” Poverina, si è proprio spaventata appena ha visto mio padre. A me, che stavo parecchio più in basso, non ha proprio fatto caso.

Addosso aveva una vestaglia blu scuro con dei riflessi luccicosi e una cintura rossa, però io guardavo soltanto la “linea”. La “linea” è quella cosa che si forma in mezzo ai seni quando sono grandi, che sembrano due cuscini morbidosi premuti uno contro l’altro. Mi sa che se n’è accorta, perché appena mi ha visto si è chiusa subito la vestaglia. Io ho abbassato la testa come se mi avevano dato uno scappellotto dietro la nuca, che figuraccia. Ho visto le pantofole che aveva ai piedi, due gattini a pupazzetto, mi sa che erano gli unici che aveva in casa. Quelli che hanno i gatti si preoccupano sempre di non aprire troppo la porta per non farli scappare, invece lei la teneva spalancata.

“Tranquilla, non c’è nessuno, non ti preoccupare.” Babbo ha alzato le mani, come uno che si arrende. “Siamo venuti a chiederti scusa per quello che è successo stamattina. Salvo…” e mi ha indicato.

Ho aperto la scatola per far vedere i dolci, ho pensato che se li vedeva si addolciva pure lei. Quando stavano nella vetrina della pasticceria, me li sarei mangiati tutti.

“Uh, proprio quelli che piacciono a me… però questo cavaliere mi piace ancora di più.”

Ha preso la scatola e mi ha fatto una carezza sulla guancia. Aveva un buon profumo, come quando zia fa il bucato e l'aiuto a stendere i panni.

"Ok... scuse accettate. Solo che, cioè, io ci ho ripensato e mi sono accorta che non è la prima volta che vedo quel pazzo qua sotto. Ma chi è, scusa? Mi devo preoccupare?"

"È un mio amico che non sta tanto bene, ma puoi stare tranquilla: ci ho parlato io e non ti darà più fastidio."

"Ma poi, a parte che mi ha chiamato in quel modo, diceva delle cose strane, parlava di un'altra persona... non ho capito."

"Guarda, non so che dirti, erano anni che non lo vedevo... non è che magari possiamo ragionarci insieme?"

"Adesso? Non so... Magari un'altra volta..."

Non capivo perché babbo voleva parlare ancora con lei, pensavo che stavamo lì solo per chiederle scusa. Poi mi sono ricordato dei quadri con le fèmene, della fotografia di lei nuda, della promessa fatta a Vito, del ladro di giorni e del fatto che due più due fa quattro. Non mi restava che entrare in azione. Ho fatto un passo verso di lei e ho allungato la testa dentro casa.

"Cazzo, la partita!"

"Salvo! Che parole sono!"

"C'è la partita, pa'! La Nazionale!" e gli ho tirato pure la manica, come se non c'era cosa più importante per il piccolo Salvo.

"Ah... e non lo so, magari vediamo se la fanno in qualche bar... Vabbè, grazie lo stesso..."

"Ma al bar sono tutti alti e poi io non vedo bene da lontano." Era la prima volta che glielo dicevo.

A quel punto ho fatto la faccia più sconsolata che potevo. E ci ho azzeccato.

"Senti, non c'è cosa più triste che vedersi la partita da soli... volete entrare?"

"E... va bene... grazie," ha detto papà. Manco se ci mettevamo d'accordo ci riusciva così bene la recita.

Marisa ci ha fatto entrare e solo allora ho visto quel gattone enorme che stava spaparanzato sul divano: mi sa che l'ultima volta che aveva provato a scappare era parecchi chili fa.

Mentre lei richiudeva la porta ho fatto l'occhiolino a babbo, come fa sempre lui a me. Ci è rimasto secco, mica se l'aspettava che ero così furbo pure io.

"Allora ci vedi bene?" mi ha chiesto a bassa voce.

"No, quello è vero."

Abbiamo fatto un passo insieme verso il salotto e un altro gatto, stavolta invisibile, mi ha morso la coda e fatto rizzare il pelo: c'erano donne nude dappertutto! Se c'era zia sicuro mi copriva gli occhi con la mano, babbo invece ce li aveva più spalancati dei miei: erano quelli i "quadri de fèmene" che ricordava. Ora erano di nuovo appesi alle pareti, anche se in un'altra casa. Non c'era bisogno di strizzare gli occhi per accorgersi che il corpo dipinto era sempre lo stesso, quello di Marisa. In alcuni sembrava proprio un giocattolo, di quelli che si piegano in tutte le posizioni, altro che Mercoledì. Quando ci è ricomparsa davanti in carne e ossa, era come avere gli occhiali a raggi X, ma non quelli fasulli che vendono sull'ultima pagina della "Settimana Enigmistica": a me e papà davvero sembrava di riuscire a vederle sotto i vestiti se solo alzavamo lo sguardo su di lei.

Marisa si è accorta del nostro imbarazzo e, invece d'intimidirsi, ci ha preso in giro.

"Accomodatevi, su, io vado a mettermi qualcosa addosso che sto praticamente nuda," ed è andata dritta in camera.

Io e babbo siamo rimasti da soli nel salotto, circondati.

Abbiamo fatto un sacco di tifo e grazie a noi l'Italia ha vinto. Quando l'ha detto, Marisa sembrava proprio seria, mica che scherzava. Non riuscivo a capire che età avesse: apparteneva ai "grandi", ma da poco tempo secondo me. La signorina Silvia, che pure è giovane, mi sembrava più vecchia di lei, per esempio. Allora le ho chiesto quanti anni aveva e lei mi ha detto ventisette. Non avevo mai conosciuto una come lei, era proprio forte e la pasta col pomodoro che aveva fatto era buonissima.

Dopo la partita eravamo tutti contenti, poi però babbo si è messo a fare avanti e indietro con i canali e mi è venuto sonno. Si divertiva un sacco, ma solo lui. Ho pensato che in carcere non c'aveva la televisione. E manco il telecomando. Era rimasto a quando ci si doveva alzare per premere i tasti sulla tv.

Che mi ero addormentato appoggiato a Marisa l'ho capito quando lei ha cercato di alzarsi dal divano senza svegliarmi. Non c'è riuscita. Però mi ha appoggiato la testa su un cuscino al posto delle sue gambe.

"Ti va un amaro?" e si è alzata.

Con gli occhi mezzi chiusi l'ho vista passare vicino a babbo, seduto sulla poltrona. Lui è rimasto fermo, poi mi ha lanciato un'occhiata. Io ho subito serrato le palpebre per far credere che stavo sempre dormendo. A quel punto si è alzato pure lui. Però non è andato verso di lei, si è messo a osservare i quadri. Io li avevo sbirciati durante la partita, cercando di non farmi vedere. Adesso lui se li stava studiando uno a uno, tutto tranquillo. Prima li guardava da lontano, poi si avvicinava come per leggere qualcosa che c'era scritto sotto. Quando ha finito il giro, Marisa stava ad aspettarlo da un po' col bicchiere in mano.

"Ti piacciono i miei ritratti?"

"Bella mano."

"Solo la mano?" ha risposto Marisa con un sorrisino.

"Intendevo quella del pittore."

"Lo so."

"Sempre lo stesso. Deve essere proprio innamorato."

Non ci avevo proprio fatto caso. Sopra il divano dove stavo steso io, c'erano tre quadri. Ho allungato il collo e ho controllato: era vero, la firma era sempre la stessa: c'era una "M" grande e poi il resto del nome scritto piccolo. Ho strizzato gli occhi e... Ma... Ma... ngia... Mangiafreda! Mangiafreda! Era lui, li aveva fatti tutti il Ragioniere!

"Era un amico dei miei genitori. Quando loro sono morti, per qualche anno mi ha aiutato così, mi pagava per fargli da modella. Comunque ormai non lo vedo da una vita, da un giorno all'altro è sparito nel nulla," ha risposto Marisa alzando il bicchierino.

Babbo ha avvicinato il suo e ha detto "cin-cin". Che strano, pensavo fosse dispiaciutissimo, invece era tutto sorridente con lei. Stavamo lì per scoprire dove stava il Ragioniere, ma purtroppo nemmeno Marisa sapeva più niente di lui. Da una vita. Poi però tutti gli ingranaggi dell'orologio si sono bloccati, c'era qualcosa che non tornava... il tempo! Sotto ogni firma c'era scritta la data: il primo quadro era del 1980, l'anno dopo che ero nato, il secondo del 1985, quando avevano arrestato a papà, e nell'ultimo... 1991! Quest'anno! Non era possibile. Cioè, era possibile solo se Marisa aveva detto una bugia, forse sapeva benissimo dove si trovava il Ragioniere. Volevo dirglielo, ma poi ho pensato che era meglio se stavo zitto, perché già lo sapevo come andava a finire.

Babbo ha buttato giù l'amaro in un sorso, come faccio io quando zia mi dà il bicchierino di Betotal, lo sciroppo per la tosse.

"Che sete! Aspetta, te lo riempio di nuovo," ha fatto Marisa.

Non appena si è girata per prendere la bottiglia, babbo ha infilato la mano dietro la schiena e ha impugnato la pistola.

Ci siamo.

A Vincenzino non lo fai fesso: prima si era studiato i quadri e le date e poi l'aveva fatta parlare. Io non volevo che le faceva paura, come aveva fatto con quel vecchio barbone, poverino. Anche se aveva detto una bugia, Marisa mi sembrava buona. Però lui diventava pazzo quando voleva sapere una cosa per forza, che cosa potevo fare?

"Ogni tanto mi chiede una foto, io gliela mando e dopo qualche mese mi arriva il quadro. E mi paga pure."

Meno male.

Babbo ha tolto subito la mano dalla pistola e, quando lei si è girata di nuovo per riempirgli il bicchierino, non si è accorta di nulla.

Pensavo che era finita lì, invece è cominciato un altro film.

"Strano, no?" ha chiesto Marisa.

"Cosa?" ha richiesto mio padre.

"Che una persona paghi solo per guardare... Non mi chiedi che lavoro faccio?"

"No, così tu non lo chiedi a me," ha risposto babbo.

Anche se non stavano dicendo niente di che, era il modo in cui lo dicevano che non andava bene, vicini vicini a guardarsi negli occhi. Quando la sera stiamo davanti alla tv con gli zii, ogni tanto capitano le scene dove i maschi e le femmine si baciano e poi si rotolano nel letto. E io e Emidio ci vergogniamo sempre, forse perché si vede che gli zii si vergognano loro per primi, che stanno proprio zitti, mentre di solito qualcosa la dicono. Insomma, era meglio se spegnevo quella tv che il film già lo conoscevo.

"Pa', c'ho sonno."

Babbo si è girato di scatto e ha fatto cadere un po' di liquore per terra, Marisa si è stretta il cardigan come se avesse freddo. Pensavano che dormissi.

"Ora ce ne andiamo."

"Ma dormiamo di nuovo in macchina?"

Mi sa che papà si è un po' mortificato per quello che avevo detto, ma non era mia intenzione, mi era uscito spontaneo, non ce la facevo a svegliarmi di nuovo tutto storto.

“Siamo in viaggio…” si è giustificato con Marisa. Lei ci ha guardato tenera, chissà cosa pensava di noi.

“Dormite qua,” ha detto.

Era proprio gentile.

“Eh? Non c’è bisogno, grazie, grazie lo stesso.”

“Veramente, non c’è nessun problema. Salvo può dormire con me e tu dormi qui sul divano.”

Io e papà ci siamo guardati, mi sa che nessuno dei due preferiva la macchina.

“Sei sicura?”

“Sì, vado a prendere le lenzuola,” ed è scomparsa nella sua stanza.

Ho guardato papà.

“Lei è simpatica,” ho detto e lui ha annuito.

Poi però l’occhio mi è caduto di nuovo sui quadri alle pareti. Quindi io dormivo in camera con lei, nel suo letto? Da che c’avevo sonno, ora mi sembrava che mi ero bevuto un litro di Coca-Cola.

31.

Non è solo bellissima Marisa, profuma anche.

Quando mi sono messo a letto, e lei pure, sentivo solo quello nel naso. Se lo raccontavo a Emidio non ci credeva a una fortuna così, e sicuro mi diceva che ero un cretino se non le facevo almeno popi-popi. Addormentarsi era impossibile, era come andare a letto con una sveglia che suona ogni minuto, mi sono girato talmente tante volte che alla fine mi ha detto: "Che c'è, non c'hai più sonno?".

Così le ho chiesto se potevamo parlare un po'. Pensavo che le pesava, invece non aspettava altro. Ha cominciato a raccontarmi un sacco di cose, però il concetto era sempre lo stesso: quanto erano antipatici quelli del suo palazzo, poi il tabaccaio, il proprietario della pizzeria vicino casa e infatti lei non ci andava mai e pure la signora del palazzo di fronte, che sgrida sempre la figlia. Mi ha ricordato zia che ogni tanto attacca pure lei a lamentarsi e zio che sfinito la prende in giro, dicendo che ha preso troppe gocce di "Lamentor", come se fosse una medicina.

Poi per fortuna è cominciato a piovere e si è distratta e quando è arrivato un tuono forte forte mi ha abbracciato, perché pensava che mi ero spaventato. Io invece non ho paura dei tuoni, non più.

È uno dei ricordi più belli che ho con mamma: c'era un

temporale bruttissimo, papà era via e quindi dormivo con lei nel lettone. Mi ero svegliato tutto impaurito, sembrava che avevano buttato una bomba dall'aereo come in guerra, pure i vetri tremavano. "Vieni con me," aveva detto mamma e mi aveva portato vicino alla finestra. Si vedevano i fulmini sul mare. "Sembrano fuochi d'artificio," avevo detto. "Hai visto?" aveva risposto lei. "Non c'è niente da aver paura, siamo al sicuro, a casa."

"Ti sei spaventato?" mi ha chiesto Marisa.

"Un po'..." ho detto, ma solo perché volevo che continuasse ad abbracciarmi. Profumo e seni. Grazie Gesù.

Così ci siamo messi a parlare delle cose che ci fanno paura. Lei ne ha detta una propria strana, cioè che aveva paura d'invecchiare perché, dopo che si è lavata i piedi nel bidet, per asciugarseli, deve rimanere in piedi su una gamba e da vecchia magari non ci riusciva più. Io le ho fatto notare che poteva usare una sedia e lei ha detto: "Appunto, ho paura di quando dovrò usare una sedia per lavarmi i piedi". Poi mi ha detto che aveva paura di rimanere da sola per tutta la vita, che non trovava un uomo che le lanciava la carta igienica quando il rotolo era finito. Sembrava che la sua vita si svolgesse tutta in bagno. Anche l'ultima paura non l'avevo mai sentita: non si faceva mai fare foto in compagnia di qualcuno. Questo perché sua nonna negli ultimi anni passava le ore a rivedere gli album di famiglia, interi pomeriggi a sfogliare vecchie immagini in bianco e nero di lei con persone che non c'erano più. E anche se la nonna se le asciugava quando lei entrava nella stanza, capiva che erano lacrime.

"Non voglio avere ricordi che mi fanno piangere, come le foto di me con i miei genitori."

"Ma quindi tu non hai più... parenti?" le ho chiesto. Lo so che era una domanda brutta, però con quello che avevo passato pure io, potevo farla.

"I miei sono morti in un incidente d'auto quando avevo

sedici anni. Sono cresciuta un po' con mia nonna, questa era casa sua. Poi però anche lei... e sono rimasta sola..."

"E che hai fatto?"

"Tante cose. Per fortuna sono bella... o no?"

Mi sono fatto rosso rosso. Mi teneva ancora un po' abbracciato, la testa appoggiata su quei capelli scuri come le porte di legno.

"Per questo ho tanti quadri", e mi ha sorriso.

Pure se stavano appesi in bella vista, prima non avevo avuto il coraggio di parlarne, adesso sì. Volevo chiederle perché era sempre nuda e che c'entrava col fatto che era rimasta da sola. Invece è stata lei che mi ha fatto una domanda.

"E tu, che paure hai?"

E gliele ho dette. Una a una. Riguardavano tutte papà e le cose che avevamo fatto assieme negli ultimi giorni: "Ho paura che ci arrestano perché babbo ha fatto questo, poi ha fatto quest'altro e poi quest'altro ancora...". Alla fine le ho raccontato tutto quello che era successo fino a quella sera. E più parlavo, più lei rideva e buttava la testa all'indietro e così le potevo guardare i seni che ridevano pure loro. Però non mi sono fatto fregare, non ho svelato nessun segreto.

"...e papà stava per tirare fuori la pistola, però io mi sono messo in mezzo e ho fatto finta di piangere. Ho detto che mi ero messo paura perché ci avevano tirato una pietra sul vetro e i carabinieri ci hanno creduto."

"Caspita, sei stato proprio bravo... ma perché tuo padre voleva usare la pistola?"

"Questo non te lo posso dire: ho fatto un patto."

Mica le potevo spifferare dei sacchi di farina nel bagagliaio.

"Un patto? Allora sei proprio un ometto... e poi?"

"Poi abbiamo incontrato due ragazze che avevamo già incontrato, però non mi piacevano e infatti le abbiamo derubate. Abbiamo preso i soldi e un orologio che babbo dice che è importante, un Cartier."

"Senti senti... speriamo che io ti piaccio allora."

E ha socchiuso lenta gli occhi proprio come una gatta che si accuccia. Io da rosso sono diventato viola.

"Allora? Ti piaccio?"

"Uà... tu sei bellissima."

Marisa ha fatto finta che le avevo tirato una freccia in petto e si è lasciata cadere all'indietro con la schiena sul letto.

"Ahhhh... morta! Chissà cosa combini tu alle ragazze quando cresci..."

Mi ha fatto una spolverata con l'indice alla punta del naso, come si fa ai bambini piccoli, ma mannaggia, niente bacio.

"Senti, che ne dici se adesso spegniamo la luce? Pensi di riuscire a dormire?"

Ho fatto su e giù con la testa, tipo robottino che sta per scaricarsi, pile esaurite. Avevo parlato un sacco e adesso ero veramente stanco. E mi si era seccata la gola.

"Però devo prima bere."

"Stai qua, te lo vado a prendere io... ormai sono la tua schiava."

"Grazie."

Si è alzata dal letto e camminando nel buio è uscita dalla stanza. E io sono cascato sul cuscino, ferito a morte pure io. Se crescevo in fretta, tipo un anno suo che valevano due miei, a quarantatré anni avevamo la stessa età. Appena ho finito il calcolo ho sentito l'urlo.

Poteva essere stato solo babbo a metterle paura, ma perché? Non aveva creduto al suo racconto del pittore? Sono saltato dal letto e a piedi nudi sono corso fuori dalla stanza, pronto a difenderla. Ma non c'era bisogno, si era solo spaventata a trovarlo in cucina.

"Madò, che paura... perché non hai acceso la luce!?"

"Non trovavo l'interruttore... volevo un po' d'acqua... Salvo?"

"Acqua anche per lui."

Tutta la casa era al buio. E pure io, nessuno mi vedeva.
"C'è una bottiglia in frigo," ha detto Marisa.
Babbo l'ha aperto e la luce di dentro lo ha illuminato: era in mutande e canotta. Ha versato l'acqua anche a Marisa, e lei se l'è bevuta. Solo che quel bicchiere me lo doveva portare a me. Già si era scordata del piccolo Salvo che moriva di sete...
"Ci voleva proprio. Certo che tuo figlio ha una fantasia: pistole, carabinieri, prigione..."
Un altro po' e gli andava di traverso l'acqua a babbo. Si vedeva chiaramente che si era allarmato, solo lei non se ne accorgeva.
"Che ti ha detto?"
"Di tutto... Oddio, un criminale in mutande nella mia cucina!"
Faceva proprio la smorfiosa con lui.
"Ti ha detto così?"
"Mh... allora che fai, mi spari adesso o nel sonno?"
Babbo ha fatto una specie di piroetta su se stesso, per far vedere che non aveva armi addosso. Marisa ha sorriso. Com'era scarso a far ridere Marica e Valentina, così era bravo con lei. Forse è vero quello che dice la maestra, che uno va d'accordo con certe persone e con altre no. E che è come per i colori: ognuno li vede a modo suo. Tipo il giallo, che non è lo stesso giallo per tutti. Quelli che vedono il giallo uguale ridono assieme.
Marisa aveva ancora sete e si è attaccata alla bottiglia. Mentre beveva si è allontanata un po' da papà per guardarlo meglio, che pure lui è un quadro ambulante con tutti quei disegni addosso.
"Però tu un po' la faccia da cattivo ce l'hai... e poi hai tutti questi tatuaggi..."
"Come un pirata."
"O come un galeotto?"
Vincenzino mi aveva rubato la battuta. Sono stati per un

secondo in silenzio, poi babbo le ha fatto la mossa che mi aveva detto, le ha accarezzato i capelli.

C'aveva ragione, funzionava.

Un passo alla volta, in retromarcia, sono ritornato in camera e sono andato a bere in bagno.

Almeno avevo imparato un trucco.

Il giorno dopo, quando ho aperto la porta della stanza, papà era seduto sulla poltrona. Non appena si è accorto di me, mi ha fatto segno di non far rumore. Gli sono andato vicino.

"Ti sei lavato i denti?"

Era la prima volta in undici anni che me lo chiedeva. Quando avevo i denti da latte era mamma che mi accompagnava in bagno per aiutarmi a lavarli, poi, quando sono cresciuto, era zia a farmi questa domanda. Gli ho fatto vedere i denti tutti puliti. Marisa dormiva sul divano, non me n'ero accorto. Mi sa che papà stava lì a guardarla da un po'.

Ho pensato una cosa: ho aperto la mia borsa da Indiana Jones e ho tirato fuori il Cartier. L'ho mostrato a babbo e lui ha fatto segno di sì, un orologio da femmina deve portarlo una femmina.

Gliel'ho appoggiato vicino al viso, quando si sveglierà lo vedrà e sarà contenta.

E ce ne siamo andati in silenzio.

32.

"Tu che paure hai?"

In macchina con babbo mi è tornata in mente la domanda di Marisa. Le avevo detto solo quelle più recenti, a quelle vecchie non ci avevo pensato proprio. Mi sono concentrato e me ne sono ricordate alcune che avevo avuto negli anni e che per fortuna mi erano passate, quelle sì che l'avrebbero fatta ridere. Ad esempio, c'era quella delle tartarughe.

Appena arrivato nella nuova scuola elementare, ho scoperto che nel giardino dove facevamo l'intervallo ce ne erano due. Non ne avevo mai viste di così grandi, solo quelle piccole che vinci al luna park assieme ai pesciolini rossi e che vivono nelle vaschette con l'acqua. Queste erano di terra e la maestra ci aveva detto che avevano quasi trent'anni. Mi faceva impressione pensare che erano quattro, cinque volte più vecchie di me. Non le toccavo mai, mentre gli altri le accarezzavano sulla testolina. Però non mi ricordo se avevo paura che mi facevano del male, tipo che mi mozzicavano il dito, oppure che ero io maldestro e le rompevo, tipo i bicchieri di cristallo di zia, perché con tutte quelle rughe mi sembravano due fragili nonnine.

Con i cani e i gatti è diverso. I cani mi fanno paura da quella volta che uno mi ha azzannato alla coscia e c'ho ancora il segno. Ma ero stato io fesso, per fare il buffone con Emidio mi ero messo a sfruculiare 'sto piccoletto con un bastone di legno, lo sbattevo per terra per mettergli paura. Pensavo che avevo vinto io e se ne andava, ma appena ho girato le spalle, quello mi è saltato addosso e ahia! Adesso ho fatto la pace con i cani, soprattutto ho capito che se uno li tratta bene, loro sono buoni.

Ai gatti mi piace un sacco lisciare il pelo, anche se c'ho paura delle loro unghie, perché se li si accarezza troppo, si innervosiscono e possono graffiarti. Insomma, gli animali c'hanno tutti qualcosa che mi piace e qualcosa che mi mette un po' di preoccupazione. E soprattutto mi sa che sono io a sbagliare qualcosa con loro. Pure con le persone la penso così, forse per questo sto sempre zitto: aspetto di capire un po' meglio cosa posso o non posso dire così evito morsi e graffi.

"Prima pensa poi parla, perché parola poco pensata può portare pena perpetua," dice sempre la signorina Silvia, e secondo me c'ha ragione.

Mi sa che mi era successa la stessa cosa con la piattaforma dei dieci metri, che avevo avuto paura di sbagliare il tuffo e finire a pezzettini. Forse, per come sono fatto io, avevo bisogno di pensarci un altro po' per essere sicuro di lanciarmi. E ora che ce l'avevo fatta dal Picco della morte, magari potevo tornare in piscina. Anzi, ero strasicuro: non vedevo l'ora di tornare a Trento, iscrivermi di nuovo al corso, allenarmi tantissimo e vincere ancora medaglie.

Ero così sicuro di farcela che me ne sarei andato di corsa a casa degli zii, come se quel pensiero fosse una specie di super-locomotiva che si portava appresso tutto il trenino Salvo. Poi però mi sono accorto che c'era attaccato un vagone pesantissimo in coda, pieno di carbone nero, una paura tutta nuova: ma adesso che finisce il viaggio, non è che papà se ne va via un'altra volta? E con questo brutto pensiero mi ero addormentato affianco a lui che guidava.

Non so quanto ho dormito, però mi sono svegliato per un

rumore fortissimo, tipo mille gessetti che graffiano la lavagna tutti assieme. Ho aperto gli occhi: eravamo fermi davanti a un cancello fatto di lamiere arrugginite e un uomo lo stava aprendo strusciandolo sul brecciolino. Il mio libro, *L'isola del tesoro*, stava rovesciato per terra, con le pagine spiegazzate. Mi doveva essere caduto mentre dormivo. Subito l'ho raccolto e pulito, perché io ci tengo ai libri e mi dispiace se si rovinano. Mi sono girato e babbo era lì, con la solita sigaretta in bocca. Tutti e due una sicurezza, almeno per ora.

"Pa', ma dove siamo?"

"A Bari."

"Siamo venuti a prendere il tesoro allora." Babbo ha sorriso.

Quando il signore ha aperto il cancello a sufficienza, ha ingranato la prima e siamo entrati. Non ci voleva molto a capire dove mi aveva portato, era un cimitero delle macchine: carcasse dappertutto, accatastate una sopra l'altra, e ce n'erano pure alcune accartocciate a forma di cubo a formare piramidi altissime.

C'erano tante persone che ci lavoravano, chi staccava uno specchietto, chi apriva una portiera per controllare se funzionava ancora, chi camminava portando un sedile sulla testa. Sembravano le formichine con le molliche di pane, che io e Emidio gliele buttiamo apposta e poi stiamo ore a guardarle mentre le fanno a pezzi e se le spartiscono. Questo quando non le bruciamo con l'alcol. È stato zio a insegnarcelo, lui dice che invece di mettere il veleno come fa zia quando le trova in casa, è meglio bruciarne un po' e lasciarle lì per un giorno, così le altre formiche vedono i cadaveri carbonizzati, capiscono che lì è pericoloso e non tornano più. Zia dice che è pazzo, però secondo me una logica ce l'ha.

Babbo è andato avanti per un po' in mezzo a quelle montagne di macchine scassate, poi si è fermato davanti a un grosso capannone dove c'erano delle persone che sembravano aspettarci. In mezzo c'era questo uomo anziano e tutti gli altri stavano attorno a lui in silenzio. Quando babbo ha fermato la macchina, l'ho guardato meglio. Aveva la barba bianchissima e sopra indossava soltanto la canottiera. È stato allora, quando ho visto che aveva il Volto Santo tatuato in petto con gli occhi di Gesù rivolti verso il cielo, che l'ho riconosciuto: era la stessa persona che era venuta a parlare con mamma tanti anni prima, quando io ero piccolissimo, quello che ci regalava le sigarette e il vino da vendere.

"Vecchio sempre più vecchio, lui non muore mai," così aveva detto Braccia Lunghe. E poi si era raccomandato di non fare tardi all'appuntamento con lui.

Invece babbo se n'era fregato ed eravamo in ritardo di due giorni.

Pure Totò, quando l'aveva nominato, era diventato serio serio, come se era pericoloso fargli un torto.

Ho strizzato un po' gli occhi per capire come stava e pure da lontano si vedeva che era arrabbiato: ci guardava storto, poggiato sul suo bastone del comando. Mi sa che stavolta babbo l'aveva fatta davvero grossa.

"Aspetta in macchina," mi ha detto con un sorriso che voleva essere rassicurante.

Come è sceso, non ha fatto nemmeno un passo che il Vecchio gli ha gridato contro.

"Càzz de fine sì fàtte?! Perché ci hai messo tanto?"

"Volevi che mi portavo qualcuno appresso?"

"E te lo sei portato?"

Al Vecchio è bastata un'occhiata e due signori sono partiti verso babbo. Gli hanno aperto la camicia, lo toccavano dappertutto, come se cercavano qualcosa. Ho pensato a quelle scene dei film americani, dove scoprono che uno c'ha un registratore nascosto addosso. Alla fine i due si sono girati verso il loro capo.

"Niente."

Io sono sceso dalla macchina perché ero preoccupato che gli volevano fare male. Magari facevo una sceneggiata come con i carabinieri, anche se qui non sapevo proprio cosa dire, mi potevo solo mettere a piangere.

"E chi è 'u uaglio'?" ha chiesto stupito il Vecchio. È vero che sono un tappo e a stento supero il cruscotto, ma mi sa che era proprio cecato se non mi aveva ancora visto.

"Fìgghijeme."

Il Vecchio non ci poteva credere.

"Ah, qualcuno te lo sei portato: 'u figghìe!" si è messo a ridere che sembrava una iena, con tutti i denti da fuori. Ecco un altro animale che mi ha sempre fatto paura.

E dopo di lui si sono messe a ridere tutte le altre iene, perché, se il Vecchio rideva, allora pure gli altri erano autorizzati a farlo. Era come se il Vecchio era la testa di una tarantola e tutti quelli attorno le sue zampe pronte ad afferrarci. Pure i ragni mi spaventano, in un attimo possono saltarti addosso e morderti.

"Pìgghje 'u fìrre, Salvo," mi ha detto mio padre. Lui invece sembrava calmo.

'U fìrre? E che era? Però aveva indicato la macchina. Allora ho capito. Ho aperto il cassetto e ho preso la pistola. Mentre facevo il giro, non sapevo nemmeno come tenerla in mano. Stavo per consegnarla a babbo, ma lui mi ha fatto segno che la dovevo portare al Vecchio. Ho fatto un passo verso di lui, sembrava che da sotto la canottiera pure Gesù mi diceva: "Statti attento a questo qui".

"Acquànne 'u albanèse m'à chiamàate e m'à dìtte ca non veléve 'u fìrre, ho pensato che eri impazzito. Mi ha detto: 'Dice che c'ha un bambino apprìsse ca jè mègghje de nu fìrre'. Invece... tenevi tutti e due, 'u fìrre e figghìete."

Avevo capito che parlava di me, del bambino che vale più di una pistola. E infatti mi ha guardato. Mi ha fatto pure quello che per lui doveva essere un sorriso, a me sembrava che gli stavano facendo una siringa di antitetanica nel culo, appena presa dal frigo.

"'U firre l'ho preso per strada. Chiù tard mi' serve."

"E più tardi te lo ripigli a quann avim frnut."

Ha allungato la mano verso di me, ho pensato che voleva tirarmi la guancia con le sue dita gomene, come quando ero piccolo, invece ha preso la pistola e se l'è infilata nei pantaloni.

"E mo vieni qua, fatti abbracciare."

Il Vecchio ha allargato le braccia e papà si è avvicinato, lento.

Tutti li guardavano quando si sono abbracciati e solo in quel momento mi sono accorto che avevano tutti delle pistole, chi infilata nei pantaloni, chi in tasca, chi nascosta tra le mani. Poi il Vecchio ha cominciato a parlare a bassa voce a babbo, io potevo sentire perché ero vicino.

"So che ti hanno trattato male. E tu sempre muto sei stato. Si stat brav, Vinge'."

"Grazie per quello che hai fatto per la famigghìa mé."

"Non so' fatt niente. Mi è spiaciuto per tua moglie. Ho pianto pur'ij."

Non ci credevo che il Vecchio aveva pianto per mamma, ma babbo ha abbassato la testa. Non l'avevo mai visto così... piccolo. Da come se lo stringeva, sembrava che il Vecchio gli voleva bene veramente a papà, gli toccava la faccia come se era un figlio che non vedeva da tanto tempo. Non c'avevano messo niente a fare pace, mentre a me e babbo c'erano voluti un po' di giorni.

Poi il Vecchio ha gonfiato il petto e ha annunciato: "È tornato Vingenz!".

E tutte le zampe della tarantola si sono avvicinate a babbo, ma non per pungerlo. C'era chi gli dava un bacio, chi se lo abbracciava. I più anziani lo chiamavano "Enzucc'", manco fosse il piccolo di casa. Chi se l'aspettava, un attimo prima sembrava che lo volevano incartare nella ragnatela e papparselo.

"Vù, pgghìat la macchina. Tu invece, Vinge', vieni: m'ha fa do chiàcchjire."

Il Vecchio l'ha preso sotto braccio e ha fatto strada verso l'officina. Babbo mi ha fatto segno di seguirlo.

Era da un po' che stavamo in questo ufficio che dall'alto si affacciava sul garage.

Io stavo attaccato alla vetrata a guardare quello che facevano giù. Quando ho visto la fiamma ossidrica, mi sono ricordato di babbo che minacciava il ladro che si era rubato la nostra macchina. Ora la stavano usando per smontarla pezzo pezzo.

"Papà, stanno... scucendo la nostra macchina." Non so perché ho sbagliato parola, però un po' ci azzeccava.

"Non ti preoccupare, Salvo."

Io avevo trovato giusto qualche sacchetto di quella polvere bianca sotto il tappetino del bagagliaio, ma in realtà era nascosta dappertutto, in ogni pezzo della macchina, dal paraurti agli sportelli, ai sedili. Ci potevano fare almeno cento pagnotte con tutta quella farina. E ogni volta che tiravano fuori un sacchetto, un tipo lo bucava con un coltellino, ne prendeva un pizzico e lo metteva in una boccetta di vetro con del liquido trasparente. Poi la agitava e quella si colorava di azzurro. Quando hanno finito di controllare tutte le confezioni, un uomo è corso su per le scalette, si è avvicinato al Vecchio seduto dietro la scrivania e gli ha detto qualcosa all'orecchio. Fino a quel momento lui e papà avevano parlato di come si stava in carcere, di quanti calabresi c'erano, dei pacchi che arrivavano sempre puntuali... cose loro insomma. Quando il tipo è uscito, il Vecchio si è stiracchiato e poi ha fatto scrocchiare le nocche, sembravano noccioline che si rompevano.

"Vincenzo, io come un figlio a te ti tengo, lo sai? Tutti che dicevano 'quello se n'è andato con la robba, è andato dalla banda sua' e io solo a dire: 'Ma chi? Vincenzo? Mai lo dovete pensare'."

"E io infatti me n'ero andato... poi ho cambiato idea."

Il Vecchio ci è rimasto secco, non sapeva che pensare. Non capivo perché babbo gli aveva parlato in quel modo, voleva farlo arrabbiare?

"...E meno male, perché mica lo sapevo che li controllavate uno a uno i sacchetti a vostro figlio Vincenzo."

Ora era papà a sembrare offeso.

Il Vecchio non parlava, babbo lo guardava dritto negli occhi, non l'avevo mai visto così serio. Poi però si è aperto in un sorriso.

"Sto scherzando, don Pie'. È giusto così."

Quindi il Vecchio ce l'aveva un nome: Pietro. Un po' alla volta ha cominciato a ridere, fino a farsi venire le lacrime agli occhi. Certo, quando ride uno così, a parte che tremano i muri, non è che agli altri viene proprio voglia di seguirlo. Babbo invece era proprio strano, praticamente gli aveva detto la verità, ma solo per lamentarsi del fatto che non si erano fidati di lui.

Il Vecchio ha aperto un cassetto e ha tirato fuori una busta.

"Tieni, uaglio', questi sono i trenta milioni, te li sei meritati. Tanti anni di carcere e mai una parola sbagliata. Tieni le palle."

"Grazie a voi che mi volete sempre bene. Con questi posso ricominciare," ha detto babbo afferrandola. Ma il Vecchio l'ha trattenuta.

"Ricominciare cosa?"

Sono rimasti per qualche secondo così, in silenzio, la busta sospesa in aria in mezzo a loro. Poi il Vecchio ha mollato la presa. Babbo rifletteva, cercava le parole per rispondere alla domanda.

"Don Pie', io tenevo una bella banda. Ora uno vende i panini sulla spiaggia e il fratello è uscito pazzo."

"Totò è sempre stato né carne né pesce. Si credeva un padrone, ma cattiveria non ne teneva. Il fratello già era pazzo da piccolo, violento sì, ma cervello poco. Tu eri 'u megghìe."

"Io non lo so come eravamo, don Pie'. So solo che quelli erano la famigghìa mé."

"Siamo noi la famigghìa tò, Enzo. Io ti ho dato da mangiare prima e mentre eri dentro E posso darti da mangiare mo. Ma tu devi stare vicino a me, gente come a te mi serve. I calabresi ci fanno la guerra."

"'U sàcce."

"E allora sai qual è il tuo posto: qui, vicino a me, a fa' la guerr. Figghìe non ne tengo, ma con uno come a te vicino, 'u sacce che pòzze fa' la vecchiaia tranguill."

Io li guardavo in disparte, appoggiato con la schiena alla vetrata. Un po' capivo, ma non tutto. Però quello che mi era chiaro è che babbo era tutta un'altra persona davanti a don Pietro. Era quello mio padre? Era sempre stato così? Tutte le volte che andava via di casa diventava quella persona che adesso stavo vedendo, così... freddo? Non c'erano baci per mamma, né giochi con me, ma tutto un altro mondo in cui passava più tempo che con noi. In posti come questo, con persone come il Vecchio. E chi se lo immaginava. Per me lui era quello che, quando tornava da un viaggio, mi portava il camion di plastica e il tubo con le caramelle di tutti i gusti. Quello che m'insegnava a fare i tuffi. E invece non era così, non era solo questo. Era anche uno che non conoscevo. Come quei signori che vedi per strada e non sai chi sono, non sai che lavoro fanno, non sai niente di loro. Ecco, mio padre mi sembrava uno di questi. E ora questo sconosciuto stava lì davanti a un vecchio molto cattivo che gli chiedeva di diventare una specie di figlio suo, ma solo per mandarlo in guerra.

"Don Pie', vi ringrazio per la vostra fiducia. Ma avete detto bene, voi figli non ne avete e non sapete cosa significa starci lontano. Sennò questa cosa non me la chiedevate dopo sei anni di carcere."

Babbo l'aveva stecchito, al Vecchio. E pure a me. Mi sono sentito una cosa strana in petto, come un fuoco, come quando mi hanno appeso al collo la medaglia alle Regionali, come quando la signorina Silvia mi ha dato la coccarda. No, lui non era un signore sconosciuto. Anche in quel mondo che vedevo per la prima volta, lui era sempre mio padre. È vero che non sapevo tante cose di lui, ma mi bastava quello che aveva appena detto.

Forse era quello il tesoro.

Certo, l'aveva seppellito proprio bene. Ma scavando scavando alla fine l'aveva ritirato fuori.

Don Pietro ha tirato su col naso, poi ha alzato le mani come per dire che era tutto a posto, non si capiva se c'era rimasto male oppure no. Deve essere sempre difficile sapere cosa pensa uno con quella faccia.

Babbo stava per infilarsi la busta nella tasca del giubbino quando si è girato verso di me.

"Li vuoi contare tu?" mi ha detto.

"No... mi fido."

Mi ha sorriso, contento che avessi risposto così.

"Ihh... che coppia padre e figghìe," ha detto il Vecchio, e ha ricominciato a ridere. Forse era contento pure lui, chissà. Poi però ha tirato fuori la pistola che io gli avevo consegnato e l'ha poggiata sulla scrivania, giusto in mezzo a loro.

"Questa non ti serve più allora?"

Quando babbo l'ha presa, io lo sapevo il perché. Non gli bastava aver trovato il tesoro.

33.

"Quante ne vuoi, Enzù."

Così aveva risposto il Vecchio quando papà gli aveva chiesto una macchina. Subito dopo ci aveva fatto accompagnare giù nel parcheggio dove ce n'erano un sacco, qualcuna più nuova, ma la maggior parte così vecchie che la scassona con cui era venuto a prendermi papà a Trento sembrava una fuoriserie. Lui guardava solo la cilindrata, che si è capito che gli piace correre. Io invece la volevo per forza bianca. Poi però ho visto una cosa che mi piaceva troppo, e chissenefrega del colore: "Pa', perché non prendiamo quello?".

"Un furgone?!" ha chiesto stupito.

"Sì, così possiamo dormire dietro e puoi allungare le gambe pure tu."

Papà si è messo a ridere, mica mi faceva passare la notte per strada ora che aveva tutti quei soldi. Però secondo me gli ha fatto piacere quello che avevo detto, così si è fatto dare le chiavi. Che glielo spiegavo a fare che il furgone mi piaceva perché era uguale a quello nero dell'A-Team? Tanto in carcere la televisione non c'era.

Papà ha chiesto se c'era pure un'autoradio, "Magari con i canali". Invece gli hanno portato una specie di pezzo da museo, così piena di ammaccature che sembrava che l'avevano presa a bastonate. Aveva solo due rotelle e un buco al centro troppo grande per una musicassetta normale. Infatti sopra c'era scritto Stereo 8, che era il formato di cassette che si usava prima.

"Non l'hai mai vista un'autoradio così, eh?" ha detto mentre se la rigirava tra le mani tutto contento.

"Sei sicuro che è un'autoradio?" l'ho preso in giro.

"Certo, le rubavo quando tenevo l'età tua, pensa quanto è vecchia. Anzi, può essere che l'ho rubata proprio io. Speriamo che almeno funziona la radio."

Funzionava. E con un po' di musica rubata siamo arrivati al centro di Bari.

Abbiamo passato tutta la mattinata a girare per negozi e alla fine eravamo carichi di buste, regali per noi ma anche per gli zii e per Emidio. A un certo punto siamo entrati in un bar che papà voleva prendersi un caffè. Stavo aspettando la mia spremuta d'arance quando mi sono accorto che riuscivo a vedere sopra al bancone. Io non ci arrivo mai, lo guardo sempre da sotto. Non ero cresciuto improvvisamente, è che papà mi aveva comprato un paio di stivali da cowboy come i suoi, con il tacco. Mi facevano un po' male perché era la prima volta però era bello stare così in alto.

Papà ha visto che me li guardavo.

"È strano, mi sento... un gigante," ho esagerato un po'.

"E infatti a quello servono," mi ha sorriso. Anche lui non è proprio altissimo, rispetto a zio per esempio è più basso.

"Ma perché c'hanno questa punta così appuntita?"

"Così ci scamazzi gli scarafaggi negli angoli."

"Davvero serve a quello?" gli ho chiesto un po' schifato. Mica uno deve per forza scamazzarli, meglio se non ci sono proprio, no?

Dalla faccia che ha fatto, ho capito che era un battuta.

"Comunque poi ti abitui e non ci fai più caso, anzi ti sembra strano senza."

"Mi sento nudo."

Papà si è ricordato e si è messo a ridere. Era quello che gli aveva detto quella smorfiosa di Valentina la prima volta che l'avevamo incontrata. Era strano, mi sembrava che io e lui stavamo in viaggio da mesi.

"Ci vuole un brindisi," ha detto.

Abbiamo fatto cin-cin con il suo caffè e la mia aranciata, come due che alla fine le hanno sfangate tutte. Mica lo sapevo che ne stava per cominciare un'altra.

"Scusate, sapete come si arriva alla pellicceria Gabetti?"

Nel bar era appena entrato un signore con una tuta grigia da lavoro e si era appoggiato al bancone affianco a noi.

"A piedi?" ha chiesto il barista.

"No, col camion."

"Pa', ti ricordi di quella volta che da piccolo..."

Ma papà mi ha fatto segno di aspettare, ho pensato che si voleva bere il caffè in santa pace.

"La pellicceria sta duecento metri più avanti, però mo hanno chiuso al traffico da qui fino alla piazza."

"E non c'è un'altra strada per avvicinarsi? Dobbiamo scaricare."

"Eh, è complicato, hanno messo fioriere dappertutto. Vi conviene parcheggiare e chiedere a quelli della pellicceria," ha tagliato corto il barista per mettersi a servire un altro cliente.

Io non sono così: cerco sempre di dare tutte le informazioni se me le chiedono. Però non lavoro, magari è quello.

Il camionista se n'è andato tutto sconfortato.

"Pa', ti stavo dicendo..."

"Quanto vuoi per la giacca?" ha chiesto all'improvviso mio padre al barista. Stava tutto agitato.

"Prego?!"

"Vanno bene duecentomila lire?" Papà ha tirato fuori il portafogli. "Tieni, te ne do trecentomila", e gli ha appoggiato i soldi in mano.

Anche se non ci stava capendo niente come me, il barista

deve aver pensato che un affare così non gli capitava più e se l'è sfilata.

Mio padre l'ha afferrata al volo, poi mi ha preso per mano e mi ha portato fuori dal bar in fretta e furia, come se l'aveva pizzicato una medusa. Lo so perché una volta mi ha acchiappato pure a me e sono schizzato a riva come un fulmine, meno male che il bagnino c'aveva l'ammoniaca.

"Dove andiamo!?"

"Zitto e corri."

Si guardava attorno come un pazzo e con tutte quelle buste faticavo a stargli appresso. Soltanto quando siamo arrivati davanti a una lunga vetrina piena di pellicce si è piegato sulle ginocchia per prendere fiato.

"Pa', ma che stiamo facendo? Perché hai comprato la giacca?"

"Ah già", e se l'è infilata. "Ti ricordi dov'è la piazzetta coi giardinetti dove abbiamo parcheggiato?" stava ancora tutto affannato.

"Sta là", e ho indicato la direzione con il dito.

"Perfetto, io mi faccio trovare là. Adesso stai tranquillo e fai quello che ti dico, va bene?"

Se mi dici di stare tranquillo è peggio, perché significa che c'è da preoccuparsi.

Si è asciugato il sudore in fronte con la manica, poi si è piazzato fuori dalla porta della pellicceria con l'aria tutta impettita.

"Ma che devo fare? Non ho capito."

Nemmeno due secondi ed è comparso il signore con la tuta grigia. Babbo ha aspettato che lui lo vedesse davanti all'ingresso, poi gli è andato incontro a passo svelto.

"Insomma, che fine avete fatto? Noi qua stavamo chiudendo, eh!"

"Scusate dotto', ma è la prima volta e non sapevamo come si arriva. Abbiamo dovuto lasciare il furgone laggiù."

"Una disgrazia è stata 'sta zona pedonale... facciamo una cosa, mo viene con voi il ragazzo e vi fa vedere come si fa il giro. Ci vediamo qua dietro, al deposito, io prendo le chiavi. Marcello, accompagna il signore."

Marcello?!

Papà è entrato nella pellicceria e non l'ho più visto. E adesso che faccio? Il signore con la tuta grigia mi stava aspettando, così ho abbassato la testa e ci siamo avviati insieme verso il suo furgone. Dopo pochi passi mi sono girato un attimo indietro nella speranza che papà tornasse a riprendermi, invece l'ho visto che sgattaiolava fuori dal negozio e spariva dietro l'angolo.

Mannaggia alle meduse...

Quando sono salito sul camion assieme al signore, alla guida c'era un'altra persona che ha chiesto subito: "Dove dobbiamo andare?".

"Mo ce lo dice lui."

Siamo partiti. Mi guardavano tutti e due, io ho detto di girare a destra. E il furgone ha girato a destra.

Siamo andati avanti per una cinquantina di metri, ma come facevo a sapere qual era la traversa da imboccare? Mi sembravano tutte uguali.

"Dobbiamo girare da qualche parte?"

"Eh? Ancora no... cioè sì... di qua, a sinistra."

E il furgone ha girato a sinistra. Però mica c'era la piazzetta coi giardinetti dove avevamo parcheggiato.

Non sapevo più che dire, papà dov'era?

"Ma dov'è 'stu deposito?" ha fatto l'autista dopo un po'.

A me sembrava che eravamo andati avanti per chilometri. Ha fermato il furgone e ha cominciato a fissarmi. Io non sapevo cosa dire, ancora pochi secondi e questa volta la pipì me la facevo veramente addosso. Io, non Marcello.

In quel momento sono arrivati due colpi secchi sulla portiera e siamo saltati tutti e tre. L'autista si è affacciato e c'era papà.

"Che fate in mezzo alla strada? Da questa parte. Là, vedete?" e ha indicato uno spiazzo.

Meno male, me l'ero vista proprio brutta.

Una volta parcheggiato il furgone, papà si è messo a parlare coi due signori proprio come se fosse il padrone del negozio.

"Scaricate qua... quanti colli sono? Va bene... No, no, posate qua che ci pensiamo noi, dobbiamo chiudere, datemi la bolla d'accompagnamento, ok... va bene."

Dopo cinque minuti il camion è andato via e siamo rimasti in mezzo alla strada con una ventina di pellicce appese alle grucce. Le abbiamo caricate subito sul furgone, il nostro però.

Che tipo mio padre, quando lo pizzica quella bestiaccia di medusa, deve correre subito a fare guai, non c'è verso di fermarlo.

Abbiamo viaggiato per una buona mezz'ora con la radio a tutto volume e noi due che cantavamo a squarciagola. Lo guardavo e pensavo che forse bisogna nascerci così, che entra uno sconosciuto in un bar a chiedere un'informazione e in un secondo elabori un piano per fregarlo. E dopo due secondi parti a razzo per realizzarlo. L'unica cosa alla quale non devi assolutamente pensare è che, se qualcosa va storto, finisci in prigione.

Forse si è accorto che lo stavo fissando perché si è girato verso di me con aria sospettosa. E ha abbassato il volume.

"Ma tu, quando ti chiedevano di me, di tuo padre, che dicevi?"

Mi aveva quasi letto nel pensiero.

"Niente... quand'ero più piccolo dicevo che eri un soldato e stavi in guerra, solo che poi mi chiedevano che guerra.

Così ho cominciato a dire che lavoravi in Germania, come quando ci andavi con zio Eugenio.”

“Hai mai detto che ero... morto?”

“No, quello mai.”

E dopo un po' ho aggiunto: “Che eri morto non era vero”.

Rispetto alle altre era troppo una bugia.

Sembrava contento, come quando stai per cadere e con un colpo di reni ti rimetti in piedi.

“Solo alla signorina Silvia ho detto che stavi in prigione. L'ho scritto in un tema e lei mi ha dato la coccarda, l'ho tenuta fino alla fine dell'anno.”

“Ah sì? Bravo.”

Ero contento che adesso sapeva questa cosa di me. Avrei voluto raccontargli tutto quello che mi era successo in quei sei anni: io che vendo le sigarette e il vino, mamma che è volata via, il tuffatore che si ferma accanto al letto, davanti ai miei occhi. E poi le gomme colorate, gli alberi che so disegnare e tutte le altre cose che ho imparato. Anche se non c'era stato, almeno così mi conosceva un po' meglio. Invece era lui che voleva raccontarmi qualcosa.

“Non ti hanno mai detto perché ero in prigione? Tutta la storia?”

Ho fatto segno di no con la testa.

“La vuoi sapere?”

Non ero più troppo piccolo per capire cosa era andato storto.

34.

"Aspe', chi è che guidava?... Totò, sì, guidava lui. Io stavo affianco e Vito dietro. Stavamo facendo il solito viaggio di ritorno da Marsiglia, c'eravamo fatti quasi mille chilometri dalla mattina. A un'ora da Bari prendevamo sempre questa superstrada in mezzo alle montagne, un po' perché non c'era mai nessuno, un po' perché ci piaceva: si vedeva il mare e ci sembrava di essere già arrivati, ci potevamo rilassare.

Ancora mi ricordo Vito che diceva che voleva andare in Costa Azzurra per l'estate: 'Basta co' 'ste fèmene meridionali: Crocifissa, Addolorata, Incoronata, mai una chiavata! Io voglio a Brigitte Bardot!'. Che coglione. Tu adesso l'hai visto così, ma prima Vito ti faceva pisciare sotto dalle risate. Una volta, giocando a carte, ha sparato a uno in un piede e poi gli ha dato la pistola in mano. 'Spara pure tu.' Un pazzo. Per me era come un fratello... però più incosciente, diciamo. E poi ci stava Totò, che era il fratello maggiore di tutti e due. Ci conoscevamo fin da piccoli perché mio padre e il loro erano soci sullo stesso barcone. Poi tornavano a casa e si lamentavano l'uno dell'altro, e noi figli ad ascoltare. Per questo da bambini non eravamo amici, anzi ci schifavamo pure un po'. Poi è arrivata la tempesta. E abbiamo passato tre notti in chiesa assieme. Le mamme si scendevano tutto il rosario a cantilena e noi tre a fare a gara a chi pregava di più per i nostri padri, per farli rientrare in porto sani e salvi. Alla fine è arrivata la notizia. Al funerale c'era tutto il paese. Ti ricordi la nonna, quando le chiedevi perché era sempre vestita di nero e non ti rispondeva? Era il lutto, l'ha portato fino all'ultimo, per quasi vent'anni. E niente, dopo la tragedia siamo diventati inseparabili. Ancora di più dopo, quando abbiamo cominciato a fare guai. Anzi, secondo me li abbiamo fatti proprio perché stavamo sempre assieme. D'inverno entravamo nelle case di vacanza e rubavamo quello che trovavamo. Ma non per soldi... così... per sfizio. Alla fine regalavamo tutto. Poi però siamo cresciuti e nessuno dei tre teneva una lira per mangiarci una pizza fuori, la tempesta ci aveva affondato pure a noi, che ti credi. Io avevo l'età tua di adesso.

All'inizio rubavamo gli stereo dalle macchine, che ho visto che ti piacciono. Andavamo a Bari la mattina col treno, renditi conto. Poi siamo cresciuti e siamo diventati proprio una banda. Al paese non facevamo mai guai. Ci spostavamo di almeno una ventina di chilometri, rubavamo una macchina e la vendevamo a Bari. Loro smontavano i pezzi e ci davano trecentomila lire. È così che abbiamo conosciuto il Vecchio, che già comandava. Ci ha preso subito in simpatia, ci vedeva svegli. Poi una volta Totò, invece di farsi dare i soldi, s'è fatto dare una pistola. Tale e quale a questa, a tamburo. E così abbiamo cominciato con le rapine.

Io e Vito avevamo sedici anni. Andavamo sempre avanti noi perché eravamo minorenni. All'inizio Totò voleva fare un po' il capo perché era il più grande, poi si è calmato. Rapinavamo coppiette, facevamo furti in appartamento, cose così. Ogni tanto fermavamo i furgoni sulla statale e là erano bei soldi. Solo che a Totò non bastavano mai. E così un giorno ha deciso che dovevamo rapinare un ufficio postale. Non abbiamo ricavato moltissimo, una cinquantina di milioni a testa, ma siamo usciti su tutti i giornali perché a Vito si è inceppato il mitra e ha sparato trenta colpi in una botta, un altro po' e faceva una strage. A quel punto è stato il Vecchio che ci ha mandato a chiamare e ci ha chiesto se volevamo lavorare per lui. Abbiamo detto tutti di sì. E lui ci ha messo a fare i viaggi.

Prendevamo la roba a Marsiglia e in un giorno la portavamo a Bari, dovevamo solo fare avanti e indietro con la macchina. Era un lavoro tranquillo, nessuno che puntava la pistola in faccia a nessuno e nessuno che piangeva. Rispetto a prima, pareva che ci avevano dato la pensione. L'unico pericolo era quando ci fermava la polizia, ma noi avevamo i documenti falsi, una bella macchina e sembravamo in vacanza. E ci lasciavano andare. Fino a quando non abbiamo acchiappato quel cazzo di posto di blocco su quella superstrada dove non c'era mai nessuno.

Erano solo due carabinieri di paese, niente di più. Ci siamo fermati, il brigadiere ci ha chiesto i documenti e noi glieli abbiamo dati. Sembrava tutto a posto, che ce ne dovevamo solo andare, quando all'improvviso quel cazzo di brigadiere ha fatto un segnale al collega e quello ha fatto scendere dalla camionetta un pastore tedesco, di quelli che sentono l'odore della droga. Io e Totò ci siamo guardati per decidere cosa fare, ma Vito era già partito. È saltato fuori dalla macchina e ha sparato in aria una raffica di mitra.

'A terra, a terra! Mettiti a terra!' urlava come un indemoniato.

A quel punto sono uscito pure io. Ho disarmato il carabiniere steso sull'asfalto, mentre Vito sparava alle gomme della camionetta e Totò riempiva di calci quello stronzo di brigadiere. Scusa, sto dicendo troppe parolacce. Non è facile."

"E poi che è successo?" Non me ne fregava niente delle parolacce, anzi da adesso ero autorizzato a dirle pure io. Fottiti zia.

"Niente, sembrava tutto finito, con i due carabinieri a terra e quel cazzo di cane che abbaiava. Io e Vito ci siamo girati per tornare in macchina, e a quel punto ho sentito il colpo. È stato un attimo: ho visto Vito che cadeva a terra, con il sangue che gli usciva dalla coscia. Dentro alla camionetta c'era nascosto un altro carabiniere, non ce n'eravamo accorti. Ho cominciato a sparare con tutt'e due le pistole che tenevo in mano e alla fine l'ho colpito. No, non ti preoccupare, non è morto. Per fortuna, sennò a me mi rivedevi fra altri vent'anni. L'ho beccato al braccio e gli è caduta la pistola. A quel punto ho raccolto Vito, l'ho caricato in macchina e siamo scappati."

"Ma se siete scappati, perché allora..."

"Aspe', fammi pigliare un attimo fiato... Quando stavo in carcere ci pensavo ogni giorno a tutti quegli spari contro la camionetta e poi a quello che cade... vabbè, andiamo avanti. Allora... per rientrare a Bari ci volevano troppi chilometri e noi dovevamo toglierci subito dalla strada e nascondere la macchina che era imbottita di roba. Totò conosceva questo Ragioniere che abitava in un paese vicino. Era una persona che lavorava per lui, gli riciclava i soldi, intestava negozi, queste cose qui. È complicato, lo so, ma era per dire che era uno di cui potevamo fidarci. In venti minuti siamo arrivati a casa sua, che poi sarebbe quella dove abbiamo trovato il barbone. Per fortuna a Vito lo avevano colpito di striscio, quindi, mentre io gli sistemavo la ferita, Totò ha detto al Ragioniere che doveva tenere nascosta la macchina per qualche giorno, il tempo che noi tornavamo a Bari e ci organizzavamo. E che era meglio per lui se non ci chiedeva cosa era successo."

"Che macchina era?" mi è venuto da chiedergli.

"Era una Jaguar, tipo 2500 di cilindrata, un coupé decappottabile, bellissima... Le macchine da ricchi non le controllano quasi mai e corrono. Come la Maserati che abbiamo portato al Vecchio."

"Però a noi ci hanno fermato..." ho detto io.

Babbo mi ha sorriso.

"Eh già..."

Meno male che questa volta c'ero io in macchina e non Vito sparatutto.

Stavamo seduti in mezzo a questo bosco fitto fitto e, dato che tirava molto vento, ci eravamo messi addosso un paio delle nostre nuove pellicce. Babbo aveva un visone grigio, io una stola di volpe, così l'aveva chiamata lui. Stavamo vicino al fuoco a cuocere salsicce, come in quel film con Bud Spencer e Terence Hill, che loro sono dei pistoleri in viaggio nel West. Mi fanno morire quei due, se li incontro me li abbraccio proprio. Da grande vorrei essere come Terence che è sveglio e veloce e avere un amico forte e grosso come Bud.

"E che c'entrano i quadri di donne nude?"

"'Sto Ragioniere teneva la fissa della pittura. Quando siamo entrati in casa sua, stava dipingendo: aveva la fotografia di una ragazza nuda e la stava copiando. Vito, per sfotterlo, gliel'ha presa. E l'ha conservata da allora."

"Marisa?"

"Sì."

"E poi che è successo?"

"È successo che qualche giorno dopo ci hanno arrestati tutti e tre. Hanno ritrovato la Jaguar proprio nella piazza dove ieri abbiamo incontrato Vito. E dove abita Marisa. Dentro c'erano le nostre impronte. E tanta, tanta farina."

"Ma se Totò si fidava di lui, perché vi ha tradito questo Ragioniere?"

"Eh... sono sei anni che me lo chiedo."

Allora era vero che non sapeva perché era finito in carcere.

"Però forse domani..."

"Domani cosa?"

"Glielo chiediamo direttamente a lui." E ha tirato fuori la pistola che teneva nella cinta. Era tutta nera, ma alla luce del fuoco scintillava. "Marisa ha detto che ogni tanto gli spedisce delle foto. Ieri notte a casa sua mi sono messo a cercare e ho trovato una rubrica. Dentro c'era il suo indirizzo, abita a Morcone, un paese qui vicino."

Ecco che ci faceva al buio in cucina quando Marisa l'aveva sorpreso. E che ci facevamo noi in un bosco invece che in albergo, nessuno doveva sapere che stavamo lì. Però adesso mi era venuta un po' di fifa a pensare al giorno dopo.

"Pa', ma questo Ragioniere è... cattivo?"

"Lui non lo so... noi sì", e mi ha sorriso. "Che ne dici, vediamo se funziona?"

Babbo si è messo in piedi, sembrava un orso con quel pelliccione grigio addosso. Si è guardato attorno, ha puntato la pistola contro un albero e ha fatto fuoco. Mamma mia, che botta!

Una volta con Emidio abbiamo messo una miccetta dentro una Coca Cola vuota, ma non era niente a confronto. La lattina si era un po' squarciata, ma qua era schizzato via un pezzo di corteccia dall'albero. Ho pensato a babbo che sparava a raffica contro quel carabiniere. Ho pensato a quello che può fare un colpo di pistola, al fatto che si può morire. Altro che miccette. Però se io e Emidio ce ne andavamo in giro a ficcare petardi dappertutto un motivo c'era: è troppo divertente vedere le cose che saltano in aria.

"Pa', posso provare pure io?"

Babbo pensava che scherzavo, poi ha visto che ero serio.

"Vieni qua."

Sono scattato in piedi e ho allungato subito una mano verso la pistola.

"Oh, oh, che fai, aspetta... non è un giocattolo. Tieni, prendila con tutt'e due le mani."

Me l'ha fatta impugnare piano piano, non me l'aspettavo che era così pesante.

"Che è 'sto braccino? Mister Klaus non vi fa fare le flessioni? Metti il dito qua, sul grilletto. Lo senti?"

"È duro."

"Deve essere duro... Ora tieni il braccio fermo, ma non rigido, capito? Così, vedi... E guarda avanti, non devi chiudere gli occhi, sennò a che spari?"

Il fatto è che mi stavo mettendo un po' paura, però ero anche tutto eccitato. Ho riaperto gli occhi, ma non sapevo dove puntare, il bosco era pieno di alberi.

"Che devo fare?!"

"Stai calmo, punta su quella quercia là in fondo. Le vedi queste due sporgenze sopra la pistola, una all'inizio e una alla fine? Le devi allineare con l'albero, è una specie di mirino."

"È vero!" e chi se l'immaginava che c'era questa tecnica. Nei duelli che si vedono nei film western i pistoleri sparano appena estraggono l'arma dalla fondina, mica prendono la mira in quel modo. Chissà per sbaglio quanti ne avranno ammazzati tra quelli che stavano lì a fare due passi.

"Ci sei? Bravo. Ora immaginati qualcuno da colpire."

Non ci ho dovuto pensare tanto per farmi venire un nome.

"Tommaso."

"E chi è Tommaso?" mi ha chiesto stupito. Secondo me si aspettava che dicevo qualche cattivo dei cartoni animati. Non lo sapeva che Tommaso è peggio del Dottor Zero, il nemico di Fantaman, quello che grida sempre: "Il mondo è mio!".

"Uno che sta in classe mia."

"E che ti ha fatto Tommaso?"

"Si atteggia perché il papà gli compra tutto quello che vuole. Pensa che è tutto suo, pure sua cugina Noemi."

"Ah, allora si chiama Noemi..."

Che cretino, mi era scappato proprio. Mi sono fatto rosso rosso e mi sono girato verso l'albero per non farmi vedere, ma lo sapevo che dietro di me papà se la rideva.

"...e tu giustamente per conquistarla le ammazzi il cugino, ottima strategia."

"Scemo."

"Ok, dai, facciamo fuori 'sto Tommaso. Sei pronto? Uno, due e... tre!"

Boom!

Quasi cadevo a terra, era la cosa più stupendolona che avevo fatto in vita mia, che potenza. Solo che l'albero non l'avevo nemmeno sfiorato.

"Wow, posso provare di nuovo?"

"No," ha detto strappandomela di mano. "Un colpo basta e avanza, sennò poi prendi il vizio."

Anche se me l'aveva detto scherzando, ho capito cosa intendeva, che non voleva che diventassi come lui. Io tutte quelle cose che mi aveva raccontato non me le immaginavo proprio. E un po' mi faceva pena quel bambino povero senza più il babbo. Allora per farlo ridere ho gridato all'albero: "Ti è andata bene, Tommaso!".

Papà è morto dalle risate. Poi però ho notato che aveva tirato fuori il caricatore e stava contando i colpi rimasti.

"Pa'... ma una volta che il Ragioniere ti ha detto perché vi ha tradito... tu che gli fai?"

In un attimo è diventato serio serio.

"Me lo devi dire tu... pure a te ha fatto del male."

Non sapevo cosa rispondergli. Questo signore, il Ragioniere, mi aveva rubato cose che non si possono più ritrovare. Mi sono un po' intristito a pensarci. Babbo se n'è accorto.

"Ci pensiamo domani. Adesso tocca alle salsicce", e mi ha fatto l'occhiolino.

Sì, ci pensiamo domani.

Cambia tutto nei sogni. Succedono le cose più strane, però non c'è nessuno che dice: "Ehi, questa cosa è impossibile", no, nei sogni è sempre tutto normale.

Per esempio, la prima volta che ho sognato mamma dopo che era morta, mi faceva girare tenendomi per i polsi e io un po' alla volta sollevavo i piedi fino a volare come una girandola. Lei mi sorrideva e io ridevo, e anche se andavo velocissimo non avevo paura di sfuggirle e cadere. Perché era forte, anzi fortissima, come un gigante. Come non era mai stata.

È stata la prima volta che l'ho sognata, un mese dopo che non c'era più. Quella mattina ho cominciato a piangere prima ancora di aprire gli occhi, mi è bastato realizzare che ero steso nel mio letto per capire che era solo un sogno, che non era vero. E questa cosa mi è successa ogni giorno, per almeno due anni. Solo che dopo un po' invece di piangere in camera, aspettavo di andare in bagno, così nessuno mi poteva vedere.

Poi il giorno che ho capito che era diventato una specie di appuntamento fisso, ho smesso. Non era possibile che appena chiudevo la porta mi partivano le lacrime, la verità era che ci pensavo apposta, che "volevo" piangere. Che non lo facevo più per lei, ma per me. Perché mi facevo pena. E niente, non andava bene.

Adesso mi capita una volta ogni tanto, ma perché penso a quanto ha sofferto, non a me che l'ho persa. Bisognerebbe sempre piangere per gli altri, mai per se stessi.

Anche i sogni sono cambiati.

Lei non è più un gigante che mi fa volare, è diventata di nuovo mamma. E nei sogni mi rimprovera per qualcosa che ho sbagliato, io le rispondo male, lei cerca di afferrarmi e io scappo. Oppure mi aiuta a fare i compiti, però a un certo punto sono così stanco che mi esce il fumo dalla testa e comincio a fare il cretino per farla ridere. Cose... normali. Poi però, quando mi sveglio, mi sento un po' confuso, vorrei continuare a dormire per stare con lei, anche se non andiamo sempre d'accordo. Però almeno così passiamo un po' di tempo assieme.

Speravo di sognarla quella notte, quando ci siamo messi a dormire dentro al furgone, con le pellicce a farci da materasso e coperta. Magari riuscivo a infilare nel sogno pure papà, tipo che andavamo a fare la spesa tutti e tre assieme, da piccolo mi divertivo sempre quando mi mettevano dentro carrello. Ma i sogni non si possono comandare come fa il Vecchio con le macchine che le sposta, le scuce e le rimonta.

Quella notte non ho sognato niente, mi sono solo svegliato tutto sudato, che tutte quelle pellicce facevano troppo calore.

"Che c'è?" mi ha chiesto babbo. Era sveglio e pure lui accaldato.

"Ho la maglietta bagnata."

Mi ha aiutato a cambiarla, mi ha dato un po' d'acqua e ci siamo rimessi a dormire.

"Però non ce le mettiamo più le pellicce addosso."

Ci siamo stesi e lui mi ha abbracciato, come se fosse una cosa normale.

35.

"Le belle pellicce, pellicce di tutti i tipi, pellicce di visone, pellicce di volpe, venite! Le belle pellicce, tutte a prezzi bassissimi, tutte originali!"

"Le belle pellicce" me l'ero inventato io e suonava proprio bene secondo me. Babbo mi aveva piazzato in piedi su una sedia che si era fatto prestare dal bar dove avevamo fatto colazione. Io parlo sempre con la voce un po' bassa, infatti spesso devo ripetere le cose perché le persone non mi sentono. Ma visto che stavamo in questo paese che si chiama Morcone dove nessuno mi conosceva, mi sono detto "che mi frega" e ho cominciato a gridare fortissimo. E ho scoperto che mi piaceva un sacco non pensare a quello che pensa la gente, forse dovrei stare sempre in un posto dove non conosco nessuno e nessuno mi conosce.

All'alba, quando siamo arrivati, abbiamo visto che sul corso principale c'erano un sacco di furgoni e gente che sistemava le bancarelle per vendere vestiti, scarpe e roba da mangiare. Babbo ha trovato un posto libero e si è parcheggiato pure lui.

"Forse ci leviamo subito di torno le pellicce," ha detto.

Il piano era che prima vendevamo tutta la roba al mercato e poi, visto che era domenica, ci mettevamo a cercare l'indirizzo del Ragioniere quando per strada non c'era più nessuno perché erano tutti a pranzo.

Verso mezzogiorno è uscita un sacco di gente dalla chiesa e un po' alla volta si è fatta la folla davanti al nostro camioncino. Le signore non ci potevano credere che le vendevamo a così poco, pellicce come quelle ce le avevamo solo noi. E poi quelli della ditta De Benedittis & figlio erano proprio bravi, con me a gridare in piedi su una sedia e lui a fare il gentile con le clienti.

"Ma questa è di vero visone?"

"Come no, signora. La provi."

"Chissà quanto costa allora..."

"Signo', non vi dovete preoccupare del prezzo, costano poco perché sono usate."

"Usate? Sembrano nuove."

"Usate poco."

E mi faceva l'occhiolino.

All'una e mezza la gente ha cominciato ad andare verso casa. Avevamo venduto tutte le pellicce tranne un paio che dovevamo regalare a due carabinieri che erano venuti a controllare se avevamo la licenza da ambulanti. Con loro babbo si era meritato proprio l'Oscar: aveva detto che era appena rientrato dalla Germania dove era emigrato dieci anni prima, che era il nipote di zia Maria, quella che abita vicina al castello. E quelli avevano chiuso un occhio. Anzi, tutti e quattro. Quando gli ho chiesto chi era zia Maria, mi ha spiegato che c'è sempre una zia Maria in un paese come quello. E che la gente le vuole bene. Chissà se pure io diventerò furbo come lui un giorno.

Quando non c'era più nessuno in giro, mi ha mandato a comprare due panini con prosciutto e provola dal salumiere di fronte. Avevo appena dato il primo morso, quando babbo si è messo a contare i soldi guadagnati e me ne ha dati un po'.

"Tieni, questa è la parte tua."

Io ho preso la mazzetta e ho fatto il gesto di pesarla per prenderlo in giro.

"Che c'è, del Vecchio ti fidi e di me no? E fai bene," mi ha detto sorridendo.

"Pa', ma non possiamo fare questo per sempre?" ho detto io. E lo pensavo veramente.

"Cosa? Vendere pellicce rubate? Come no, glielo dici tu a zia", e ha dato un morso al panino grande quanto tre dei miei.

"No. Davvero, pa'."

Babbo ha capito che dicevo sul serio.

"Credevo ti piacesse andare a scuola, essere... bravo."

"Che c'entra, questo è più divertente. E poi sono bravo pure qua, ho fatto venire un sacco di gente, no?"

"Questo è vero."

"Giriamo per paesi tutto l'anno. E poi, quando viene l'estate, torniamo a Marina e t'insegno a fare la capriola senza prendere panzate."

È rimasto col boccone a metà e per scherzo mi ha dato uno scappellotto, sapevo che se lo prendevo in giro sui tuffi lo fregavo.

"Quattro giorni senza zia e subito mi diventi un buffone."

"Tale padre, tale figlio", e ho dato un bel morso pure io al mio panino.

La battuta gli ha fatto piacere perché ha smesso di mangiare e mi ha guardato sorridendo.

"Senti, mo che torniamo, io pensavo di..."

Aveva una bella voce, come una carezza sulla guancia.

Forse adesso mi dice che viene a vivere vicino a noi, ho sperato. Poi d'improvviso sono arrivate le nuvole e s'è fatto buio, ma non in cielo. Nei suoi occhi.

"Eccolo lì."

Non guardava più me, ma alle mie spalle. Mi sono girato.

Dall'altro lato della strada, un signore era appena uscito dalla salumeria.

"È lui... Mangiafreda, il Ragioniere."

Me ne ero proprio dimenticato. Forse perché adesso me ne volevo dimenticare. Così, quando l'ho visto, gli occhi si sono riempiti di nuvole pure a me.

Certo, non me l'aspettavo così, m'immaginavo uno alto due metri, un gigante pieno di muscoli. Invece aveva una palandrana nera che gli si gonfiava sulla panza e che lo faceva sembrare una vecchia cornacchia. E camminava anche un po' zoppo, che Mercoledì era un campione rispetto a lui.

Babbo si è girato verso di me e mi ha guardato dritto negli occhi.

"Ieri non mi hai risposto... cosa gli dobbiamo fare, secondo te?" Aveva la faccia serissima.

Io ci avevo pensato per tutto il giorno, tra una pelliccia e l'altra. Si possono fare tutte le cose più belle del mondo, tipo fare le capriole al mare, mangiare i dolci o riempire le "o" quando leggi un libro, però non devi stare da solo. È brutto se fai un tuffo e non c'è papà a dirti com'era o se mangi una fetta di torta e non c'è mamma che ti manda a lavarti i denti o non c'è nessuno a cui mostrare le lettere colorate. Per colpa di quel signore avevo fatto per anni queste cose senza di loro.

Babbo aspettava una risposta.

"Ci ha rubato tante cose..."

Babbo è rimasto in silenzio per un po', poi ha fatto un lungo sospiro e ha tirato fuori la pistola.

Ma io non avevo finito.

"...ma tanto mamma non torna."

Era quello che avevo deciso. Guardavo quello sgorbio nero che faticava a camminare ed era vero che lo odiavo. Ma soltanto perché stava ancora lì, non per quello che ci aveva fatto.

Babbo sembrava invecchiato di colpo. Dopo che gli avevo tagliato barba e capelli, assomigliava di nuovo al papà di quando ero piccolo. Adesso invece si vedeva tutto il tempo che era passato: io ero stato due anni a versare lacrime da solo in bagno, ma lui era stato chiuso in prigione per sei. Mi sono ricordato dell'esperimento che avevamo fatto a scuola a settembre, quando avevamo messo un chiodo in una vaschetta con l'acqua e l'avevamo tirato fuori a maggio. Era diventato tutto rosso e rugoso.

"Vedete questa polvere tutt'attorno? Vuol dire che il ferro ha fatto la ruggine," aveva detto la signorina Silvia.

Ecco, babbo adesso sembrava così, come quel chiodino che aveva passato troppo tempo sommerso.

"Va bene," ha detto papà, "facciamo come vuoi tu."

Sono stato contento, era quello che volevo sentire.

"Però io voglio sapere perché l'ha fatto," ha aggiunto.

Ci ho pensato su.

"È giusto." Anche io volevo sapere, non solo lui.

"Ok. Allora tu inizia a seguirlo, mentre io sposto il furgone. Non farti scoprire."

Ho attraversato la strada per raggiungere il Ragioniere, ma un rumore forte mi ha fatto voltare: papà si stava massaggiando la mano destra come quando aveva dato un pugno nel parabrezza della Maserati. Volevo tornare indietro, ma lui ha alzato la testa e ha subito indicato la scalinata alle mie spalle: il Ragioniere era scomparso.

Mi sono messo a correre per recuperarlo. Per fortuna non era difficile stargli dietro, andava molto lento. Quel caspita di paese era fatto tutto di scalette di pietra e vicoletti che s'incrociavano. Ogni volta che il Ragioniere infilava una stradina a destra o a sinistra, raggiungevo di corsa l'angolo dove aveva svoltato e, acquattato là dietro, lo seguivo con lo sguardo fino alla svolta successiva. E poi di nuovo a correre. Ma con tutte quelle curve e cambi di direzione come faceva babbo a ritrovarmi? Mi giravo in continuazione nella speranza di vederlo arrivare, ma niente. Però non potevo perdere di vista quella cornacchia che si arrampicava sulle scale zompettando, dovevo capire dove abitava. E così continuavo a salire dietro di lui, senza farmi sentire né vedere.

A un certo punto, quando mi sono affacciato sull'ultima traversa che aveva imboccato, quasi mi è venuto un colpo: stava fermo a tre metri da me, fuori da un negozio ancora aperto. Ho fatto un salto all'indietro e mi sono nascosto. Poi con cautela ho allungato il collo oltre il muro. Chissà che c'era in quella vetrina per farlo stare tutto quel tempo lì impalato. Alla fine si è deciso a entrare. Dovevo approfittarne. Invece di rimanere lì ad aspettarlo, mi sono messo a correre giù a perdifiato per trovare mio padre. Sinistra, destra, attraversa, scendi, perché non avevo lasciato qualche segnale? A ogni svolta rischiavo di perdermi.

"Salvo!"

Mi sono fermato di colpo: babbo stava a una cinquantina di metri, in fondo al vicolo che stavo attraversando. Lui saliva, io scendevo, ma per un attimo mi aveva visto mentre correvo. Subito mi ha raggiunto, tutto affannato.

"L'hai perso?"

"Non lo so, però corriamo."

Ci siamo messi a zompare gli scalini a due a due, io davanti e lui dietro. Quando ho riconosciuto l'angolo prima del negozio, gli ho fatto segno di fermarsi e ci siamo nascosti.

"È entrato lì dentro."

Non sapevamo se stava ancora lì o se se n'era già andato, nel qual caso dovevamo sbrigarci sennò rischiavamo di perderlo.

"Ok. Vai a controllare tu, magari a me mi riconosce."

Ho fatto un passo oltre il muro, ma proprio in quel momento è uscito il Ragioniere. Subito si è accorto di me. Non sapevo che fare: se facevo marcia indietro era strano, allora ho continuato. Però piano piano, come se ero stanco di salire le scale. Assieme a lui c'era una signora molto più giovane e avevano entrambi un pacchettino in mano. Il Ragioniere mi ha guardato solo per un attimo, poi ha detto qualcosa alla donna e lei si è messa a ridere. Non ho sentito la battuta, però si capiva che faceva il galante.

Si sono incamminati e io mi sono fermato a fare finta di guardare la vetrina del negozio. Era una pasticceria. E c'erano delle torte buonissime in esposizione. Su una c'era scritto "Buon compleanno". Mi sono girato verso il muro dove stava nascosto papà e ho visto la sua capoccia che sbucava. Non ci potevamo mangiare una torta e festeggiare gli arretrati e basta? Un po' mi era passata la voglia di inseguire quel maledetto. Invece papà è uscito allo scoperto e mi ha raggiunto, tanto il Ragioniere ormai si era allontanato. Quando mi è passato affianco, mi ha fatto segno di seguirlo. Niente torta.

Quella vecchia cornacchia continuava a far ridere la signora mentre salivano le scale. Mi sa che non era entrato nel negozio per i dolci. A un certo punto la donna si è fermata e pure lui. Io me ne accorgo sempre quando qualcuno si è scocciato di stare con me, invece c'è gente che sembra fregarsene proprio e continua a parlare. Alla fine lei gli ha stretto la mano e ha preso un'altra strada. Lui l'ha guardata allontanarsi per un po', poi si è girato verso di noi.

Io mi sono paralizzato.

Non avrei dovuto farlo così di scatto, poteva capire che lo stavamo inseguendo. Per fortuna babbo si è subito abbassato e ha fatto finta di allacciarmi una scarpa, in modo da non farsi guardare in faccia.

"Che cosa sta facendo?" mi ha chiesto a bassa voce.

"Ha girato a destra."

Il Ragioniere era scomparso in un vicoletto.

Babbo è scattato in piedi e ha ripreso a salire più veloce di prima e io appresso a lui. Quando siamo arrivati all'angolo dove aveva girato, il Ragioniere non si vedeva più. Però si sentivano i suoi passi. Ed erano molto veloci, troppo.

"Sta scappando!" ha detto babbo. E subito è partito all'inseguimento. Io cercavo di stargli dietro, ma gli scalini adesso erano più alti e faticosi. Quando siamo arrivati alla fine non ce la facevo più, ero sudatissimo. Davanti a noi c'era una piazza enorme. E il Ragioniere che scappava con quella sua gamba storta.

"Ehi!" ha gridato babbo. Così forte e preciso che sembrava un proiettile.

E quello è caduto veramente. È andato a finire faccia a terra, dritto dritto. Adesso si rotolava per terra tenendosi il ginocchio, si era fatto malissimo.

Ho fatto un passo verso di lui, ma babbo mi ha bloccato con una mano e si è abbassato per guardarmi dritto negli occhi.

"Tu aspetti qua, così se arriva qualcuno mi avverti, ok?"

Perché non potevo andare con lui? Eravamo rimasti che doveva fargli solo una domanda.

"Pa', ma che gli vuoi fare?" ho chiesto preoccupato.

"Niente, stai tranquillo. Però non ti girare. Qualsiasi cosa senti, non ti girare. Promettimelo."

Gli erano tornati gli occhi vecchi, quelli che non mi vedono. Non era più il papà che mi aveva detto: "Facciamo come vuoi tu".

E poi ha detto quella cosa che non doveva dire.

"Mi guardi le spalle, ok?"

Me l'aveva detto quando avevo scoperto che si era tatuato il mio nome sulla schiena. E mi era sembrata una cosa bella, significava che contava su di me. Adesso era solo una bugia, non era per proteggerlo che dovevo stare fermo lì. Ma per non guardare.

Senza aspettare la risposta, mi ha dato un bacio in fronte. Veloce, perché aveva fretta di andare lì dove aveva sempre voluto andare a vendicarsi. Non gli bastava sapere perché era stato tradito. Mi sono sentito di nuovo piccolo piccolo, che tanto quello che penso non importa a nessuno.

Un attimo prima di raggiungere il Ragioniere, si è voltato. Io stavo ancora lì, bloccato.

"Girati!"

Adesso era un ordine. E io ho obbedito.

Stare lì girato di spalle era peggio che stare sul Picco della morte a farsi mangiare le caviglie per la paura di lanciarsi.

"Qualsiasi cosa senti, non ti girare", così aveva detto papà. Mi sembrava di essere tornato in fondo al corridoio di casa dei nonni, quando sentivo dietro la schiena i mostri che uscivano dal buio. E come allora, con gli occhi pronti a chiudersi, ho cercato di guardare senza farmi scoprire. E ho visto il Ragioniere che stava cercando di alzarsi e il calcio in faccia di papà che lo ributtava a terra. Con la punta degli stivali, come per gli scarafaggi.

"Lo sai chi sono?!" ha gridato papà.

Il Ragioniere strisciava per terra, cercava gli occhiali che babbo gli aveva fatto volare via. Era troppo brutto da guardare. Così ho girato la faccia verso le scale. E ho visto una vecchietta che stava incominciando a salire. Andava pianissimo, ma stava venendo verso di noi.

"Una cosa mi devi dire: perché? Perché l'hai fatto!?"

"Non è stata colpa mia," piangeva il Ragioniere.

"Mi prendi per il culo, pezzo di merda!"

Ho sentito il rumore di un altro calcio e un urlo fortissimo. Non ce la facevo a resistere. Mi sono girato di nuovo e ho visto il mostro cattivo che tirava fuori la pistola e gliela poggiava sulla testa. Ma pure lui ha visto me.

"Girati!" mi ha gridato addosso.

E per lo spavento ho subito obbedito.

"Perché ci hai venduti, bastardo?!"

"Non ho fatto niente, non ho parlato."

Come piangeva, mamma mia, il Ragioniere.

"Noi ti avevamo affidato la macchina e tu l'hai fatta ritrovare. Perché?!"

"Non fu colpa mia, fu colpa di 'sta fèmmena..."

"Na fimmina?! Che fèmmena?"

"Era una povera ragazza senza più i genitori, una sbandata. Io le passavo un po' di soldi, ma solo per fare la modella. Il giorno dopo che mi portaste la macchina, io la feci venire a casa, che non tenevo più la foto sua per fare il quadro, che la pigliò l'amico tuo, Vito. Ci feci vedere la macchina vostra, così, per impressionarla, e quella si mise a dire che voleva guidarla, che su una macchina così bella così non c'era mai stata. E io... io ci dissi di sì."

"E perché l'hai fatto?!"

"Perché... lei era bellissima."

Il Ragioniere ora singhiozzava, lo sentivo alle mie spalle. E sentivo, anche senza vederla, tutta la rabbia di mio padre.

"Continua, pezzo di merda!"

"Poi l'accompagnai a casa sua e lei era così felice che mi fece salire. E rimasi lì tutta la notte. Quando all'alba sono uscito... attorno alla macchina c'erano polizia e carabinieri."

La vecchietta era quasi arrivata alla fine delle scale. Era piccolina e tutta vestita di nero, sembrava la nonna, almeno per come me la ricordavo. Adesso avevo un motivo per dire a papà di fermarsi. Volevo che si fermasse. E mi sono girato.

"Mi stai dicendo che mi sono fatto sei anni di carcere per questo?"

Aveva parlato piano papà, come se non ci poteva credere nemmeno lui che era quello il motivo. Ha stretto il grilletto, e stava per spararli. Il Ragioniere piagnucolava, si copriva la testa con le mani, come se bastassero a proteggerlo da un colpo di pistola.

Soltanto allora babbo si è accorto di me. E anche se stavo

zitto, lo sapeva quello che volevo dirgli, che doveva smetterla, che non doveva più fare del male a nessuno. E restare con me.

È tornato a guardare giù: il Ragioniere stava tutto rannicchiato nella sua palandrana nera da uccellaccio. Si agitava e piangeva, come se poteva scavare la terra e nascondersi.

"Ho capito..." ha sussurrato babbo.

E ha abbassato la pistola.

Mi ha guardato.

E mi ha sorriso.

Da piccolo mi ammalavo sempre, d'inverno passavo più giorni a letto che a scuola. Così zia ha cominciato a farmi un sacco di iniezioni. La spiegazione era che non avevo abbastanza ferro nel sangue. È da allora che mi è venuta la curiosità di sapere tutto sul ferro, perché con quello sarei diventato forte. Così, quando a scuola quest'anno abbiamo fatto l'esperimento della vaschetta, ci sono rimasto un po' male a scoprire che basta un poco d'acqua e arrugginisce. Che anche il ferro bisogna proteggerlo. Ecco, fino a un attimo prima pensavo di fare pure io la fine di quel chiodino, tutto vecchio e rugoso, invece babbo mi aveva tirato fuori giusto in tempo. Ero contento. Così contento che, quando la vecchietta è arrivata in cima alle scale, me la volevo abbracciare. Ciao nonnina, buon appetito, corri a casa che i figli grandi e i nipotini aspettano te per mangiare.

Babbo ha fatto qualche passo verso di me e io mi sono messo a correre. Stavo per saltargli addosso, che volevo solo stringerlo forte, che finalmente era finita, che ce ne potevamo tornare a casa. E lui veniva ad abitare vicino a noi. E io ogni tanto andavo a dormire a casa sua. E poi con i trenta milioni si comprava un bar e i vecchietti venivano a giocare a carte senza che Vito gli sparava in un piede. E d'estate tornavamo a Marina a fare i tuffi, io e lui di testa e quel cacasotto di Emidio a bomba. E poi i compleanni, il cenone di Natale, le medaglie in piscina, ma andava bene anche arrivare ultimo, basta che c'era lui a guardarmi dalle gradinate. E tornare a raccogliere tutti i Mercoledì che trovavamo insieme per strada.

E poi è arrivato quel rumore, quello che avevo sentito nel bosco.

Babbo si è fermato, non camminava più verso di me. Si è messo una mano sulla pancia, poi è crollato a terra, come un albero abbattuto. Alle sue spalle c'era il Ragioniere. Aveva una pistola in mano.

"Papàààà!"

Mi sono gettato affianco a lui, più lo chiamavo, più lui parlava a fatica. E c'era quel puntino rosso come la ruggine sulla camicia. Sempre più grande, sempre più grande.

Papà ha detto una cosa sola, il mio nome, poi ha chiuso gli occhi, come se dormiva. Io piangevo. E in mezzo alle lacrime ho visto il Ragioniere che guardava la pistola con una faccia che sembrava che non ci poteva credere a quello che aveva fatto. Come se avesse sparato da sola. Ma quelle mica sparano da sole.

"Perché?! Perché ce l'hai con noi?! Lui non ti voleva sparare!!!"

"Oddio..." e gli è caduta dalle mani come fosse diventata bollente. Ha fatto qualche passo indietro e poi ha cominciato a scappare.

"Fermatiiiii!"

La pistola di mio padre, ora ero io che la tenevo in mano. E come mi aveva insegnato nel bosco, ho sparato. In aria però. Questa volta il rumore non mi ha fatto paura. Ma al Ragioniere sì. E si è fermato.

Quando si è girato verso di me, ce l'avevo al centro del mirino. Quel ladro se li era rubati tutti i giorni, ora non ce n'erano più. E non ce ne dovevano essere nemmeno per lui. Dovevo solo chiudere gli occhi. E sparare.

36.

"Salvo, tocca a te."

Una capriola, due avvitamenti.

Due avvitamenti, una capriola.

Solo questo devo pensare quando sono in aria.

In silenzio raggiungo le scalette e inizio a salire verso la piattaforma.

Ogni tanto mi ricordo.

Quando gli ho tagliato i capelli e dopo lui sentiva freddo.

Quando gli ho visto il mio nome tatuato in mezzo alle spalle.

Quando ci siamo fatti il bagno nudi e dopo mi ha asciugato con la sua camicia.

Quando scappavamo sotto i fuochi d'artificio e io avevo preso ottimo.

Quando abbiamo venduto le pellicce assieme ed eravamo bravi.

Ogni volta faccio uno sforzo per ricordarmi quello che è successo, quello che mi ha detto, le parole precise. Per questo ho scritto tutto, perché non voglio perdere la sua voce, non voglio che finisca nel "cassetto che so che c'è". E voglio che tutto quello che è successo significhi qualcosa, che ogni singola parola rimanga per sempre ora che lui non c'è più.

"Dal Picco della morte tutto è permesso, anche chiudere gli occhi." Questo me lo ricordo, è come se lo sentissi anche adesso. Aveva ragione lui, se chiudere gli occhi è l'unico modo per superare la paura, allora chiudili e buttati.

Mentre salgo le scale guardo verso l'alto, verso la piattaforma che si avvicina. Ormai non ho più paura di lanciarmi da lassù, so che in qualsiasi momento posso raddrizzarmi. E cadere bene. E non farmi male.

"Potresti iniziare a farti qualche muscoletto in più." E io li ho fatti, mi sono messo tutti i giorni a fare le flessioni. Quando sono tornato in piscina, mister Klaus ha detto che sembravo cresciuto e mi ha messo nel corso con i grandi, ormai è un anno che mi tuffo con loro.

Metto un piede sulla piattaforma e poi l'altro. E ogni volta che avanzo verso il limite penso a come è andata a finire. A tutto quel sangue. Alla pistola che ho puntato addosso al Ragioniere. E agli occhi che ho tenuto aperti. Perché babbo aveva capito che non era più tempo di fare del male a nessuno. Aveva deciso di rimanere con me. E di passare assieme tanti giorni. Così, anche se quel bastardo ce li aveva rubati tutti, ho tenuto gli occhi aperti e non gli ho sparato.

Sono rimasto lì fino a quando non sono venuti ad arrestarlo.

Arrivo al bordo della piattaforma, le dita dei piedi si muovono da sole non appena guardo giù e vedo il fondo della piscina. Penso alle verità, che cambiano in continuazione, tranne quella che conosco io. Penso a tutte le verità che ho dovuto raccontare senza mai smettere di piangere, fino a quando gli zii non sono venuti a prendermi in caserma. E che ho dovuto ripetere davanti a un giudice, che decide sempre delle vite degli altri.

Qualche giorno fa abbiamo saputo della condanna del

Ragioniere. È vero che babbo l'aveva minacciato e picchiato, ma lui gli ha sparato alle spalle mentre se ne stava andando.

Anni prima, in un altro processo, quello che ho cercato nel vocabolario in prima elementare, mio padre e i suoi amici non fecero mai il nome del Ragioniere. Dissero che avevano lasciato loro la macchina in quel posto, senza dare una spiegazione. Erano tutti e tre d'accordo che una volta usciti avrebbero trovato e punito l'uomo che li aveva incastrati senza un motivo. Poi Vito era impazzito in isolamento a forza di cercare di capire il perché e Totò aveva cominciato a pregare Gesù di calmargli il sangue. Solo mio padre era diventato ruggine pur di rimanere fedele a quella vendetta, al punto da tatuarsela sulla schiena, assieme al mio nome e quello di mia madre chiuso in un cuore. Poi però, un attimo prima di morire, aveva deciso di smettere di cercarci nel passato, si era accorto che io stavo lì, davanti a lui. Ma era troppo tardi. Perché dal giorno del processo il Ragioniere aveva capito cosa lo attendeva. E per sei anni si era nascosto, portandosi appresso la pistola che ha ucciso mio padre. Sei anni a rimpiangere di essere stato così stupido da perdere la testa per una ragazza troppo giovane e troppo povera per respingere un vecchio come lui.

Sono tante le cose che mi fanno dire "Non è giusto".

Se Marisa non fosse stata così bella, tutto questo non sarebbe successo. Ma anche se Gesù non le avesse fatto perdere i genitori, come è successo a me. Per fortuna io ho gli zii e quel cretino di Emidio.

A volte mi chiedo come funziona il mondo, se c'è veramente un cattivo a cui dare la colpa o è tutto un caso, come Vito che si ruba una foto e per uno scherzo finiscono in prigione. E sei anni dopo quella stessa foto ci fa ritrovare il cattivo, quello che ha ucciso mio padre. Che cattivo non era, solo stupido.

Il ladro di giorni di mio padre era un ragioniere che manco sapeva di essere un ladro. Se fosse stata una persona cattiva tutto questo non sarebbe successo, perché mio padre e i suoi amici erano più cattivi di lui, invece era solo uno stupido e dalle persone stupide non sai mai cosa puoi aspettarti. Da grande non voglio essere né stupido, né cattivo. Io da grande voglio essere coraggioso.

Questo penso quando gonfio il petto, allargo le braccia e mi preparo al tuffo. Penso che, anche se abbiamo passato così poco tempo assieme, babbo mi ha fatto capire un sacco di cose che non sapevo senza neanche dirmele. Ma le più preziose sono quelle che mi ha voluto proprio insegnare, perché quelli erano i suoi pensieri e i suoi ricordi. E alla fine ho trovato il coraggio di accarezzare i capelli di Noemi, abbiamo chiuso gli occhi e ci siamo baciati. Come lui su quel balcone con mamma.

Guardo giù un'ultima volta, ma solo per calcolare il tempo di caduta. Ormai lo conosco a memoria, è dentro di me. È il tempo che ci mettono i miei occhi a vedere nel buio dopo che ho spento la luce sul comodino e posato il libro. Il tempo che ci metto a trovare una parola quando sono sulla pagina giusta del vocabolario. Il tempo che ci mette un corpo come il mio a cadere giù da quell'altezza, dieci metri. L'ultimo pensiero è sempre per lei. Chissà se aveva gli occhi chiusi o li ha tenuti aperti pensando di riuscire a volare.

Chiudo gli occhi e immagino lei che guarda giù, che non sa cos'è la paura. Nessuno è indistruttibile, però dobbiamo pensare di esserlo per lanciarci.

Ora che sono finiti i pensieri guardo verso la vetrata. Ci sono un sacco di genitori che parlano tra loro. Qualcuno guarda i figli che nuotano. A me nessuno mi è mai venuto a vedere. Tranne oggi. Oggi mi giro e vedo i suoi occhi. Gli stessi occhi con cui mi ha guardato dopo aver detto "Ho capito...". Aveva capito che il vero ladro di giorni era lui, Vincenzo. Che tutto quello che era successo lo aveva deciso lui il giorno in cui aveva preso in mano una pistola e aveva cominciato a sparare. E un attimo dopo mi aveva sorriso, perché aveva deciso che non l'avrebbe più fatto. Adesso rivedo quegli occhi sorridenti. Anche se non ci sono più. E capisco che sono pronto.

Mi lancio.

Tu non stai cadendo. Ti stai tuffando.

Ringraziamenti

Ho iniziato a scrivere del piccolo Salvo e di suo padre Vincenzo ormai dieci anni fa. All'epoca erano solo una trentina di pagine, che facevo leggere in giro nella speranza di farne un film. Un soggetto cinematografico quindi, ma dall'insolita veste letteraria, perché già scritto come se a raccontare la storia fosse lo stesso Salvo. La sua voce era insomma già presente.

Negli anni, nell'attesa che s'incastrassero le mille coincidenze che portano alla realizzazione di un film, ogni tanto tornavo a dedicarmi a quelle pagine. La storia di Salvo era diventata il modo per raccontare episodi della mia infanzia, persone e luoghi che mi sono cari, come la splendida Marina di Camerota col suo Picco della Morte, o il tuffatore comparso di fianco al mio letto dopo un vero terremoto. Mescolavo ricordi reali e immagini di fantasia, visti attraverso gli occhi del bambino che ero stato, e così ha preso forma questo romanzo.

Vorrei adesso ringraziare le persone che mi hanno aiutato in questi dieci anni di lavoro.

Innanzitutto, Marco Gianfreda e Luca De Benedittis, con i quali nello stesso periodo ho scritto la sceneggiatura del film, per cui le nostre idee si sono fuse e arricchite. Se non fosse stato per loro, avreste letto un'altra storia.

Vorrei ringraziare il produttore Nicola Giuliano, che per

primo ha letto quell'iniziale soggetto e che mi ha consigliato e sollecitato, un po' come avrebbe fatto mister Klaus, a trarne un romanzo.

Vorrei ringraziare Marco Bernard, Emanuela Moroni e Angela Mocerino per averlo letto nelle sue varie revisioni e per i loro preziosi consigli. E poi Roberta Serretiello con cui per prima ho condiviso l'idea di questa storia: il suo sorriso nell'ascoltarla mi ha spinto a continuare. Davvero grazie.

Vorrei ringraziare anche delle persone che mi hanno aiutato in questi anni, quando non ero seduto alla scrivania.

Noemi, che mi ha spinto a scrivere di giorno invece che di notte, così da poterci incontrare la sera.

Mia madre Maria Pia, che si prende cura di me da sempre, quanta forza che ha.

Mia sorella Annamaria, che continua a esserci, in ogni cosa che scrivo.

I miei amici Ivan, Paolo, Vaz, Marco, Gaetano e Gabriele, che mi hanno cullato o svegliato quando ho avuto sonno.

E infine mio padre Alfredo, a cui questo libro è dedicato, lo sconosciuto che come Vincenzo alla fine ho incontrato. Lui, più di ogni altro, voleva che scrivessi questa storia.